WERNHER DER GÄRTNER

Helmbrecht

MITTELHOCHDEUTSCH / NEUHOCHDEUTSCH

HERAUSGEGEBEN, ÜBERSETZT UND ERLÄUTERT
VON FRITZ TSCHIRCH

PHILIPP RECLAM JUN. STUTTGART

Dem mittelhochdeutschen Text liegt folgende Ausgabe zugrunde: Wernher der Gartenære: Helmbrecht. Herausgegeben von Friedrich Panzer. 8., neubearbeitete Auflage besorgt von Kurt Ruh. Tübingen: Niemeyer, 1968. (Altdeutsche Textbibliothek. Nr. 11.) Vgl. auch S. 209.

Meinen Kindern

Universal-Bibliothek Nr. 9498 [3]

Durchgesehene und verbesserte Ausgabe 1978. Der Abdruck des mhd. Textes erfolgt mit Genehmigung des Max Niemeyer Verlags Tübingen. Gesamtherstellung: Reclam, Ditzingen. Printed in Germany 1984
ISBN 3-15-009498-4

Einführung

Wenn in einer Zeit, die sich im Grunde nicht mehr für das Vergangene interessiert, sondern leidenschaftlich in der Gegenwart lebt und alles von der Zukunft erwartet, doch einmal das Gespräch auf bedeutende Dichtung aus dem Hochmittelalter kommt, dann erinnert man sich an die Namen Hartmann von Aue, Wolfram von Eschenbach, Gottfried von Straßburg – ihr Werk freilich, in der Hauptsache umfangreiche Ritterromane, verschwimmt schon ganz im Schemenhaften – und natürlich noch Walther von der Vogelweide. Ans *Nibelungenlied* dagegen pflegt man im allgemeinen bei solcher Zusammenschau kaum zu denken, weil der Name des Verfassers, auf den man seit Beginn der Neuzeit, im Zeitalter des Individualismus, größten Wert legt, unbekannt ist. Was dieser Blüte um 1200 zeitlich folgt, davon weiß man (außer den Fachleuten) für gewöhnlich nichts – von einer Ausnahme abgesehen, die seit mehr als einem Jahrhundert immer wieder lebhaftes Interesse geweckt und gefunden hat: der Verserzählung (neuerdings gern ‚Märe' genannt) *Helmbrecht* aus dem dritten Viertel des 13. Jahrhunderts, wobei die Grenze nach unten wie nach oben auch noch um einige Jahre verschoben sein könnte. Vom Leben des Verfassers, den der Schlußvers Wernher den Gärtner nennt, wissen wir nichts: selbst der Beiname ist nicht sicher zu deuten. Vermutlich bezeichnet er seine Tätigkeit: er könnte – unwahrscheinlich – (Kloster-) Gärtner oder – wahrscheinlicher – Besitzer eines Gartens, d. h. eines Grundstücks der bäuerlichen Mittelklasse zwischen dem Vollbauern und dem Häusler gewesen oder schließlich – am wahrscheinlichsten – als Nomen agentis zum Verbum *garten,* ‚(bettelnd) umherwandern', ein fahrender Sänger gewesen sein, der die eigenen Dichtungen (und die anderer) vor einem literarisch angeregten Kreis gegen Entlohnung vortrug. Wir sind also ganz und gar an das Werk selbst gewiesen; es muß für sich allein sprechen.

Und das tut es. Obwohl kein bedeutender Dichtername es hoch- und über die Jahrhunderte hinweg getragen hat – nachhaltige Wirkung hat es trotzdem geübt. Nicht nur, daß drei Autoren um die Wende des Jahrhunderts seiner Entstehung darauf anspielen oder daraus zitieren – auch die handschriftliche Überlieferung ist ungeachtet ihrer Kargheit sprechendes Zeugnis dafür. Wir kennen das Werk allein aus zwei sehr späten Sammelhandschriften: einer Berliner Papierhandschrift (B) in abgesetzten Versen, die ihr Schreiber 1457 beendet hat, und der berühmten, vom Bozener Zollschreiber Hans Ried für Kaiser Maximilian I. in den Jahren 1504 bis 1516 in fortlaufenden Zeilen geschriebenen kostbaren Pergamenthandschrift des Ambraser Heldenbuchs (A). Beide sind, runde zwei Jahrhunderte von der Entstehung des Werks selbst entfernt, erst niedergeschrieben worden, als der Buchdruck bereits erfunden war und die handschriftliche Tradierung von Dichtungen zunehmend ablöste. Mehr als sechs Generationen literarisch Interessierter also (wie groß oder klein dieser Kreis auch zu denken sein mag) hat das Werk unmittelbar angesprochen. Von den Gründen für diese langdauernde Wirkung des *Helmbrecht* wissen wir nichts, sind aber überzeugt, daß sie einer der künstlerisch bedeutendsten, einer der meisterhaftesten und großartigsten Dichtungen des gesamten deutschen Mittelalters gegolten hat. Allerdings hat kein Verleger das Risiko eines Drucks gewagt, wie ihn Wolframs *Parzival* und *Willehalm*, der Tristan-Stoff, Hartmanns *Gregorius*, Konrads von Würzburg *Engelhard* sowie früh- und hochhöfische Legenden und Volksbuchstoffe zu Ausgang des Mittelalters erfahren haben.

I

Seit der frühesten Bekanntmachung des Werks im Jahre 1839 durch Joseph Bergmann und der ersten, sogleich maßgebenden kritischen Ausgabe von 1844 durch Moriz Haupt hat das Interesse der Freunde mittelalterlicher Literatur für ein volles Jahrhundert – von vielen Einzelfragen abgesehen – in erster Linie dem Stoff gehört. Durch ihn fällt die Erzählung allerdings gleich in mehreren Hinsichten aus dem üblichen Rahmen der mhd. Dichtung des 13. Jahrhunderts. Sie spielt weder im Milieu der Helden- wie der Spielmannsepen mit ihrer Unzahl wilder Kämpfe und wirrer Abenteuer noch in der hochstilisierten Wunschwelt einer ins Idealistische übersteigerten höfischen Gesellschaft mit ihren als absolut vorbildlich gesetzten Lebensformen ritterlichen Zeitvertreibs, wie sie die hochhöfischen Romane der Artusepik breit ausspinnen. Sie ist wirklich insofern „die erste deutsche Dorfgeschichte", als die man sie von Anfang an bezeichnet hat, als ihre agierenden Gestalten, von Helmbrecht, der Hauptperson, und seinen späteren Kumpanen abgesehen, richtige Bauern sind. Durch das schroffe Gegenüber zu den Raubrittern, in das sie der Dichter stellt, wird in der Tat ihre besondere Art und Eigenständigkeit scharf belichtet. Von diesem Sachverhalt her hat man dem Werk in Anlehnung an die Überschrift in A den Titel *Meier Helmbrecht* gegeben. Doch nicht der Vater, der fest in seinen Anschauungen gegründet ist und bleibt, sondern der Sohn, der sein Herkommen mit Füßen tritt, willentlich zum (Raub-)Ritter wird und daran zugrunde geht, ist die Mittelpunktsgestalt der Dichtung: sie setzt das Erzählgeschehen in Gang und bestimmt es bis zum bitteren Ende. Ausdruck dieser (gar nicht so neuen) Einsicht ist die heutige Verkürzung des Titels im Gefolge von B zu einfachem *Helmbrecht.*

Erst mit dieser Umorientierung tritt eine zweite Besonderheit der Erzählung klar in den Blick. Alle mittelalterliche Dichtung kennt, modern ausgedrückt, keinen tragischen Ausgang. Weil die theozentrische Lebensanschauung des Mittelalters die Welt als Gottes vollkommene Schöpfung faßt, kann Gott sein bestes Werk in ihr, den Menschen, in all seiner Sündhaftigkeit letztlich nicht verlorengehen lassen: daher endet der Lebensweg jedes Menschen, so, wie die Dichtung ihn darstellt, bei aller irdisch-sündhaften Verstrickung schließlich doch immer positiv im Heil, bei Gott. Allein in drei deutschen Dichtungen des Hochmittelalters geht der Held zugrunde: im *Nibelungenlied* um 1200, in dem der aus der völlig andersartigen Weltauffassung der germanischen Zeit vorgezeichnete tragische Ausgang sich als derart stark erwies, daß ihn auch das christliche Mittelalter nicht umzuändern vermochte; in der Versnovelle *Peter von Staufenberg* um 1310, in der der Titelheld sich mit Seele und Leib dem in ein Weib verkleideten Teufel ergibt und daher nicht mehr gerettet werden kann, und, zeitlich dazwischen stehend, im *Helmbrecht.* Daß hier ein schuldhaftes Geschick bis zu seinem erbarmungslosen Ende in durchaus unmittelalterlicher Konsequenz durchgehalten wird, gerade dadurch spricht diese Erzählung den durch die klassische Tragödie um 1800 an eine notwendige, unabänderliche Verflechtung von Schuld und Sühne gewöhnten Leser des 19. und 20. Jahrhunderts in ganz anderer Weise an als so gut wie alle hochmittelalterlichen epischen Werke, deren menschliche Problematik zuletzt immer wieder in einer Harmonie sich löst, die moderner Betrachtungsweise als schlechterdings unbefriedigend oder unglaubwürdig erscheinen muß.

Zum dritten eignet dieser Erzählung im Kreis der höfischen Dichtung in ganz ungewöhnlichem Maß der klare Blick für die Wirklichkeiten des alltäglichen Lebens der handelnden Menschen, der Hauptpersonen nicht minder wie der Figuren am Rande der Handlung, für das Leben der Bauern wie das der Raubritter (dem die 20 Jahre des Interregnums, „der kaiserlosen, der schrecklichen Zeit", von 1254 bis 1273 eine ungeahnte Entfaltungsmöglichkeit gegeben hatten). Beide sozialen Gruppen des vorgeschrittenen 13. Jahrhunderts tauchen in solch sachlicher Ernsthaftigkeit so gut wie niemals über den Horizont aller sonstigen literarischen Darstellung empor. Hier erscheinen sie ungeschminkt wirklichkeitsgetreu in ihren lebendig gezeichneten konkreten Vertretern und Verrichtungen. Der sich darin manifestierende Konflikt zwischen zwei mittelalterlichen Ständen – heute sagt man für gewöhnlich: Klassen – nicht minder wie der naturgegebene Gegensatz zwischen den Generationen von Vater und Sohn, mehr im Hintergrund bleibend auch der von Eltern und Kindern, hat es wachsend den Lesern des 20. Jahrhunderts angetan. Dabei liegt der sozialkritische Aspekt, wie er in oft überraschenden Parallelen sonst nur noch in dem *Seifried Helbling* genannten Werk eines österreichischen Landadligen aus den beiden letzten Jahrzehnten des 13. Jahrhunderts (besonders I, 574–756 und VIII, 179 bis 285) aufleuchtet, dem für diese Dinge besonders aufgeschlossenen Blick unserer Zeit derart deutlich zutage, daß er nicht eigens erörtert zu werden braucht. Dafür muß es darauf ankommen, die Einbettung des Geschehens in die Grundüberzeugungen des Mittelalters herauszuarbeiten, um dadurch die Zwangsläufigkeit des Handlungsablaufs in der Auffassung des Dichters überhaupt verständlich werden zu lassen.

Den Menschen der Neuzeit ergreift von seinen Voraussetzungen und Interessen her im *Helmbrecht* am stärksten die psychologische Vertiefung, die, wiederum in der erzählenden Dichtung des Hochmittelalters ganz ungewöhnlich, den Blick in das Innere der betroffenen Menschen freigibt, in ihre Verborgenheiten und ihre Abgründe hineinsehen läßt. Vorab gilt das für den alten Meier, wie er in den langen Gesprächen den Sohn vom Verderben zurückzureißen sucht und aus seiner starken Vaterliebe und seinem ebenso starken Verantwortungsbewußtsein nicht vor Selbsterniedrigung zurückschreckt, indem er in Knechtsarbeit dem Sohn den Hengst putzen will (V. 760/761), wie er, noch im Vollbesitz seiner Kräfte, bereit ist, dem Sohn den Hof zu übergeben, sobald der die Meierstochter (V. 281) heiratet, sich vorzeitig aufs Altenteil zurückzuziehen und auf dem Felde die Arbeit der alten Leute, das *menen* (V. 248), zu verrichten, und wie

er, besonders berühmt geworden und nicht immer richtig verstanden, in schier unmenschlicher Härte den Verstümmelten von der Schwelle des Vaterhauses weist und ihn verstößt, *swie im sîn herze krachte* (V. 1776). Das gilt von der schwachen Mutter, die in mütterlicher Eitelkeit das törichte Vorhaben des Sohns verhängnisvoll unterstützt und ihm dann am fürchterlichen Ende, als sich dem Unglücklichen die Tür des Elternhauses verschließt, aus mütterlichem Erbarmen ein Stück Brot zusteckt (V. 1812/13). Das gilt von der Zeichnung der Schwester Gotelint, die Helmbrecht mit ins Verderben reißt, nicht minder wie von den fünf Bauern am Schluß, die voller Rachgier den Verstümmelten ohne Gnade mißhandeln und aufhängen.
Über alldem ist bis an die Schwelle der Gegenwart zu kurz gekommen, für gewöhnlich übersehen worden, was für den Dichter den entscheidenden Gehalt seines Werks ausmacht, von dem her allein ihm all diese Dinge wichtig sind, Sinn und Bedeutung empfangen, auf dessen Vereindringlichung er sie samt und sonders hingeordnet hat, dem sie in bildkräftiger Anschauung zu nachdrücklicher Geltung verhelfen sollen. Als mittelalterlicher Mensch lebt Wernher in der festen Überzeugung, daß alle Dinge in der Welt unmittelbar von Gott her und zu Gott hin sind. Von dieser selbstverständlichen religiösen Grundlegung alles Lebens und Seins gerechtfertigt und von der völligen Ungeschichtlichkeit der Denkweise der Zeit her gibt es für den mittelalterlichen Menschen nicht den geringsten Zweifel daran, daß die Ordnungen dieser Welt gottgegründet, gottgewollt und daher moralisch gerechtfertigt, intakt und nicht veränderbar sind. Infolgedessen gibt es im Mittelalter kein Aufbegehren, keinen Aufruhr, keine Revolution – derlei wäre nichts anderes als Aufstand, als Revolution gegen Gottes Ordnung, also religiöser Frevel, mit einem Wort: Sünde!
Daraus ergibt sich, daß es im *Helmbrecht* nicht um die Ständeordnung als Wert oder Unwert an sich geht und ganz und gar nicht darum, daß der junge Helmbrecht sie in ge-

rechter sozialer Empörung revolutionär verändern wollte. Vielmehr bedeutete gemäß der Grundüberzeugung des mittelalterlichen Menschen Auflehnung jedweder Art nichts anderes als Auflehnung gegen Gottes Gebot: das sagen die Kernverse 289/290 unmißverständlich: *wan selten* (nie!; vgl. Kommentar) *im gelinget / der wider sînen orden ringet* – *orden* ist der von Gott im Schöpfungsakt ein für allemal festgelegte soziale Status, der Stand, die Klasse. Wenn der junge Helmbrecht, dessen *ordenunge der phluoc* (V. 291) ist, der also Bauer ist und Bauer bleiben muß, Ritter werden will, so ist er dadurch (mit dem Terminus der kirchlichen Fachsprache) der *superbia,* der Hybris, mhd. dem *übermuot,* verfallen, mit unseren Worten: überhebt er sich, überschreitet er die ihm von Gott gesetzten Grenzen. Das aber ist die Ursünde; wer in ihr beharrt, dem kann nicht geholfen werden, der ist zeitlich und ewig verloren.
So läßt noch zu Beginn der Neuzeit Hans Sachs, ungebrochen mittelalterlich, im Fastnachtsspiel *Wie Gott der Herr Adam und Eva ihre Kinder segnet* von 1553 Gott sprechen:

V. 393 *Drumb welcher Mensch im lest genügen*
An dem standt, den ich jm thu fügen,
Der hat genug bey all sein Jarn

und klagt im Schwank *Die ungleichen Kinder Evä* von 1558, daß *kainer pleibt in seim perüeff* (V. 211), obwohl *got so wünderpar regirt / Vnd also weislich ordinirt / All stent* (205–207), so daß *imer ainr den andren dringet . . . Wider all gottes ordenüng* (217–219). Und in einem 1645 gedruckten ndt. *old leed vom Henneke Knecht* (Des Knaben Wunderhorn II, Heidelberg 1808, S. 151) wird der Held ohne diesen religiösen Bezug gewarnt:

Z. 12 *Wie bist du Kerl auch so bethört,*
Willst du ein Schiffmann werden,
Hakken, reuten ist dein Art
Und pflügen in der Erden,

und in den beiden Schlußzeilen weitet der ungenannte Dichter diese Warnung aus auf *all Gesellen gut, / daß ihr nicht seid vermessen.*
Damit ist klar: Das Streben in einen nach der festen mittelalterlichen Ständehierarchie höheren Stand ist Gotteslästerung, und wenn der Frevler sich nicht rechtzeitig bekehrt, so richtet ihn Gott selbst zugrunde. Denn noch einmal wird es ausdrücklich gesagt:

V. 1683 *swaz geschehen sol, daz geschiht.*
got dem vil selten [niemals! s. S. 202] *übersiht,*
der tuot des er niht tuon sol.

Nur wir hören jene biblischen Bezüge nicht, mit denen der Dichter seine bibelkundige Zeit auf diese religiöse Verwurzelung des verhängnisvollen Geschehens hinweist. Mit der durch die Gesprächssituation erzwungenen Abwandlung des biblischen Wortlauts des 4. Gebots in der Wiedergabe der vielleicht nur eine Generation nach dem *Helmbrecht* entstandenen mittelalterlichen deutschen Bibel 2. Mose 20, 12 (= Luk. 18, 20): *Ere deinen vatter und dein muotter* in V. 757 macht der Vater unüberhörbar klar, wie der Sohn durch die schmähliche Behandlung der Eltern bei seiner ersten Heimkehr dieses Gebot gröblich verletzt, wie er sich damit also unmittelbar gegen Gott versündigt. Und mit dem Zitat aus Jesu Bergpredigt Matth. 5, 26 in den Versen 354/355:

er lât dich niht ze rede komen,
die phenninge alle sint gezalt

(konditional: ‚ehe nicht'!) deutet der Dichter auf das unerbittliche Ende des Sünders bei der Abrechnung des Jüngsten Gerichts beziehungsvoll voraus.
Nur wir Menschen der Neuzeit erkennen nicht, daß auch die vier Träume, mit deren Erzählung der Vater den Sohn im letzten Augenblick zur Umkehr von seinem falschen Wege auf die Ritterburg überreden will (V. 571–586; 592

bis 600; 603–610; 617–631), für den Dichter wie für sein Publikum genau den gleichen Stellenwert im Ablauf des Geschehens haben: sie sind von Gott als zeichenhaft-metaphorische Vorwegnahme zukünftigen Geschehens eingegeben und besitzen somit unbezweifelte objektive Aussagekraft; mit ihnen zieht Gott eine Handbreit den Schleier vor der Zukunft zurück, gibt er dem (gläubigen) Menschen einen Fingerzeig, wie er sich verhalten soll, um dem drohenden Unheil noch im letzten Augenblick zu entgehen. Auch dies „wußte" man aus der Bibel: aus den Träumen der alttestamentlichen Erzväter Jakob und Joseph wie aus dem noch bekannteren Traum, der den neutestamentlichen Joseph zur Rettung des Jesuskindes durch die Flucht nach Ägypten veranlaßt hatte (Matth. 2, 13–19). Überdeutlich wird diese Auffassung des Traums als Offenbarung zukünftiger Wirklichkeit gerade darin, daß der junge Helmbrecht nicht etwa den Wahrheitsgehalt der väterlichen Träume für die Gestaltung der Zukunft bezweifelt, sondern daß er sie anders, für sich günstig deutet (V. 601/602; 611/612). Eben diese Rolle spielen die Träume in aller mittelalterlichen Literatur; am bekanntesten ist Kriemhilds Falkentraum im *Nibelungenlied* Str. 13/14; 19, der sich mit Siegfrieds Tod so schrecklich erfüllt. Auch die aufgeklärte Skepsis Walthers von der Vogelweide in seiner reizenden Persiflage der Traumdeuterei L. 94, 11–95, 16 und Konrads von Würzburg in der unten S. 184 aus dem *Trojanerkrieg* zu V. 541 ausgehobenen Stelle ändert daran nichts.

Mit dem allen dürfte deutlich geworden sein, daß es im Mittelalter eine grundsätzliche Unterscheidung von geistlicher und weltlicher, von spezifisch christlicher und profaner Dichtung nicht gibt, selbst wenn wir die Stoffe dem einen oder anderen Bereich zuordnen können – in ihrem Gehalt wurzeln alle im gleichen religiösen Quellgrund, in dem einen ungeteilten und unbezweifelten christlichen Lebens- und Weltverständnis.

II

Genauso entschieden und selbstverständlich wie nach dem bedeutenden Gehalt – d. h. wortwörtlich dem Gehalt, der (christlich) etwas be-deutet! – strebt der mittelalterliche Dichter nach äußerster Vollendung der formalen Gestalt seines Werks. Mittelalterliche Dichtung ist – und zwar nicht nur die Lyrik, für die das am bekanntesten ist – in erster Linie ein Formerlebnis in einer Zugespitztheit, wie es wiederum modernem Verständnis durchaus fremd ist. Auch mit dem *Helmbrecht* ist seinem Dichter – so wenig man davon im allgemeinen weiß – ein Kunstwerk ganz hohen Ranges gelungen. Das gilt im Großen wie im Kleinsten.

Wernher erzählt das Leben seines Helden nicht in ununterbrochener Abfolge, wie sie dem Roman gemäß ist; novellistischem Gattungsstil entsprechend greift er vier entscheidende Episoden heraus, die er, vornehmlich in Dialogform, eingehend darstellt. Es sind V. 20–648 die umfänglichen Vorbereitungen für Helmbrechts Ausritt ins Ritterleben, V. 697–1455 die erste Heimkehr Helmbrechts, V. 1463 bis 1813 die Katastrophe von der Hochzeit Gotelints bis zur Verweigerung der Wiederaufnahme Helmbrechts ins Vaterhaus und, aufs stärkste gerafft, V. 1823–1912 Helmbrechts Untergang.

Diese vier Erzählstücke sind durch schmale Gelenkbänder miteinander verkoppelt, die in äußerster Verknappung das dazwischenliegende Geschehen dem Hörer zu berichten haben: V. 653–694 Helmbrechts Räuberleben im ersten Jahr, V. 1456–62 Helmbrechts rasche Rückkehr auf die Burg mit der Ankündigung der Hochzeit und V. 1814–22 das Leben des Ausgestoßenen in der *nôt.* Das ganze Märe ist also wie ein aus vier Tafeln bestehender mittelalterlicher Flügelaltar komponiert; die sieben Verse des mittleren Scharniers (1456 bis 1462) bilden die ausgefüllte Mittelachse, um die die beiden Innenflügel des Wortkunstwerks schwingen; ihrerseits sind sie mit den beiden Außenflügeln durch die zwei anderen Scharniere verbunden, auf deren axiale Entsprechung Wernher durch die genau gleich bemessenen Zeitspannen von je einem Jahr des Räuberlebens Helmbrechts auf der Burg und des notvollen Lebens des Verstümmelten fast überdeutlich hinweist (vgl. dazu unten S. 23).

Gerahmt wird dieses Viertafelbild, dessen Innentafeln den Kern der Handlung, dessen Außentafeln in genau spiegelbildlichem Gegenüber die Exposition und das schreckliche Ende darstellen, durch einen Prolog V. 1–19 und einen Epilog V. 1913–34, dessen Verse 1923–30 als späterer Zusatz ausgeschieden werden müssen. Dieser Rahmen besteht aus zwei schalenförmig ineinander liegenden Ringen: dem *prologus praeter rem*, der V. 1–8 die Dichtung ohne speziellen Bezug auf ihren Inhalt ganz allgemein eröffnet, folgt der *prologus ante rem* V. 9–19, der auf den Inhalt der Erzählung unmittelbar hinleitet und die für die Ingangsetzung der Handlung entscheidenden Dingsymbole *hâr* (V. 10) und *hûbe* (V. 14; 17) nennt. In gegenläufiger Anordnung schließt der Epilog mit einem inneren Teilstück, das ich nach dem Vorgang der im Vorangehenden verwendeten Terminologie Hennig Brinkmanns als *epilogus post rem* bezeichnen möchte, V. 1913–22 mit der warnenden Verallgemeinerung des exempelhaften *bîspels,* der, schon sprachlich durch die Gestalt des einleitenden verallgemeinernden *swâ* angedeutet, gleichsam ‚die Moral aus der Geschicht' zieht. Ihm ist mit den üblichen Versatzstücken des Gebetsanrufs und der Namensnennung des Dichters, die nicht mehr in unmittelbarem Zusammenhang mit dem Vorgetragenen stehen, in den Schlußzeilen 1931–34, wieder mit einer Verallgemeinerung beginnend *(Swer)*, der *epilogus praeter rem* angefügt.

Daß diese aus der werkimmanenten Analyse der Dichtung gewonnene strukturelle Gliederung des Märe tatsächlich Wernhers Kompositionsplan freilegt, machen zwei Beobachtungen äußerer Natur evident.

Für den wenige Verse mehr als drei Viertel des Ganzen umfassenden Teil des *Helmbrecht* diesseits der Symmetrieachse erhärtet die Stimmigkeit dieser Gliederung zunächst ganz äußerlich die graphische Hervorhebung ihrer Anfangsverse durch Initialen an gleicher Stelle in A wie B. Wenn sie für den nur ein knappes Viertel des Ganzen beanspruchenden Teil jenseits jener Symmetrieachse bis auf den in B durch Initiale bezeichneten Beginn des 3. Erzählblocks V. 1463 und den in A ebenso gekennzeichneten Epilogbeginn V. 1913 fehlen, so könnte das damit zusammenhängen, daß A nach V. 1257 nur mehr drei Initialen (die letzte eben V. 1913), B nach V. 1463 noch V. 1487 eine letzte aufweist. Hierfür dürfte also die Ermüdung der späteren Abschreiber (und wie viele mögen zwischen dem Original und den beiden erhaltenen Textzeugen tätig gewesen sein?) verantwortlich gemacht werden müssen, die die zunächst ziemlich sorgfältig nach dem Vorgang der Urhandschrift bewahrte graphische Abschnittsunterteilung des Werks vernachlässigten. Das stimmt vortrefflich zu der allgemeinen kodikologischen Beobachtung, daß die Verwendung von Initialen gegen Ende der Handschriften für gewöhnlich immer sparsamer wird.

Das andere Kriterium dafür, daß die hier entwickelte strukturelle Gliederung des Märe die Absicht des Autors treffen dürfte, gibt Wernher durch Darstellungsformen selbst an die Hand. Wie die meisten großen Romane und ihnen entsprechend die meisten kleinen Verserzählungen beginnt die narratio mit der Vorstellung einer entscheidenden Handlungsfigur V. 21 *Ein meier der hiez Helmbreht* (vgl. *Iwein* 31 *Ez hete der künec Artûs*; *Willehalm* 5, 16 *Von Narbôn graf Heinrîch; Tristan* 245 *Ein herre in Parmenie was*; *Nibelungen* 2 *Ez wuohs in Burgonden ein schœne magedîn*, ~ *Gudrun* 1; *König Rother* 13 *Ruother was ein hêre*; Konrads von Würzburg *Heinrich von Kempten* 1 *Ein keiser Otte was genant* und die berühmten Einsätze der Strickerschen Mären: *Ein man sprach ze sînem wîbe* u. ä.) und der Eingangsformel V. 23 *von dem daz mære ist erhaben*; ihr korrespondiert die Schlußzeile der eigentlichen Erzählung 1912 *hie endet sich daz mære*. Auch die übrigen drei Erzählblöcke beginnen mit einer unverkennbaren Eingangsformel: der zweite V. 697 *Hie hebet sich ein mære*, der dritte V. 1463 *Nû hœrt von grôzer freise*, der vierte V. 1823 *Ich sage iu wie daz geschach*. Im letzten Fall kann man dieser aussagestarken Parallelen wegen auf das zusätzliche Zeugnis einer Initiale verzichten.

Noch eindrücklicher und, da sonst ohne Entsprechung, überraschender wirkt, daß und wie Wernher die drei ersten der im ganzen sieben Erzähleinheiten der narratio gleichmäßig abschließt: In dreifacher, der jeweiligen Situation natürlich angepaßter Brechung schwingen sie in dem formelhaften Abschiedsgruß des scheidenden Helmbrecht an die Zurückbleibenden mit den typischen Leitwörtern *got, guot, huote/hüeten, phlege(n), segen(en)* (V. 641–645, 695–696, 1453 bis 1455) aus. Zugleich signalisieren diese formelhaften Grußworte den Ortswechsel, der mit der folgenden Szene des jeweils nächsten Erzählabschnitts eintritt. Daß sich diese auffällig gleichgearteten Szenenschlüsse, die so nur auf durchdachter Absicht beruhen können, lediglich zum Abschluß der beiden ersten Erzählblöcke und des sie verbindenden Scharniers a finden, dagegen den beiden letzten Blöcken und ihrem Scharnier c fehlen, begreift sich unschwer aus der achsensymmetrischen Anlage der Gesamthandlung in einen steigenden und einen fallenden Teil: in jenem verabschiedet sich Helmbrecht aus eigenem Entschluß, ist er der aktive Held voller Tatendurst, der die Dinge in Bewegung setzt, die Handlung bestimmt und willentlich und freudig in eine neue Phase seines Lebens hinüberreitet; in diesem ist er der passive Held, der durchaus unfreiwillig vom jeweiligen Ort des Geschehens scheidet, werden die Wendungen seines Weges und die Schauplätze seines nunmehrigen Lebens wider seinen Willen von fremder Gewalt bestimmt, ist er zum willen- und wehrlosen Werkzeug der Entscheidungen anderer geworden, erfüllt sich sein Schicksal von außen her, so daß er keinen Abschiedsgruß mehr sagen kann.

Gerade die Konsequenz, mit der der Autor die beobachteten graphischen und die formelhaften Anfangs- wie die kompositorischen Schlußakzente durch den Abschiedsgruß in dem ein gutes Dreiviertel des Gesamtwerks umgreifenden aufsteigenden Handlungsast gesetzt hat, geben für den nur noch ein knappes Viertel umfassenden fallenden Ast, bei dem die graphische Auszeichnung der Absatzanfänge durch Initialen aus kodikologischem, die absatzschließende Grußformel aus handlungsbedingtem Grund fehlen (im ersten Fall nicht einmal vollständig), die Sicherheit, die strukturellen Handlungseinschnitte eben dieses letzten Viertels an den entsprechenden, wennschon hier für gewöhnlich unbezeichneten Stellen zu erkennen. Diesen architektonischen Bauriß des *Helmbrecht* läßt die Übersicht im Schema (S. 18/19) deutlich heraustreten.

Daß dieser klaren achsensymmetrischen Architektur des *Helmbrecht* keine zahlensymmetrische Gestaltung entspricht, braucht nicht zu verwundern. Hansjürgen Linke, dem wir den wichtigen Hin- und Nachweis der bisher völlig unbeachtet gebliebenen Bedeutung der handschriftlichen Initialen für die authentische Groß- wie Kleingliederung der Handlungserzählung nach den Intentionen des Dichters am Beispiel der vier epischen Hauptwerke Hartmanns von Aue verdanken (ihn haben inzwischen weitere Beobachtungen, darunter auch diese, glänzend bestätigt), hat eindrucksvoll gezeigt, daß ihr jeweiliger Schlußabschnitt auffallend kürzer ist als die an Umfang annähernd gleichen vorausgehenden, ohne daß sich dafür bisher ein Grund hätte ausmachen lassen.

III

Der für alle mittelalterlichen Erzählungen nicht allzu geringen Umfangs selbstverständliche äußere Rahmen aus (jeweils zweiteiligem) Pro- und Epilog hat Wernher für die feste Verklammerung seines Viertafelbildes zur Geschlossenheit eines einheitlichen Kunstwerks bei weitem nicht genügt. Er umlegt es darüber hinaus mit einem äußeren und einem inneren Rahmen aus je vier ineinander verfugten, wiederum achsensymmetrisch angeordneten Wortleisten. Die äußerste besteht in dem Gegenwortpaar *sehen/blint*, das den für Helmbrechts schreckliches Schicksal entscheidenden Grundakkord anschlägt: dem im Prolog gehäuften Leitwort *sehen* (V. 1, 8, 9, 16) steht am Ende das auf den Raum von 164 Versen (1703–1866) nicht weniger als 19mal einhämmernd wiederholte *blint* gegenüber. Damit macht der Dichter deutlich: daß Helmbrecht die auf der Hand liegende Unverbrüchlichkeit und Unabdingbarkeit der göttlichen *ordenunge* in der Wirklichkeit der Welt nicht sehen will, daß er sich selbst durch die immer beschwörender werdenden Worte des Vaters nicht die Augen öffnen läßt, büßt er schließlich dadurch, daß er des Organs zur Wahrnehmung dieser Wirklichkeit beraubt wird, weil er voller Trotz sein angemaßtes Recht zu freier Entscheidung über seinen Lebensweg hat durchsetzen wollen. Das unterstreicht die gehäufte Verwendung des Namens *Helmbreht* zu nachdrücklicher Einprägung am Beginn der eigentlichen Erzählung V. 21, 25, 40 und zu mahnender Warnung nach dem grausigen Ende im Epilog V. 1916, '18, '22, ('26, '28), unterstreicht die Hervorhebung des Dingsymbols der *hûbe* im Gegenüber ihrer Nennung im Prolog wie zu Anfang der Erzählung V. 14, 17, 20, 28, 43, 55, 84, 104, 108, 122 und dann wieder im kurzen 4. Erzählblock V. 1879, '88, '91, '94 als Versinnlichung für Helmbrechts Aufstieg und Untergang und unterstreicht schließlich der nachdrückliche Verweis auf *daz mære* selber wegen seiner exemplarischen moral-didaktischen Bedeutsamkeit gleich zu Anfang des 1. Blocks V. 23, 27, 30, 60, 90 wie in den letzten zwei Dritteln des 3. und im 4. Block V. 1640, '51, 1788, 1894 und in der Schlußzeile 1912; dabei verblüfft besonders die Korrespondenz zwischen der ersten und der letzten Nennung.

In diesen äußeren Rahmen hat der Dichter einen wiederum

Strukturelle Gliederung des *Helmbrecht*

	Initialen in	Verszahlen	Versumfang
Einleitung — Prologus praeter rem: *Einer seit*	AB	1–8	19
Prologus ante rem: *Ich sach*		9–19	
Narratio			
Eingang 20 *Nû hœrt*			
23 *von dem daz mære ist erhaben*			
1. Erzählblock: Daheim: Die Vorbereitungen zum Ausritt	A	20–648	629
228; 311 *stiure*			
641–645 Abschiedsformel			
653 *Ûf eine burc kom er*		(649)	(48)
Scharnier a: 1 Jahr Raubritterleben	AB	653–696	44
695/696 Abschiedsformel			
697 *Hie hebet sich ein mære*			
2. Erzählblock: *(mê danne)* 1 Woche wieder daheim	AB	697–1455	759
1453–55 Abschiedsformel			

(auf)steigende Handlung

fallende (absteigende) Handlung

3/4

1456 *Hin fuor er*

Spiegelbildliche Symmetrieachse — Scharnier b: Auf dem Rückweg zu den Spießgesellen 1456–62 7

1/4

1463 *Nû hœrt von grôzer freise*

3. Erzählblock: Von den Hochzeitsvorbereitungen bis zur Verstoßung B 1463–1813 351

1814 *Hin gie der diep*

Scharnier c: 1 Jahr *nôt* in der Fremde 1814–22 9

1822 *unz er von hâhen leit den tôt*

Ausgang 1823 *Ich sage iu wie daz geschach*

4. Erzählblock: Das Ende im Wald 1823–1912 90

1907 *stiure*

1912 *hie endet sich daz mære*

Schluß — Epilogus post rem: *Swâ* . . . A 1913–22 } 14

Epilogus praeter rem: *Swer* . . . 1931–34 } 14

vierteiligen inneren aus den folgenden Wortleisten bzw. Gegenwortpaaren eingesetzt. Die äußerste Leiste bilden die sieben *gap* V. 119, 123, 125, 131, 139, 147, 151, deren Häufung die verschwenderische Ausstattung Helmbrechts durch Mutter und Schwester unmittelbar ohrenfällig macht; ihnen entsprechen die wiederum sieben grammatischen Formen derselben Wortwurzel in den figurae etymologicae V. 1740, '51, '57, '69, '70, '96, 1812, als der Vater dem Sohn bei der zweiten Rückkehr ins Elternhaus jede Gabe verweigert. Die innerste Leiste bildet die elfmalige Wiederholung des Gegenworts *nam* V. 663–682, dessen Zusammendrängung auf 20 Verse im Scharnier a als dem einen Flügel die Hemmungslosigkeit Helmbrechts bei seinem räuberischen Tun akustisch wiedergibt, mit ihrer Korrespondenz bei der Schilderung der Trauzeremonie V. 1503–32 als dem anderen Flügel, wo auf den Raum von 30 Versen sechsmaliges *geben* fünfmaliges *nemen* umklammert, so daß beide Wörter abermals elfmal auftönen. Zwischen sie legt sich eine breite Leiste aus den Fahnenwörtern des für den Konflikt zwischen Vater und Sohn entscheidenden Ständegegensatzes *hof/gebûre*. Beginnend mit der präpositionalen Fügung *ze hove* und sonstigen Ableitungen des Grundworts V. 226, 238, 243, 244, 263, 284, 292, 296, 300, 302 erfährt das damit angeschlagene Thema seine Steigerung in der Verklammerung des Gegensatzpaares *hoveman* V. 339, 345 / *gebûre* V. 343, 346 und rundet sich in ausgewogener Symmetrie durch die Häufung von *gebûre/gebûwen* V. 1816, '19, '24, '27, '28 als Zeichen dafür, daß dieser von Helmbrecht verachtete Stand gegenüber dem *hoveman* sein Recht in der göttlichen Weltordnung behauptet. Das letzte Stück dieses vierteiligen Wortinnenrahmens bildet die Gruppe *troum/tröumen*. Auf dem Raum von 57 Versen gebraucht Wernher V. 580–636 diese Wortfamilie nicht weniger als 16mal, um die Warnung unüberhörbar zu machen, die der Vater damit immer eindringlicher ausspricht; als die Träume sich schrecklich erfüllen, nimmt der Dichter das Substantiv in beziehungsvollem Rückverweis noch dreimal V. 1786, '90 und 1910 auf.

Bei so eindrucksvoller Doppelrahmung der Erzählgeschehnisse durch zweimal vier Wortleisten und/oder Gegensatzpaare liegt die Annahme nahe, der Dichter habe auch der Darstellung dieses Geschehens selbst eine ähnlich überlegt-sorgfältige Behandlung zuteil werden lassen. In der Tat läßt sie sich für den Bauriß in viererlei Hinsicht beobachten.

Am frühesten hat man gesehen, daß die von Mutter und Schwester verschwenderisch beschenkte Urheberin der kunstvoll bestickten Kappe, die Nonne, von der lediglich in den 24 Versen 107–130 die Rede ist, eine vorweggenommene Kontrafaktur, gleichsam eine Präfiguration Helmbrechts darstellt. Wie er ist sie mit der Flucht aus dem Kloster ihrem Stande untreu geworden, hat sie das Gelübde der Keuschheit gebrochen (V. 115) und steht nun vor Gott mit Schande bedeckt da (V. 116).

Den heutigen Leser beeindruckt in dieser Hinsicht besonders die bewußte Entgegensetzung der beiden Begrüßungsszenen bei der zweimaligen Heimkehr Helmbrechts vor und nach der Hochzeit unter umgekehrtem Vorzeichen. Als der junge Raubritter das erste Mal die Seinen aufsucht, um vor ihnen mit seiner angeblich ritterlichen Lebensführung zu prunken, erweist er sich als der *Verblendete*, der trotz aller verzweifelten Bemühungen des Vaters, ihm über die Schändlichkeit und Gottverlassenheit seines Tuns die Augen zu öffnen, sich nicht zur Umkehr bewegen lassen will. Als der Gescheiterte an die Tür des Vaterhauses klopft, um als Bettler darin unterzukommen, ist er der *Geblendete*, den Gott durch den Henker so furchtbar für seine mutwillige Verblendung gestraft hat (Bernhard Sowinski). So, wie im Anfangsgespräch der Vater in seiner Herzensangst um das Schicksal, das dem Sohn ob seines frevelhaften Beginnens droht, gebeten, gefleht und auf immer neue Weise an die Liebe wie die Einsicht des Jungen appelliert, doch dafür nichts als wachsenden

Hohn und Spott geerntet hatte, so versucht nun im Schlußgespräch der Sohn mit Bitten und Flehen des Vaters Herz zu rühren – ebenso vergeblich, denn nun verhärtet der sein Herz und läßt sich durch nichts beeindrucken und erbitten – genauso wie damals der Sohn –, so schwer ihm das wird, wie die Worte V. 1776 *swie im sîn herze krachte* erkennen lassen.

Die künstlerische Bewußtheit, mit der Wernher diese letzte Szene des 3. Erzählblocks der ersten Szene des 2. – der beiden Kernblöcke, des Mittelbildes also! – in spiegelbildlicher Symmetrie entgegengesetzt hat, reicht bis tief ins Einzelwort hinein. Der Vater eröffnet den Dialog mit dem *dê ûs sal* (V. 1713), mit dem der Sohn ihn damals begrüßt hatte (V. 726), und sein affektiert-gespreiztes *her blindekîn* (V. 1717) wandelt des Sohnes frech-herablassendes *vil liebe sœte kindekîn* (V. 717) beim Betreten des Bauernhofs (wiederholt V. 747) höhnisch ab. Gleichzeitig zahlt er ihm damit das beleidigende *gebûrekîn* (V. 764), an das Wernher V. 1696 ausdrücklich erinnert, mit gleicher Münze heim und ruft ihm V. 1746–49 die unverschämt übertreibenden Äußerungen seines kraftmeierischen Protzentums V. 408–410 und 1253–56 ebenso höhnisch ins Gedächtnis zurück. Ja, der Dichter selbst weist V. 1692–1702 eigens auf diese enge Verzahnung der beiden gegenbildlichen Szenen hin, indem er ausdrücklich sagt:

V. 1797 *Allez daz er hêt getân*
daz itwîzt er dem blinden man.

Mit eiserner Klammer hält schließlich das Fahnenwort *stiure* V. 228 und 311 vor der Mitte des 1. und V. 1907 am Ende des letzten Erzählblocks die Gegenbildlichkeit dieses Ablaufs zusammen, wie Werner Bellmann zuerst bemerkt hat: was Helmbrecht vor seinem Ausritt von den Eltern und der Schwester zur Unterstützung seines Vorhabens an vornehm-teuren Ausrüstungsstücken erbittet und erhält, das wird dem Verlorenen entsprechend vor seinem gewaltsamen

Tode in Gestalt einer jämmerlichen Erdkrume zur Hilfe im Höllenfeuer gereicht.

Diese überlegte Gegenbildlichkeit in der Gestaltung entscheidender Erzählabschnitte spiegelt sich sogar in der vom Dichter mit auffallender Exaktheit angegebenen erzählten Zeit (Terminus nach Günther Müller). Ohne Schwierigkeit läßt sich das in dem S. 18/19 gegebenen Schema für die beiden Scharniere zwischen den Innen- und Außenflügeln ablesen: dem einen Jahr, das Helmbrecht auf der Raubritterburg zubringt und auf das Wernher nicht weniger als dreimal (V. 684; 811; 1206) hinzuweisen für notwendig erachtet, entspricht das andere, in dem der Verstümmelte vor seinem Ende *nôt* leidet (so ausdrücklich V. 1821). Diese überraschende Kongruenz der beiden Zeitspannen, deren Inhalt nicht erzählt, auf den nur hingewiesen wird, versinnlicht die Korrespondenz zwischen dem Leben Helmbrechts in der Ursünde der superbia mit der entsetzlichen Bestrafung in der *nôt* der dadurch verschuldeten *pîne*. „Jeder Tag, an dem Helmbrecht dem göttlichen Gesetz zuwider handelt, wird gebüßt durch einen Tag erfüllt von Leid und Not. Diese Adäquanz“ (Werner Bellmann) von Schuld und Strafe ist ein unübersehbarer Fingerzeig für die unerschütterliche Geltung der göttlichen *ordenunge*, die nicht verletzt und nicht übertreten werden darf.

(Weil dieser in der Forschung bisher kaum beachtete Aspekt gerade neuzeitlichen Lesern nur schwer eingeht, muß auf entsprechende Sachverhalte in anderen mittelalterlichen Dichtungen hingewiesen werden. Den 17 Jahren, während derer Gregorius, der Held in Hartmanns Büßerlegende, unwissentlich in der schweren Sünde des doppelten Inzests lebt, entsprechen die abermals 17 Jahre, die er willentlich für diese ihm nicht zurechenbare Schuld auf dem Felsen am Meer angeschmiedet büßt. Und den wiederum heilsgeschichtlich begründeten 17 Jahren, in denen die Maria Aegyptiaca des Märterbuchs um 1300 sich einem sündigen Lebenswandel ergibt, stehen die genau 17 Jahre gegenüber, die sie dafür büßt. Ebenso entsprechen den 20 Jahren, in denen die Maria im *Abraham* der Nonne Hrotswitha von Gandersheim ein reines jungfräuliches Leben in der Zurückgezogenheit bei ihrem Oheim führt, den abermals 20 Jahren, in denen sie sich von der Schuld, die sie durch zwei Jahre eines sündigen Weltlebens auf sich geladen hat, durch ein makelloses Leben ununterbrochener Buße reinigt.)

Diese beiden Jahre von Schuld und Sühne Helmbrechts umschließen in axialer Symmetrie jene in den 759 Versen des 2. Blocks breit erzählten 7 Tage (V. 1093; vgl. 1119) von Helmbrechts Aufenthalt im Elternhaus nach der Rückkehr von der Burg (die ihm, bezeichnend genug, so lange vorkommen wie ein Jahr [V. 1094]) und die sofort anschließende Hochzeit *in Lemberslindes vater hûs* (V. 1477), mit der die Katastrophe hereinbricht. Damit hat Wernher der erzählten Zeit seines Märe – in stärkster Spannung zu der völlig anderen Dauer der Erzählzeit! – die um die Mittelachse des Scharniers b herum komponierte symmetrische Struktur ‚1 Jahr / (wenig mehr als) 1 Woche / 1 Jahr' gegeben (worauf schon Werner Bellmann aufmerksam gemacht hat; vgl. die entsprechende Zeitstruktur in Hrotswithas *Abraham*: 20 / 2 / 20 Jahre).

Solche zahlenmäßigen Angaben, deren wechselweise Beziehungen zur Aufschließung des vom Dichter gemeinten hintergründigen Verständnisses be-deut-sam sind, indem sie auf Verborgenes hin-deuten, finden sich auch sonst. Es muß jedem, der etwas von der starken Typik älterer Literatur weiß, auffallen, daß Wernher dem Vater anstelle der für alle volksläufige Dichtung typischen *Drei*zahl (man denke ans Märchen) *vier* Träume in den Mund legt (V. 580–634), die sich an Helmbrecht samt und sonders fürchterlich bewahrheiten (V. 1786–90). In diesem Zusammenhang erscheint plötzlich bedeutsam – was sonst bedeutungslos-zufällig wäre –, daß der Vater den blinden Sohn *vier*mal auffordert, sich *ûz* zu *heben für die tür* (V. 1732, '58, '91, 1809/10). Für das *bezeichenlîche* Denken des mittelalterlichen

Menschen ist beides unmißverständlicher Verweis auf das eigentlich damit Gemeinte: auf die frevelhafte, widergöttliche Verletzung des *4.* Gebots durch den Sohn (V. 757), die wir als die tiefste Wurzel des ganzen Unheils erkannt haben (vgl. S. 10. Erwogen hatte diesen Zusammenhang bereits Werner Bellmann).
In wieder anderer Weise begegnet solche bedeutsame Zahlenentsprechung in der mehrfach hervorgehobenen *10.* Den *10* Räubern ordnet der Dichter *10* Männer zu, denen die Aufgabe zufällt, Gottes Gericht über jene zu vollziehen und durch ihr Tun die so brutal gestörte göttliche Rechtsordnung in der Welt wiederherzustellen: im ersten Ansatz fangen der Richter und seine vier Helfer (V. 1613) Helmbrecht, verurteilen, verstümmeln ihn und lassen ihn frei; im zweiten mißhandeln fünf Bauern (V. 1861) den Begnadigten und hängen ihn zuletzt auf. Von solchen Beobachtungen her möchte man vermuten, daß noch eine weitere Beziehung mit der Summe von *10* Pfund Silber (V. 399) besteht, die der Vater für den Hengst bezahlt hat, den Helmbrecht als Voraussetzung für sein ritterliches Leben braucht (Ruh, ZfdPh 86 S, S. 11), und zu den *10* Geschenken, die der junge Raubritter den Seinen mitbringt (V. 1048–90, Werner Bellmann). Zudem könnte hinter dieser auffälligen Bevorzugung der *10* als Anzahl äußerer, uns durchaus nebensächlich erscheinender Einzelheiten und Dinge der dem mittelalterlichen Menschen ohne weiteres einleuchtende Bezug auf den Dekalog, die *10* Mosaischen Gebote stehen, in denen aufs knappste Gottes unverbrüchliches Gesetz zusammengefaßt ist; um die Sühnung seiner gröblichen Verletzung durch menschliche Überheblichkeit geht es in diesem *mär von dem helmprecht* (B).
Dem Menschen der Gegenwart mag es bei der Aufdeckung solcher Wort- und Zahlensymbolik himmelangst werden; er pflegt sie kurzerhand für das Hirngespinst eines willkürlich verfahrenden Interpreten zu halten. Doch er weiß nicht, daß das ganze Mittelalter solche wort- und zahlenmäßigen

Adäquanzen als zutageliegende Verwirklichungen des Gebetsanrufs an Gott Weish. Sal. 11, 21: „Du hast alles nach Maß, Zahl und Gewicht geordnet" gefaßt hat. Insbesondere die Zahl war ihm eine von Gott gesetzte, eine ihn offenbarende, eine jeder menschlichen Willkür und jedem Zufall enthobene objektive, mit der Schöpfungsordnung gegebene, unveränderliche, bedeutsame Größe. Von daher bekommen all solche Beobachtungen ihr eigentümlich starkes Gewicht.

IV

Gerade der zuletzt angesprochene Sachverhalt der Geschenke, die der junge Raubritter den Seinen mitbringt, erweist sich noch in anderer Hinsicht als ungewöhnlich fein durchgestaltet, wie zuerst Werner Bellmann aufgefallen ist. Wernher widmet nämlich seiner Beschreibung der Geschenke an den Vater 10 Zeilen (V. 1057–66), der an die Mutter wie an die Schwester je 7 (V. 1067–73; 1074–80) und der für Großknecht und -magd, in einen Satz zusammengefaßt, wiederum 10 (V. 1081–90), also 10 : 7 : 7 : 10. Die Überlegtheit dieser achsensymmetrischen Anordnung kommt aber noch in anderer Betrachtungsweise zum Tragen: Helmbrecht überreicht in 17 Versen den Männern 5 Geschenke (V. 1057–66 + 1081–87) und in wiederum 17 Versen den Frauen ebenfalls 5 (V. 1067–80 + 1088–90) – das sollte nur äffender Zufall sein?

Daß in der Entflechtung dieses doppelt gewebten Filigrans eben nicht Zufall narrt, sondern verborgenster künstlerischer Gestaltungswille freigelegt wird, beweist ihre auffallende Parallele mit dem Aufbau der Empfangsszene des von der Ritterburg nach Hause Kommenden. In 18 Versen begrüßen nacheinander Großknecht und Großmagd, Schwester, Vater und Mutter den Ankömmling, und jedem antwortet er besonders; nach 2 Zeilen (V. 729/730), in denen die Eltern sich in sprachloser Verblüffung ansehen, verwundern sich die Begrüßten, nunmehr rückläufig gereiht, in wiederum 18 Versen (731–748) über Helmbrechts merkwürdiges sprachliches Gebaren. Die Szene ist also im Zahlenverhältnis 18 / 2 / 18 um eine ausgefüllte Mittelachse herumkomponiert und nimmt sich in genauer spiegelbildlicher Symmetrie so aus:

Der Aufbau der Begrüßungsszene

Ia —— 8 Z.: 711–718 zum Großknecht (Gesinde) vlämisch		
IIa —— 4 Z.: 719–722 zur Schwester lateinisch		18 Z.
IIIa — 4 Z.: 723–726 zum Vater französisch		
IVa – 2 Z.: 727/728 zur Mutter tschechisch		
2 Z.: 729/730 sprachlose Verblüffung der Angeredeten	2 Z.	
ausgefüllte Symmetrieachse		
IVb – 4 Z.: 731–734 die Mutter: ein Tscheche oder Slowene		
IIIb — 4 Z.: 735–738 der Vater: ein Welscher		18 Z.
IIb —— 4 Z.: 739–742 die Schwester: ein Geistlicher		
Ib —— 6 Z.: 743–748 der Knecht: ein Flame oder Sachse		

Aber auch hier enthüllt sich von einem anderen Standort her eine nicht minder überzeugende Strukturierung dieser für den Fortgang der Erzählung so entscheidenden Szene: auf die Worte Helmbrechts, auf die der übrigen Familie und auf die des Gesindes entfallen jeweils 12 Verse, und auch sie sind wiederum spiegelbildlich um die gleiche Mittelachse in dieser Weise angeordnet (Werner Bellmann):

711–716	18	6 Z.: Gruß des Gesindes an Helmbrecht
717–728		12 Z.: Begrüßungsworte Helmbrechts
729/730		2 Z.: Pause – *Symmetrieachse*
731–742	18	12 Z.: Reaktion der Familienmitglieder
743–748		6 Z.: Worte des Gesindes

Achtet man dabei auf die Kleingliederung, so fällt besonders auf, daß die Worte der Mutter, des Vaters und Gotelints jeweils 4 Verse beanspruchen. Auf eine ähnliche symmetri-

sche Gestaltung einer kurzen thematischen Einheit hat Luise Berthold aufmerksam gemacht: Beim Hereinbruch der Katastrophe am Ende der Hochzeit nimmt Wernher in den 12 Versen 1639–50 die warnenden Worte des Vaters 1260–64 auf, in denen der dem Sohn die Henkersknechte als Vollzugsorgane Gottes vorgestellt hatte: die entscheidenden Fahnenwörter dort: *got* und *scherge* V. 1261/62 erscheinen hier verdoppelt in axialer Anordnung: Gott eröffnet und schließt die Entfaltung einer Grundüberzeugung über den Gang der Dinge in der Welt im ersten (V. 1639) und letzten (V. 1650) Vers; der Scherge als Werkzeug seines Willens wird im 4. (V. 1642) und viertletzten (V. 1647) Vers genannt, und der Sinn der Räuber, der V. 1260 als *ræze* bezeichnet ist, heißt V. 1646 *küene.* Nicht zuletzt dürfte es zur bewußten Gestaltung dieser moraltheologischen Überlegung gehören, daß das mittlere Band ihrer ersten Hälfte (*her* : *wer* V. 1641/42) den Tonvokal der drei Reimpaare der zweiten (V. 1645–50) auf gleichmäßiges *-e-* bestimmt.
Dieselbe kunstvolle Rahmentechnik läßt sich noch öfter an bestimmten Abschnitten beobachten. Ich beschränke mich auf zwei hervorstechende. Werner Bellmann hat gezeigt, daß in der Szene, in der Wernher Helmbrechts Schicksal von der Verstümmelung bis hin zur Ankündigung seines Endes schildert (V. 1683–1822), die in der Dichtung immer wieder leitmotivisch auftönenden *nôt* / *tôt* / *brôt* als Reimwörter in drei ineinander liegenden Schalen um die Mittelachse V. 1775/76 mit ihrer S. 8 und 22 erwähnten bedeutsamen Feststellung herumgelegt sind (s. Schema S. 29 oben).
Ebenso wenig ist es von ungefähr, daß der Dichter gleich den Eingang seines Werks in dieser kunstvollen Weise auszeichnet. Die ersten 6 Zeilen des prologus praeter rem (auch prooemium genannt) scheinen auf den ersten Blick nichts weiter als verschiedene Möglichkeiten epischer Erzählinhalte kunstlos-pedantisch aufzuzählen, um in den beiden letzten wirkungsvoll die andersartige eigene dagegenzustellen. Doch der Schein solcher Kunstlosigkeit trügt.

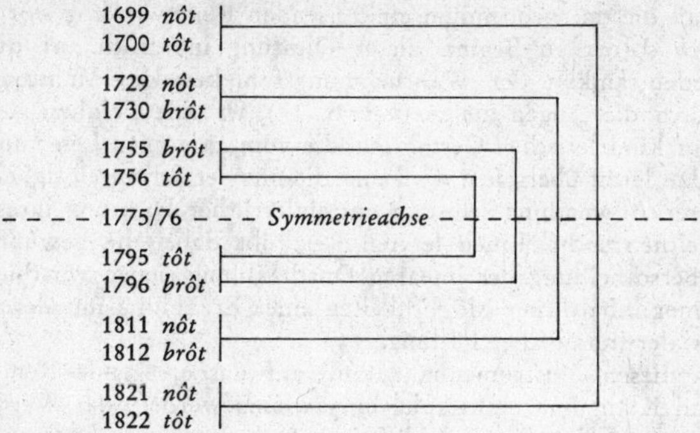

Wie Harald Schollers eingehende Analyse gezeigt hat, legen sich die Zeilen 1–4 und 5–8 als die beiden Hälften des Proömiums in „semantischer Spiegelung“ um eine imaginäre Symmetrieachse zwischen V. 4 und 5. Dem Reimpaar 1/2 *gesiht* / *geschiht* antwortet in chiastischer (kreuzweiser) Anordnung der volle grammatische Reim 7/8 *geschach* / *sach*; dem ersten Wort des zweiten Bandes 3 *minne* entspricht semantisch und mit Stabreim das zweite des dritten Bandes 6 *muote*; im Gegenüber zu diesen geistigen Inhalten sprechen die beiden inneren Reimwörter 4 *gewinne* und 5 *guote* von äußerem Besitz. Auf diese Weise hat Wernher eine achsensymmetrische Entsprechung der Reimwörter des prooemiums in anscheinend müheloser Leichtigkeit zu vollendeter Gestaltung gefügt:

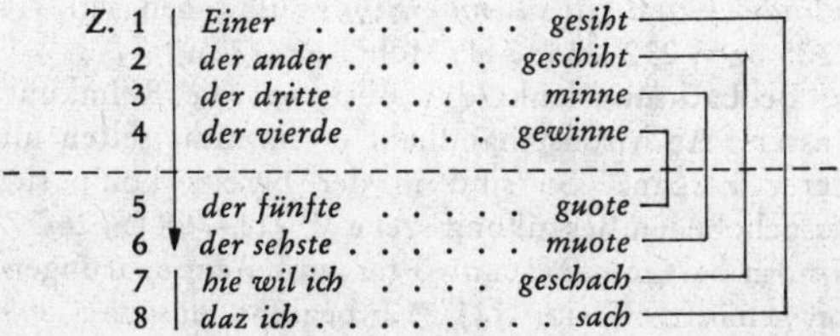

Daß die das prooemium einkreisenden Reimwörter *gesiht* / *sach* sofort zu Beginn dieser Dichtung inhaltlich auf die Bedeutsamkeit der Wahrnehmungsfähigkeit des Menschen durch die Augen zielen (vgl. S. 17), ist eine Feinheit der wortkünstlerischen Gestaltung, die vom modernen Leser nur allzu leicht übersehen wird und die mit der Schwerelosigkeit ihrer Anwendung selbst in mittelalterlicher Dichtung ihresgleichen sucht. Einen letzten Reiz übt dabei die bewußte Überschneidung der linearen Durchzählung sieben verschiedener inhaltlicher Möglichkeiten einer Erzählung mit deren axialer inhaltlicher Füllung.

In diesem Zusammenhang muß auf das erregende Reim- und Klangumarmungsspiel hingewiesen werden, das Wernher mit seinem pseudohöfischen Liebespaar *Lemberslint* / *Gotelint* treibt. Von dem Augenblick an, in dem Helmbrecht seinem Vater von der geplanten Verbindung der beiden spricht, bis zum Hochzeitsschmaus begegnen ihre Namen auf dem Raum von V. 1279 bis 1576 im ganzen 12mal als Reimpaar, d. h., dieses Namenspaar bildet also im Schnitt fast jedes 12. Reimband des Abschnitts von nahezu 300 Versen, während jeder Name für sich daneben nur selten auftritt. Auf dem szenischen Höhepunkt der Trauung fügt Wernher V. 1503–06 und 1529–32 beider Namen unter Fortspinnung einer Anregung aus Gottfrieds Liebesroman *Tristan und Isolde* sinnbildlich zum umschlungenen Gleichklang *Gotelinde* : *Lemberslinde* : *Lemberslinde* : *Gotelinde*, dazwischen einmal, durch vier Reimpaare getrennt, V. 1511 bis 1512 und 1521/22 in umgekehrter Folge zu *Lemberslinde* : *Gotelinde* / *Gotelinde* : *Lemberslinde* zusammen (vgl. Tschirch 304/305 bzw. 232–234; 244; Mohr 169–172).

Diese Beobachtung lenkt den Blick auf die Reimkunst des Verfassers. Auch sonst handhabt er sie nicht selten mit besonderer Eleganz. So sind in der bereits kompositorisch herausgehobenen Begrüßungsszene V. 711–768 (S. 26/27) nun auch noch bestimmte Reimwörter und Reimpaarungen auffällig gehäuft. Gleich 711/712 beginnt das mit *kneht* :

Helmbreht, wozu 749/750 *sleht* : *Helmbreht* und 761/762 noch einmal *kneht* : *Helmbreht* treten; das setzt sich fort mit wiederholtem *tâten* : *râten* 713/714 und 753/754 und steigert sich zu einem kunstvollen Vierreim mit einem identischen Band in der Folge a^1 a^2 a^3 a^2 715–718 *mîn* : *sîn* : *-kîn* : *sîn*; der Reim wird als einfaches Paar noch dreimal aufgenommen: 741/742 als *latîn* : *sîn*, 747/748 *-kîn* : *sîn* und 763/764 *sîn* : *-kîn*. Die übrigen Mehrfachreime dieses Abschnitts sind: 725/726 *zal* : *sal* zusamt dem rührenden Reim 755/756 (*dê ûs*) *sal* : (*ez*) *sal*, 729/730 *an* : *man* und 743/744 *man* : *hân*, 733/734 *kint* : *Wint* und 739/740 *Gotelint* : *kint*. In Zahlen umgemünzt heißt das: von den 29 Bändern dieser geschlossenen Szene respondieren nicht weniger als 17 ein oder mehrere Male, bleiben nur 12 ohne solche Klangwiederkehr – dies Ergebnis redet eine eindeutige Sprache!
Dieser Feststellung dürfen noch zwei kleinere Beobachtungen ähnlicher Art angeschlossen werden. Außer den bereits behandelten Fällen begegnen in der Dichtung noch zwei Vierreime mit einem identischen Band, beide wieder in der vom Dichter deutlich bevorzugten achsensymmetrischen Gruppierung a^1 a^2/a^2 a^3: V. 437–440 *stabe* : *knabe* : *knabe* : *abe* und, lange vor der Trauzeremonie, V. 1291–94: *slegerint* : *Gotelint* : *Gotelint* : *Lemberslint*.
Diese besondere Form des Vierreims ist keineswegs eine „Reimspielerei" als bloß formal-ästhetischer Selbstzweck, wie wir von unserem Unverständnis solcher reimtechnischen Glanzleistungen mittelalterlicher Formkunst rasch und hochmütig (ab)urteilend zu meinen pflegen; vielmehr eignet ihnen an beiden Stellen eine bestimmte inhaltliche Funktion. Ab V. 439 versucht der Vater in der zweiten Gesprächsrunde mit dem Sohn (ab V. 424) nach der ahnungsvollen Vorausdeutung des schrecklichen Endes V. 429–438 den Jungen abermals zum Bleiben zu bewegen: wiederholtes *er sprach* und die Initiale in B signalisieren den Neuansatz. Der Vierreim mit dem doppelten *knabe* vor und nach diesem unvermittelten Umbruch in den Worten des Vaters

vom Unmut, von der Warnung und Mahnung zu fast flehentlicher Bitte hat also die Aufgabe, diesen scharfen Einschnitt im Fortgang der väterlichen Rede zu überbrücken, beide Teile vom Reimklang her als eng zueinander gehörig zu erweisen. Noch deutlicher wird diese Verknotungsfunktion des Vierreims im zweiten Fall: zwischen V. 1292/93 liegt eine so harte Zäsur, wie wir ihr sonst in der Erzählung nicht begegnen. Auf den plötzlichen und unerwarteten Szenenwechsel an dieser Stelle vom Gespräch zwischen Vater und Sohn, das wir uns in der Bauernstube vorzustellen haben, und der heimlichen Beratung zwischen Bruder und Schwester unter vier Augen, von der die Eltern nichts wissen (ausdrücklich V. 1431/32!), macht Wernher mit keinem Wort aufmerksam (vgl. auch den ähnlich schroffen Umbruch in der Rede des Vaters V. 241/242). Diesen so unvermittelt nebeneinander gesetzten Gesprächsszenenwechsel (der einem erst allmählich klarwird, zumal in beiden Helmbrecht spricht) hat Wernher wiederum in der Weise durch Vierreim miteinander verklammert, daß das identische Reimwort *Gotelint* die imaginäre Symmetrieachse fest umgreift.

Nur uns befremdet von unseren neuzeitlichen Voraussetzungen her dieser unangekündigte plötzliche Szenenwechsel. Für mittelalterliche Erzählweise, vor allem volkstümlicher Art, stellt er durchaus nichts Unerhörtes dar. Ähnlich unvermittelte Bruchstellen in fortlaufender Erzählung lassen sich etwa im *König Rother* 83/84 (dazu vgl. Walter Johannes Schröder, PBB 80 [1958] S. 67–71) oder im *Fuchs Reinhart* (hrsg. von Baesecke-Schröbler) 822/823 beobachten. Wenn an beiden Helmbrechtstellen moderne Interpreten Textlücken angenommen haben, so erweist das nur, daß sie – in den Anschauungen neuzeitlicher Erzählkunst befangen – weder die Technik des unangekündigten Neueinsatzes in mittelalterlicher Dichtung kennen noch an den genannten Stellen die Klammerfunktion des Vierreims mit identischem Innenband zu fester Verkettung der beiden unvermittelt aneinander stoßenden Abschnitte erkannt haben. Selbst in dem dritten Beleg für diese Erscheinung, dem Vierreim zu Anfang der Begrüßungsszene V. 715–718, läßt sich eine ähnliche Brückenfunktion erkennen: nach dem Willkommensgruß des Gesindes setzt der dritte Vers, also der unmittelbar hinter der Mittelachse stehende, für die Beteiligten wie für die Hörer gleich überraschend, mit dem hochnäsig-fremdsprachigen Kauderwelsch des Heimgekehrten ein. Wiederum bietet die Initiale in B einen kaum zu mißdeutenden Hinweis des Autors auf die ihm wichtige Betonung des Erzähleinschnitts für die unerwartete Wendung, die das Gespräch an dieser Stelle nimmt.

Schließlich ist auf die beiden grammatischen Reime hinzuweisen, die sich im Werk in der Form der Umschlingung a^1a^2/b^2b^1 finden. Als dem Vater nach den beleidigenden Worten des Sohns die Geduld reißt und er in den Versen 775–778 vom selbstverständlichen *du,* mit dem er den Sohn bisher angesprochen hatte, zu der distanzierenden Fremdanrede *ir* überwechselt, kündigt der grammatische Reim *kint* : *Wint* / *Winden* : *kinden* die inhaltliche Wende akustisch an: der Vater hat sich mit einem Ruck innerlich vom Sohn gelöst und ihn verworfen. Nicht so deutlich tritt die Aufgabe des grammatischen Reims 1147–50 *getete* : *bete* / *enlân* : *getân* heraus. Immerhin hält der Sohn einen Augenblick mit seinen lächerlichen Überheblichkeiten inne und interpretiert B die folgende Frage des Vaters durch Initiale graphisch als Neuansatz.

Weil die Helmbrechtforschung mindestens seit Max Ittenbach wie gebannt auf das Dingsymbol der *hûbe* gestarrt hat, ist ihr entgangen, daß Wernher die so einläßlich geschilderte und für die Entwicklung so bedeutsame Einkleidung des *geutôren* (V. 41) gleichsam achsensymmetrisch ausführt. In eigentümlicher Umkehrung des natürlichen Ablaufs folgt auf die Beschreibung der Kappe V. 26–103 erst die Schilderung ihrer Anfertigung durch die Nonne V. 104–130. Das zweite wichtige Ausstattungsstück aber, den Kittel, behandelt der Dichter dann in natürlicher Folge: V. 156–174 schildert er zunächst, wie die Mutter auf die Forderung des Sohns den *warkus* beschafft; im Anschluß daran beschreibt er ihn V. 175–216, wenngleich beides nicht ganz so eingehend wie bei der *hûbe*. Die strukturelle Mittelachse dieses den 1. Erzählblock eröffnenden Unterabschnitts V. 26 bis 216, die Verse 131–155, ist durch die Mitteilung weiterer Ausrüstungsstücke, die Mutter und Schwester dem Stutzer verschaffen, ungewöhnlich stark gefüllt, so daß ihre strukturelle Gliederungsfunktion für diesen ganzen Unterabschnitt leicht verkannt werden kann.

Doch so einseitig und in seinen künstlerischen Mitteln begrenzt ist Wernher nicht, als daß er neben der von ihm bevorzugten spiegelbildlich achsensymmetrischen und/oder chiastischen Anordnung der Erzählglieder im großen wie im kleinen nicht auch das damit konkurrierende Aufbauprinzip des strukturellen Parallelismus und der linearen Reihung kennte und verwendete. Wie sich in seiner Gestaltung beide Formprinzipien überkreuzen und durchdringen können, ließ sich bereits bei der Anlage der 8 Verse des prooemiums beobachten (S. 29/30). Ein herausragendes Beispiel für die einfache Reihung bietet die zweimalige Aufzählung der 10 Räubernamen: V. 1185–1230 nennt Helmbrecht sie auf des Vaters Bitte bei seinem einwöchigen Aufenthalt zu Hause; über 300 Verse später führt der Autor selbst V. 1539–56 ihre Träger agierend an der Hochzeitstafel vor. Beide Male erscheinen sie in fast der gleichen Anordnung, wie die Übersicht (S. 35) auf einen Blick erkennen läßt.

Allein die Eckstellen zeigen eine Durchbrechung des im übrigen streng durchgeführten Parallelismus. Als Folge der Unterschiedenheit des jeweils Vorstellenden muß am Anfang in der ersten Reihe der Name des Erzählers (Helmbrecht = *Slintezgeu*), in der zweiten der des Bräutigams (*Lemberslint*) fehlen. Wenn Wernher am Ende der Aufzählung die Namen *Wolvesdrüzzel* und *Wolvesdarm* austauscht, so wirkt sich darin jener vor allem von den Kunst-

Die Namenfolge der Spießgesellen

a) im Gespräch mit dem Vater	b) beim Hochzeitsschmaus
1. Lemberslint 1185	1. Slintezgeu 1539
2. Slickenwider 1186	2. Slickenwider 1541
3. Hellesac 1189	3. Hellesac 1542
4. Rütelschrîn 1189	4. Rütelschrîn 1546
5. Küefrâz 1191	5. Küefrâz 1547
6. Müschenkelch 1191	6. Müschenkelch 1550
7. Wolvesguome 1195	7. Wolvesguome 1552
8. Wolvesdrüzzel 1203	8. Wolvesdarm 1552
9. Wolvesdarm 1221	9. Wolvesdrüzzel 1553

historikern bei deutschen Malern und Bildhauern des Mittelalters nachgewiesene Zug zu leichter Variation in der grundsätzlich achsensymmetrischen Anordnung der Einzelglieder aus, durch den sie eine offenbar als unkünstlerisch empfundene vollständige Ein- und Gleichförmigkeit der Versatzstücke vermeiden wollen.

Den umfänglichsten Block einer derartigen einfachen Reihung bilden die Wechselreden von Vater und Sohn, die nach der oben charakterisierten Vorstellung der von Mutter und Schwester beschafften Ausrüstungsgegenstände (V. 26 bis 216) den übrigen Raum des 1. Erzählblocks (V. 226–645) füllen. Auch sie ordnet Wernher deutlich nach einem durchdachten und ausgewogenen künstlerischen Prinzip an. Wiederum läßt sich ihre Gruppierung um eine Achse erkennen. Nach der Bitte des Jungen um die väterliche *stiure* (V. 226 bis 232) wechseln dreimal Rede des Vaters und Gegenrede des Sohns regelmäßig ab (V. 233–278; 279–328; 329–388), ohne daß sich die gegenteiligen Standpunkte im mindesten annäherten. Außer dem ersten (V. 233/235 wie schon 224/226 waren dem Illuminator die Einsätze nicht klar) werden die fünf übrigen Redeeinsätze in beiden Handschriften übereinstimmend durch Initialen markiert. Nach den 14 Zeilen Zwischenbericht (mit Initiale in A) über des Vaters Hengstkauf (V. 389–402) hebt das Gespräch von neuem an (wieder mit Initiale in A und B), geht jedoch ebenso ergebnislos aus wie das erste, obgleich diesmal Rede und Gegenrede neunmal (also 3 · 3!) wechseln. Zwar wird es vom Sohne eröffnet (V. 408–438), dann aber, durch Initiale in B angedeutet (vgl. S. 31), wieder vom Vater geführt (V. 439 bis 486; 487–515; 516–542; 543–576; 577–590; 591–602; 603–616; 617–645), ohne daß die Handschriften seine Einsätze so sorgfältig kennzeichneten wie beim ersten Mal. Deutlich erkennbar aber bleibt, daß die eben erwähnte Skizzierung des Hengstkaufs als ausgefüllte Symmetrieachse diese beiden Gesprächsrunden über den Umfang von 413 Versen hinweg in ihrer Aufteilung zu 3 + 9 Dialogfolgen asymmetrisch axial gliedert.

V

Aus allem Vorstehenden ergibt sich zwingend, daß das Diktum der ersten hundert Jahre unserer Helmbrechtkenntnis: *Helmbrecht* sei die erste realistische Erzählung des deutschen Mittelalters, in dieser Prägnanz und Ungeschütztheit seiner Aussage zu kurz greift. In ihr ist Wirklichkeit nicht als Wirklichkeit um der bloßen Wiedergabe von Wirklichkeit willen dargestellt – allein die weitreichende und tiefgehende Stilisierung, in der der Erzählstoff geboten ist, schließt das aus. Dennoch beeinträchtigt diese Stilisierung in keiner Weise die bildhafte Anschaulichkeit dessen, was und wovon Wernher erzählt. Aber es kann und es darf nicht übersehen werden, daß all diese gelungenen „Ansätze zu einem ‚erzählerischen Realismus'" (Rasch 211) hier mehr, dort minder der Aufgabe dienen, die moraldidaktische und oft derb-parodistische Absicht dieser vordergründig als ganz realistisch erscheinenden Szenen transparent werden zu lassen. Denn „das Zerrbild oder das Schreckbild hat grundsätzlich nicht geringeren Abstand von der Wirklichkeit als das Wunschbild oder das Leitbild"

(Rasch 209), das die idealistische ritterliche Dichtung des Hochmittelalters zumal in ihrer Blütezeit zu entwerfen nicht müde geworden ist.
Diese – beabsichtigte – ironisierende und engagierte ‚Verfremdung' der Wirklichkeit im *Helmbrecht* beginnt bereits mit der Behauptung des Autors im schließenden Reimpaar des prooemiums (V. 7/8): er wolle erzählen, was er mit eigenen Augen gesehen habe. Diese Behauptung hat die Forschung volle 80 Jahre in die Irre geführt, und selbst heute noch blendet sie dem die Augen, der nicht erkennen will, daß es sich dabei um nichts anderes als um die Umkehrung eines beliebten literarischen Topos handelt. Die Berufung auf eine schriftliche Quelle, auf die Bibel etwa, auf einen klassischen Autor des Altertums oder auf einen Kirchenvater, durch den die Wahrheit des Erzählten gegenüber allen Zweifeln und Zweiflern verbürgt werden soll, erfährt hier eine unerwartete Wendung, indem der Verfasser sich selbst als Gewährsmann für die Wahrheit des von ihm als selbsterlebt Erzählten, mit eigenen Augen Geschauten hinstellt. Freilich ist auch mit solcher Modernisierung und Aktualisierung der herkömmlichen Quellenberufung die Geschichte ebensowenig dem Zweifel entzogen, ob sie nicht doch fiktiv, bloß „erdacht", mithin „erlogen" sei, und das zumal für den kritischen Betrachter unserer Zeit.
In der Überlieferung des Märe nämlich findet sich ein Sachverhalt, der einem solchen Zweifel stärkste Nahrung gibt, und zwar an einer Stelle, von der man meinen sollte, sie sichere den Realitätsgehalt des Erzählten. Der Dichter siedelt seine Geschichte in einer bestimmten Landschaft mit noch heute nachprüf- und belegbaren geographischen Namen an. Doch gerade dieser zunächst so günstig erscheinende Umstand erweist sich als Falle: die beiden Handschriften nämlich differieren gerade in diesen exakten Angaben konsequent. A läßt die Handlung in dem (bis 1779/1816 bairischen) Innviertel bei Burghausen spielen, wie sich aus der Nennung von *Hohenstein* und *Haldenberg* (V. 192), *Wanc-*

hûsen (V. 897) und den *Kreuzern* (V. 1334) ergibt, während sie B an denselben Stellen mit *Wels* und dem *Traunberg*, *Leubenbach* und den *Hellern* 100 km genau östlich in den oberösterreichischen Traungau versetzt. Die Forschung neigt dazu, die Angaben von A für echt zu halten und zu meinen, der Schreiber von B habe sie aus Rücksicht auf das Publikum (oder seinen Auftraggeber), dem er die Dichtung in diesem seinem Landstrich vortrug, abgeändert.
Wirklich durchschlagende Argumente gibt es für diese Auffassung nicht; es wäre durchaus denkbar, daß auch einer der Vorgänger des Hans Ried aus der gleichen Rücksicht die authentischen Angaben Wernhers, die dann für uns verloren wären, geändert hätte. Jedenfalls erhellt daraus, daß einer oder beide Schreiber (bzw. ihre Vorlagen) Wernhers Beteuerung, er habe die Vorgänge selbst erlebt, keineswegs für bare Münze genommen haben, als sie sich diese Änderungen erlaubten. Solche Auswechslung konkreter Namensangaben, zumal von Ortsbezeichnungen, durch die derlei auf den ersten Blick eindeutige Bestimmungen als bloß vorgegeben erwiesen werden, ist in verschiedenen Fassungen der noch nicht zu fester Gestalt geronnenen volkstümlichen Dichtung zu allen Zeiten üblich gewesen. Im 2. Band von Arnim/Brentanos Liedersammlung *Des Knaben Wunderhorn* von 1808 (hrsg. von Heinz Rölleke, Stuttgart 1975) wechselt im Lied „Der bayrische Hiesel" (S. 158) Z. 60 der Name des Schlosses *K/Graftiland* mit *Roßstadt* „je nach dem Ort des Liedvortrags"; „Der Paß" (S. 373) beginnt *Schöns Salzburger Mädl,* ist aber in einem Braunauer Liederbuch in *Schönstes Linzermädl,* in einem steiermärkischen in *Schönstes Grazer Mädl* verändert (vgl. Rölleke z. St.); in „Kerbholz und Knotenstock" (S. 383) ersetzt Brentano zu Beginn der vorletzten Strophe (Z. 81) *Nun adje, o Karlstadt* (= Karlovac bei Agram) den Ortsnamen durch *Heidelberg*, „um die Heimatstadt des Wunderhorn in den Spott einbeziehen zu können" (Rölleke z. St.). In den in der Sammlung *Deutsche Literatur in Entwicklungsreihen,*

Abt. „Das deutsche Volkslied", erschienenen „Balladen" I (Leipzig 1935), Nr. 30 stammt die *Frau von Weißenburg* eines Fliegenden Blatts aus *Nürnberg* (S. 210), im ndl. Antwerpener Liederbuch von 1544 aus *Lutsenborch* (S. 212), in einer vermutlich Brandenburgischen Quelle von 1804 aus *Klaschtoch* (S. 214) und in einer niederösterreichischen von 1931 *vom weißen Turm* (S. 215); in II (1936), Nr. 109 wird die Handlung der grausamen Mutter, die in zwei Quellen aus Pommern und Sachsen in *Hamburg* (S. 313; 315) spielt, von einer aus dem schweizerischen Aargau nach *Wien* (S. 316) verlegt.

Mit grotesk-parodistischer Übersteigerung eröffnet Wernher sofort den prologus ante rem, wenn er vom Helden der Geschichte, einem Bauernsohn (V. 10), berichtet, er habe lockig herabfallendes Haar getragen und in eine Kappe (V. 10–15) zusammengefaßt. Beides war Bauern nach den Sitten- und Kleiderordnungen der Zeit verboten. Daß diese Kappe reich bestickt ist mit Vögeln, darunter der Taube (V. 18, wieder aufgenommen V. 1887) als dem Vogel der Unschuld (die zu verlieren Helmbrecht gerade im Begriff ist!), mit Episoden aus Heinrichs von Veldeke *Eneide*, dem *Rolandslied* und der dem Kreis der Dietrichepik angehörenden *Rabenschlacht*, die zu höfischem Zeitvertreib in ritterlicher Gesellschaft vorgelesen wurden, und mit einer höfischen Tanzszene eben aus der Welt also, in die der Bauernsohn mit aller Macht hineinstrebt, beleuchtet die Unvereinbarkeit seiner Wunschvorstellungen mit der Wirklichkeit des sozialen Standes, dem die Helmbrechte (vgl. V. 914) zugehören. Und was Mutter und Schwester dem Sohn und Bruder zur Verwirklichung seines Plans an vornehmer Kleidung und ritterlicher Ausrüstung mitgeben, steht, wie man erst auf den zweiten Blick zu erkennen vermag, in schreiendem Gegensatz zwischen bäurisch-grobem Stoff und zierlich-feiner höfischer Ausführung. Besonders großartig kündigt Wernher V. 139–146 das Material an, aus dem Helmbrecht die Kleidung angemessen und ein Pelz geschneidert wird; in

Wirklichkeit besteht es aus grober Sackleinewand und billigem Schaffell. Das blaue Tuch, das die Mutter dem Sohn für seinen Kittel kauft (V. 169–174), lassen die Kleiderordnungen allein für bäuerlichen Sonntagsstaat zu, und gar die rotgoldenen und silberweißen, die buntleuchtenden und die kristallenen Knöpfe zusamt den Glöckchen, mit denen der *warkus* von oben bis unten und ringsherum dicht besetzt ist (V. 175–223), vermitteln von Zeile zu Zeile der ausführlichen Beschreibung den desillusionierenden Eindruck eines Narrengewandes, durch das das wahre Wesen von Helmbrechts Streben nach ritterlichem Aufputz als törichte Narretei entlarvt und zugleich moralisch verdammt wird (vgl. Sowinski). Dazu ist dieser Aufputz, wie Wernher mehrfach durchblicken läßt, viel zu teuer bezahlt, und auch mit dem Hengst, den der Vater schließlich zu krönender Vollendung dieser pseudoritterlichen Ausrüstung beisteuert, hat sich der Bauer, der nichts von Ritterpferden versteht, einen gewöhnlichen Ackergaul zu einem Wucherpreis andrehen lassen (V. 389–402).

Ebenso sind die Worte, mit denen Helmbrecht bei der Rückkehr von der Ritterburg die Daheimgebliebenen begrüßt, voll parodistischer Verkehrungen des modischen Sprachgestus mit den verschiedenartigsten ausländischen Wortflittern, wie er sie bei Hofe gehört hat. *Er vlæmt mit der rede*: er ahmt die damalige Sitte nach, seine Sprechweise mit flämischen Sprachbrocken und -formen aufzuputzen und ihr damit einen für vornehm gehaltenen Fremdklang zu verleihen, weil das für das hochmittelalterliche deutsche Rittertum maßgebende Leitbild des französischen Rittertums über die Brücke des mittelniederländisch sprechenden Flamlands nach Deutschland einströmte und in seinem Sog zahlreiche Wörter und Wendungen dieses Landstrichs mit sich gerissen hatte, die die Sprache mit dem Niedergang des höfischen Rittertums bis auf wenige Reste wieder abgestoßen hat. Daher stammt die vornehm-distanzierende Anrede des Gesindes wie der Angehörigen mit *ir* (unserem *Sie* entsprechend) statt des heimischen und nun von Helmbrecht als altfränkisch empfundenen *du* (V. 718; 764). Doch wie wenig Helmbrecht in Wahrheit beherrscht, was er bei den Rittern aufgeschnappt hat und nun unverstanden – er gehört ja in Wirklichkeit nicht dem Ritterstande an! – nachplappert, das zeigen die argen Sprachschnitzer, die ihm ununterbrochen bei der Verwendung dieser fremd-vornehmen Ausdrucksweise unterlaufen. Das Grußwort an die Schwester *gratia vester!* (V. 722) ist schlimmes Küchenlatein; einwandfrei müßte es *gratia vestra* lauten. Das tschechische *dobrí jitro* (V. 728) heißt ‚guten Morgen'; hätte Helmbrecht das gewußt, so hätte er in der vorgerückten Stunde seiner Ankunft, wie aus V. 795–801 deutlich hervorgeht, *dobrý den,* ‚guten Tag', oder *dobrý večer*, ‚guten Abend', sagen müssen. Am tollsten aber blamiert sich Helmbrecht in seinem hochgestochenen Sprachmischmasch beim *vlæmen* selbst im Willkommensgruß für das Gesinde V. 717/718 wie bei den Worten des Unmuts an die Eltern V. 764–768. Einwandfrei mndl. (flämisch) unter ihnen sind *sœte* (V. 717; 747), *klâr* (V. 766), *parit* (V. 766) und die Deminutivendung *-kîn* (V. 717; 764); die übrigen unverschobenen Formen *lâte* (V. 718), *snacket* (V. 764), *wîf* (V. 765), *lîf* (V. 766) und *grîpen* (V. 768) dürften eher mnd. sein. Das gesamte sonstige Vokabular in Helmbrechts Worten ist unverändertes Hochdeutsch.

Wie über dieses seltsame Sprachenkauderwelsch dürften die literarisch zweifellos hochgebildeten Zuhörer, die allein dem Adel entstammt haben können – andere hätten das alles nicht aufzunehmen und zu würdigen vermocht –, ähnlich verständnisinnig geschmunzelt oder gar schallend gelacht haben über die vielen Anzüglichkeiten auf die typischen Formulierungen des in seinem ursprünglichen Glanz und Schimmer verblaßten hochhöfischen Minnesangs, der freilich noch lange zum ständigen Repertoire der fahrenden Vortragskünstler gehört und damit gerade seine spezifische Terminologie in ihrer Unverkennbarkeit bekannt gehalten haben dürfte (vgl. solche Minnesangparodien schon sehr früh im *Fuchs Reinhart* 839–850 wie noch über zwei Jahrhunderte später die übermütige Verhöhnung des Tagelieds im *Redentiner Osterspiel* 215–219 und 755–765). So will Helmbrecht der Mutter und Schwester wegen ihrer Geschenke *immer holdez herze trage[n]* (V. 232). So weist er den Heiratsvorschlag des Vaters mit der Maxime der Artusritter zurück: *ich wil mich niht durch wîp verligen* (V. 328). Den *hôhen muot*, den Helmbrecht und sogar seine Schwester (!) ihrer angeblich ritterlichen Abkunft verdanken, rühmen sie in minnesingerlicher Ausdrucksform (V. 1381/82 und 1392). Vom Brautpaar Lemberslint / Gotelint heißt es in ähnlicher Sprechweise: *sît dû im bist und er dir holt* (V. 1444). Zur Travestie steigern sich die den höfischen Ausdrucksformen höchster Liebesseligkeit genau nachgebildeten Szenen zwischen dem pseudohöfischen Liebespaar V. 1459–62 und 1491–1502. Eine ähnlich lächerliche Wirkung muß es üben, wenn Helmbrechts empörte Frage *der mir hât herzenleit getân?* (V. 1163) auf den Flegel zielt, der bei Tisch sich ungescheut den Gürtel weiter geschnallt hat, und in die Entwicklung zum späthöfischen Rittertum gehören die *brieve von minne* (V. 1001), in denen die Schenkmaid als *vil süeziu lîtgebinne* angeredet (V. 1002) und der *ein affe und ein narre* genannt wird (V. 1004), *der ie gesente sînen lîp / für guoten wîn umbe ein wîp* (V. 1005/06). Mit genauso starker parodistischer Wirkung stellt der Verfasser überhaupt das gesamte Leben an den Ritterhöfen der Blütezeit durch den Mund des Vaters (V. 919–963) dem des jetzigen Verfalls gegenüber, wie ihn der Sohn als durchaus normalen Zustand schildert (V. 985–1019). In diesen Zusammenhang gehört die groteske Unterstellung Helmbrechts wie seiner Schwester: sie seien nicht die Kinder des alten Meiers, sondern einer außerehelichen Liebesbeziehung ihrer Mutter mit einem *vil gefüegen hoveman* (V. 1377), einem *ritter kluoc* (V. 1387).

Den schlechthin genialen Höhepunkt in dieser Beziehung

bildet die Darstellung der Trauzeremonie V. 1503–33 als unverkennbare Travestie des sinnbildlichen Umarmungsspiels in Gottfrieds *Tristan*: dem höfischen Liebespaar Tristan/Isolt ist das pseudohöfische Liebespaar Lemberslint/Gotelint gegenübergestellt (vgl. S. 30). Die Entschlossenheit Wernhers zu ungescheuter Parodie macht nicht einmal vor der durch ihr Alter ehrwürdigen Trauformel halt. Statt des dreimaligen *Ja*, mit dem die Brautleute die stehende Frage des *alten grîsen* zu beantworten haben (V. 1513), bedienen sie sich V. 1514, '16, '19/20 bzw. 1525, '26, '28 selbstgewählter Wörter und Sätze, in der Hauptsache des fünfmal wiederholten *gerne*, in dem dic Zeit durchaus noch den Zusammenhang mit *begehren* heraushörte; aus ihnen soll die immer unverhülltere schamlose Gier der Neuvermählten nach der körperlichen Vereinigung in der Hochzeitsnacht sprechen. So dreht Wernher den Ernst eines bedeutsamen öffentlich-rechtlichen Akts durch das Medium der Sprache ins Burleske um.

In unmittelbarem Anschluß an die Trauung verkehrt Wernher ein weiteres Mal ein Zeremoniell, diesmal aus der höchsten Schicht der damaligen fürstlichen Gesellschaft, ins Groteske mit der Bestellung von *ambetliuten* (V. 1537) für Bräutigam und Braut. Gleich den aus den merowingischen Hofämtern erwachsenen Erzämtern des deutschen Königs, die bei seiner feierlichen Krönung in glanzvolle Aktion traten, dienen ihnen bei der Hochzeitsfeier *Schlingsland* als Hofmarschall (V. 1539), *Schluckenwidder* als Mundschenk (V. 1541), *Höllensack* als Truchseß (V. 1542–44), *Rüttlenkasten* als Erzkämmerer (V. 1546); entsprechend dem *Nibelungenlied*, wo diese Erzämter gleich zu Beginn Str. 10/11 aufgezählt werden, treten *Kühefresser* als Küchenmeister (V. 1547) sowie in selbständiger Erweiterung *Zerschlagenkelch* als Brotverteiler (V. 1550) hinzu. Auf diese raffinierte Weise hat Wernher den von den Gästen zusammengeraubten und gierig hinuntergeschlungenen (V. 1551–74) Hochzeitsschmaus des Räuberhauptmanns Lämmerschling zum

festlichen Gepränge des Krönungsmahls der deutschen Könige ironisch emporstilisiert! Die Art freilich, wie der Dichter im Werk selbst das Tun dieser Raubgesellen darstellt, denen er so das Gewand der sozial am höchsten stehenden deutschen Fürsten überstreift, enthüllt die völlige Depravierung des Vorgangs: der Marschall *fulte den rossen wol ir balc* (V. 1540); Kämmerer, d. h. Verwalter der Schätze und der gesamten Besitztümer, ist ausgerechnet der, *der nie wart gewære* (V. 1545), und ebenso ausgerechnet verteilt der Kumpan mit dem redenden Namen *Kühefresser* die Speisen aus der Küche an der Tafel! Wie blanker Hohn klingt es schließlich, wenn von dem verhafteten Lämmerschling V. 1655 ff. gesagt wird, er habe von allen Räubern die geringste Diebeslast zur Gerichtsstätte schleppen müssen *durch des briutegomen êre* (V. 1661).
Von der moraldidaktischen Abzweckung des Märe versteht es sich, daß allein der letzte Erzählblock mit dem erbarmungslosen Vollzug des als gerecht aufgefaßten Endes Helmbrechts von solchen ironisierenden, parodistisch-travestierend aufgesetzten Lichtern frei ist.

VI

Daß daneben eine Fülle kleinster Einzelzüge realistischer Ausgestaltung dem Märe eine bezwingende Anschaulichkeit verleiht, erscheint nach dem Vorhergegangenen nur selbstverständlich. Dennoch dürfen diese Züge nicht schlechthin als einfache Abspiegelung der Wirklichkeitswelt im Deutschland der zweiten Hälfte des 13. Jahrhunderts verstanden werden. Gewiß: nicht wenige dieser gekonnten Ansätze zu realistischer Wiedergabe verstatten Einblicke in die damaligen Lebensverhältnisse wie kaum eine andere Dichtung des hohen Mittelalters. Wir sind sehr dankbar für sie, ohne deshalb die Dichtung als bloße kulturhistorische und sozialgeschichtliche Quelle mißzuverstehen. Allein die Wahl des zentralen Betrachtungsstandorts, der Bauernhof der Gutspächterfamilie Helmbrecht, auf dem rund drei Viertel aller Verse spielen, bringt Eigenarten, Fakten, Ansichten, Wertungen und Urteile der damaligen bäuerlich bestimmten Welt an den Tag, die die idealisierte Stilisierung der ritterlichen Lebensverhältnisse im höfischen Roman des Artuskreises wie in der aus heimischen Quellen gespeisten Helden- einschließlich der sogenannten Spielmannsepik völlig im dunkeln läßt. Das Leben des persönlich freien Bauern im 13. Jahrhundert wird in seinen charakteristischen Vollzügen durch die fürs Mittelalter ganz ungewöhnliche und zeitlich darüber hinausweisende gegensätzliche Wertung des eigenen Standes durch den Vater und den Sohn (künstlerischer Höhepunkt: die Namensnennung der vier väterlichen Ochsen V. 814–834) in seiner positiven Ansicht als sinnvolles Tun, das allen anderen Ständen erst ihre Lebensmöglichkeit gibt (V. 545–560), wie in seiner negativen als elende Plackerei (V. 264–270; 365; 376–378; 573–575; 1359–61) unmittelbar lebendig. Für die volkskundliche Kenntnis mittelalterlichen Brauchtums wichtig sind die mundartlichen Benennungen landschaftsgebundener Speisen (V. 445; 473; 1143 = 1183), nicht minder die Bräuche am Bestattungsort eines Hingerichteten (V. 1304–11) und der Hinweis auf das offenbar schon damals übliche Trauerjahr (V. 1309), die Eheschließung als öffentlich-rechtlicher Akt der Gesellschaft, noch nicht als verbindliche kirchlich-religiöse Zeremonie, wie es nach manchen Darstellungen der hochhöfischen Ritterromane (vgl. *Erec* 2123–25) und des Heldenepos (*Nibelungen* 595, 3) scheinen könnte, die Morgengabe, die Lemberslint seiner jungen Frau geben will (V. 1326–52; vgl. schon vorher V. 282), die traditionelle Entlohnung der Musikanten (V. 1609–11) und das Recht des Henkers, von zehn zum Tode Verurteilten einen zu „begnadigen“ (V. 1679–81). Unschätzbar ist die geradezu naturalistische Schilderung der Trauung des Räuberpaares in all ihren Einzelheiten (V. 1503–32) bis hin zur Erwähnung des allgemeinen Schlußgesangs (V. 1533) und zu der abergläubischen Sitte, daß der Mann zum Zeichen der Besitzergreifung seiner jungen Frau auf den Fuß tritt (V. 1534). Zu erinnern wäre hier noch einmal an die drei aufeinanderfolgende Abschnitte schließenden Grußformeln, mit denen Helmbrecht sich von den Zurückbleibenden verabschiedet (S. 15).

Schließlich vermitteln uns unüberhörbare literarische Anspielungen einen imponierenden Eindruck von der Vielfalt der literarischen Werke, die beim höfischen Publikum der damaligen Zeit beliebt waren, verstanden und goutiert wurden: die ehrfürchtig-rühmende Nennung Neidharts von Reuental (V. 217–220), die Beschreibung der literarischen Motive, mit denen drei Felder der Kappe bestickt sind (V. 45–81), zu deren Genre sich der *Herzog Ernst* fügt (V. 956/957), der zur Kurzweil auf dem Burgfest vorgelesen worden war, dem der alte Meier in seiner Jugend einmal zugeschaut hatte, die Anspielung auf die Hochzeit des Königs Artûs mit Ginovêr (V. 1478/79), das doch wohl als Zitat der didaktischen Anweisung in Hartmanns *Gregorius* 1451/52 zu verstehende Reimpaar V. 287/288, mit dem der Vater dem Sohn die belehrenden Worte des Klosterabts an seinen Zögling Gregorius bedeutsam wiederholt, die Umwendung von Wolframs Klage im *Parzival* 184, 24/25, daß ihm

ein Trühendinger phanne
mit kraphen selten dâ erschrei,

in Gotelints illusionäre Zukunftshoffnung

V. 1398 *sô schrîet mir mîn phanne*

(Boesch 45), und nicht zu vergessen die Tristan-Parodie in der Trauzeremonie V. 1503–32 (vgl. S. 30 und 42/43). Zumindest zeigen sie die außerordentliche Spannweite der literarischen Kenntnisse des Dichters – sollten sie sie zeigen, um seinem Publikum mit so umfassender literarischer Bildung zu imponieren?

Zu guter Letzt verdient das Stilmittel besondere Aufmerksamkeit, das Wernher seinem nicht genannten großen Vorbild Wolfram abgesehen haben dürfte, das er aber durchaus eigenständig weiterentwickelt hat: die nachdrückliche Weise nämlich, in der er immer wieder die epische Erzählung der Vorgänge unterbricht und sich als Vortragender unmittelbar an seine Zuhörer wendet. Gerade dadurch, daß und wie der Erzähler sich unmittelbar in die Erzählung einschaltet, von seinem persönlichen Schicksal spricht, mit seiner Meinung über das Erzählte nicht hinter dem Berge hält, gewinnt sein Märe jene Frische und Lebendigkeit, die selbst den heutigen Leser, den die zeit-, sitten-, kultur-, religions- und sozialgeschichtlichen Voraussetzungen der Handlung nicht mehr bewegen, in ihren Bann schlägt, weil sie das Interesse an dem Vorgetragenen lebendig halten.

Das geschieht schon durch die wiederholte Behauptung, der Inhalt dessen, wovon der Autor eben spricht, lasse jeden Vergleich mit ähnlichen Vorgängen oder Tatsachen weit hinter sich, sei absolut einzigartig. So behauptet Wernher bereits im Prolog V. 16: Niemand habe je so viele Vögel auf einer Kappe gesehen (wie auf der Helmbrechts), gleich zu Beginn der narratio V. 38–40: Niemals habe jemand ein *bezzer houbetdach* getragen als Helmbrecht mit seiner Kappe, und so noch häufig im 1. Erzählblock (V. 128–130; 140/141; 146; 170–173; 188–191; 393) und im 2. (V. 792; 888; 894–896; 1058/59; 1060/61; 1065; 1147; 1226/27; 1358). Unterhalb der Symmetrieachse begegnen solche toposhaft steigernden Vergleiche nur noch V. 1896 in der Versicherung, man habe noch niemals einen so kahlen Schädel gesehen wie den Helmbrechts nach der Mißhandlung durch die Bauern.

In anderer Dichtung häufige Topoi dagegen verwendet Wernher selten. Das, was Ernst Robert Curtius mit einem rasch sich durchsetzenden Schlagwort den Unsagbarkeitstopos genannt hat, der letztlich wieder der antiken Rhetorik entstammt (Fechter 70–76), findet sich nur in Wernhers Beteuerung V. 649–652:

> *Sold ich allez sîn geverte sagen,*
> *daz enwurde in drîen tagen,*
> *oder lîhte in einer wochen*
> *nimmer gar volsprochen.*

Was äußerlich wie der beliebte, wenn auch kaum je aufrichtig gemeinte Bescheidenheitstopos aussieht, erweist sich bei scharfem Zupacken als seine deutliche Ironisierung: so gleich zu Anfang V. 26/27 die Behauptung, der Autor wolle *daz mære mit einer kurzen rede sleht künden* – das Gegenteil ist der Fall! –, der affektierte Selbstzweifel V. 700, ob er *daz mære bediuten* könnte, am ärgsten aber der hochgestochene Vergleich mit Neidhart V. 217–220. Wernher dürfte in Wahrheit nur zu gut gewußt haben, was er konnte! Auch der häufige Topos der Quellenberufung findet sich nur vereinzelt V. 391 unklar allgemein auf *daz mære* bezogen. Daß Wernher in den Schlußversen 1931–34 seine Hörer auffordert, für den Vorleser und für ihn, den Dichter, zu beten, erweist sich als Topos, wie er in der häufigen Verbindung mit der Namensnennung beispielsweise in besonderer Eindringlichkeit aus den Prologversen von Hartmanns *Armem Heinrich* 18–28 und dem Epilog seines *Gregorius* 3989–99 bekannt ist. Damit aber bleiben diese vier Schlußverse des epilogus praeter rem ohne persönliche Aussagekraft für Wernhers Leben und Überzeugungen.

Eine ungemein wichtige Rolle dagegen spielt im *Helmbrecht* der Topos der Vorausdeutungen, den die volkstümlichen Erzählformen des Mittelalters besonders bevorzugten. Am bekanntesten in dieser Hinsicht ist die erzähltechnische Funktion der 4. Zeile der Nibelungenstrophe. Auf das grausige Ende, das Helmbrecht nimmt, weist der Vater schon in der zweiten Hälfte des 1. Erzählblocks mit der Voraussage V. 437/438 und vor allem mit der beklemmenden Warnung der vier Träume V. 580–634 hin. Im Scharnier a übernimmt der Dichter dann diese Aufgabe mit den Versen 676 und 680–682. Ein geradezu grauenhaftes Zukunftsbild malt Helmbrecht selbst zu Ende des 2. Erzählblocks V. 1301–24 seinem Kumpan Lämmerschling in allen Einzelheiten von der liebenden Fürsorge aus, die ihm Gotelint als seine Frau zuteil lassen werde, wenn er das Unglück haben sollte, zur Strafe für seine Verbrechen aufgehängt oder verstümmelt zu werden. Kurz vor dem Eintreten der Katastrophe kleidet dann noch einmal Wernher diesen Topos in die Form einer allgemeinen Erfahrungsweisheit und enthüllt so vorausdeutend den Hochzeitsschmaus V. 1567–74 als Henkersmahlzeit.

Dem natürlichen Zweifel, den die überfrachtete inhaltliche Füllung dieser toposhaften Aussagen wecken muß, sucht Wernher durch einen weiteren Topos entgegenzuwirken: durch nachdrückliche Wahrheitsbeteuerungen. Gehäuft treten sie in den ersten hundert Versen auf: V. 9 *ich sach, deist sicherlîchen wâr,* V. 74 *ez ist wâr daz ich iu* lise, V. 88/89 *des ich bin / mit wârheit wol bewæret* oder von der negativen Seite her: V. 30/31 *daz mære iuch niht betriuget; / ich sage ez niht nâch wâne* und V. 60 *daz mære iuch niht betrüllet.* Stilistisch abgewandelt wiederholen sich diese Beteuerungen noch dreimal im ersten Tausend der Verse 174, 208 und 683, viermal im zweiten (V. 1093, 1622, '76, 1801/02). Dabei redet Wernher in fast allen Fällen die Zuhörer mit *ir* und *iu(ch)* unmittelbar an und verständigt sich so mit ihnen gleichsam augenzwinkernd über *daz mære* hinweg. Wie stark Wernher diese lebendige Beziehung zum Publikum sucht, zeigt sich noch eindringlicher in der immer wiederkehrenden Aufforderung, auf das Folgende zu hören (V. 20, 82, 90, 104, 124, 405, 862, 870, 873, 1463, 1640, '51, 1712), noch anders V. 107 *noch habt ir alles niht vernomen.* Wenn der Dichter diesen Hinweis gerade zu Anfang gern in die, sicherlich rhetorisch gemeinte, höfliche Frage kleidet: V. 44 *welt ir nû hœren waz dâ stât?*, leicht abgewandelt V. 57, 72 oder noch wohlerzogener V. 182 *ob ir nû hœren woldet?*, so

gibt er liebenswürdig vor: seine Zuhörer könnten selber entscheiden, ob sie die Geschichte weiter hören wollten.
Sachlich gehört in diesen Zusammenhang Wernhers Vorliebe, ausdrücklich auf seine Pflicht hinzuweisen, die er als Autor hat, in der Erzählung fortzufahren, so V. 863, 873, 1048 (hier zu Ende oder Beginn eines Abschnitts, den A wie B durch Initiale eigens markieren; vgl. Kommentar z. St.), 1503–06, 1536/37, 1823. Am charakteristischsten aber tritt die echt Wolframsche Art hintergründigen Humors und persönlicher Einrede in Wernhers Erzählweise dann hervor, wenn er eine Wendung der Geschichte assoziativ zu einer den Handlungsrahmen überspringenden Bemerkung über seine Lage oder die seiner Zuhörer benutzt, um durch solche Abschweifung ihre Spannung auf den Fortgang des Geschehens um so stärker anzureizen. So liebt er es, unvermittelt aus dem fiktiven Rahmen der Handlung herauszutreten und sich unter die Gesellschaft seiner Zuhörer als einer der Ihren zu mischen mit Bemerkungen wie V. 154 *er ist noch ræze der si treit* oder ihr und sein Leben einen Augenblick in eins zu setzen, um auf diese Weise ihre Zustimmung, ihre Sympathie zu gewinnen und sie auf seine Seite zu ziehen, so etwa, als er von der fröhlichen Trinkerei des frischen Quellwassers von *Wanchûsen/Leubenbach* am Abend der ersten Heimkehr berichtet und dabei frech dem Gastgeber einen Stich versetzt, daß er sie nicht einmal so bescheiden wie der Vater den Sohn versorgt habe: V. 898 *den (brunnen) treit et uns nû niemen her!* und durch diese Wendung zu unerwartetem Abschluß der Szene, auf die die großen Dialogpartien (vgl. S. 189) folgen (V. 899 beginnt B mit Initiale!), sicherlich bei seinen Zuhörern ironisches Gelächter hervorgerufen hat (und das auch wollte!) oder diesen gleich die Wirkung, die ein erzähltes Geschehnis auf sie haben müßte, suggeriert wie V. 1056 *ir lachtet der mære.*
Vor allem die häufigen rhetorischen Fragen sollen die Zuhörer in den Erzählverlauf unmittelbar hineinziehen und zu persönlichem Engagement veranlassen, wenngleich aus der

Fragestellung sofort die Antwort deutlich wird, die der Autor erwartet; so V. 193, so V. 1091/92, so V. 1564/65; beim Empfang des von der Ritterburg auf den väterlichen Bauernhof Zurückkehrenden strudeln sie über den Hörer V. 702, 708, 711/12 in einer wahren Kaskade hin. Insbesondere aber bringt sich Wernher gar zu gern selbst ins Spiel, indem er etwa V. 1893 um Vertrauen in das bittet, was er vorträgt, oder seine persönliche Meinung sagt durch V. 389 *die rede wil ich kürzen,* 649–652 mit einer gespreizten Abkürzungsformel, 1072/73 *vil ungerne ich daz hæle, / wær ich sîn an ein ende komen,* 1561 wie 1910 floskelhaftes *ich wæne,* 1917 *ich erteile in daz mit rehte,* 1670–78 durch den eigentümlich scharfen, im Sachlichen undurchsichtigen Ausfall, 1923–30 durch den unechten Zusatz zum Schluß, bis hin zum heftigsten Unwillen über geschehenes Unrecht, der jeden Widerspruch ausschließt, wie V. 1049 *ez ist billîch unde reht ...* (gemäß der Präfationsformel „dignum et iustum est") und schließlich durch die beiden für die Erschließung des Gehalts der Erzählung zentralen Stellen (vgl. S. 9/10): die ihm durch scharfe Lebensbeobachtung zugewachsene Erfahrung V. 1683–85, die zum gleichen Ergebnis gekommen ist wie ein Jahr zuvor der Vater mit seiner weltanschaulichen Grundüberzeugung V. 289–291.

Am stärksten ist Wernher seinem großen Meister Wolfram an den beiden Stellen verpflichtet, an denen er ebenso überraschend wie unvermutet und wiederum ganz locker und rein assoziativ an bestimmte Situationen des Handlungsgeschehens geknüpft den Vorhang vor seinen persönlichen Lebensverhältnissen wegzieht: mit dem im Grunde eitlen Bescheidenheitstopos V. 208–10 kokettiert er vor seinen Zuhörern, um – vielleicht – besonders das Entzücken der anwesenden Damen zu erregen. Und bei der Schilderung der großartigen Bewirtung, die dem Heimgekehrten, nachdem er sich besonnen und klein beigegeben hat, im Vaterhaus bereitet wird, spielt er V. 840–842, 848 bis 850 und 864–866 unverfroren und ohne jede Scheu

auf seine nicht eben glücklichen Lebensumstände an – offenkundig, um dadurch das Mitleid und (vor allem!) die von den Spielleuten vielberufene mhd. *milte,* die Gebefreudigkeit seines Publikums und des Gastgebers, herauszufordern.
Dabei enthüllt Wernher unbewußt zwei Grundbedingungen seiner materiellen Existenz, die uns einen Fingerzeig geben können, wie wir uns seine gesellschaftliche Eingebundenheit vorzustellen haben. Wenn er V. 864 formuliert: *wær ich ein herre in hôher aht,* so erscheint diese konditionale Fassung nur möglich, sofern er selber kein *herre in hôher aht* war. Und wenn er V. 848 als Voraussetzung für das Folgende behauptet: *swie vil ich var enwadele,* so besagt das ebenso unzweifelhaft, daß ihn sein Beruf zum Umherziehen im Lande zwingt. Dabei kann durchaus daran gedacht werden, daß in diese Behauptungen ein gar nicht kleiner Schuß Selbstironie mit eingeflossen ist. Nehmen wir hinzu, daß kurz zuvor der alte Helmbrecht sich, für mittelalterliche Verhältnisse höchst auffällig, mit den Worten *ich gibe ouch keinem phaffen / niht wan sîn barez reht* (V. 780/781) seltsam entschieden-unfreundlich vom geistlichen Stand distanziert hatte, solche Haltung aber ohne eine entsprechende kühle Einstellung des Dichters undenkbar ist (Sollte auch V. 1286 eine in die gleiche Richtung zielende Spitze sein? Kaum jedoch V. 1148/49, der als allgemeine Beteuerungsfloskel ohne persönlichen Aussagewert sein dürfte), und daß er gleich darauf V. 898 bedauert, nicht einmal klares Quellwasser vorgesetzt bekommen zu haben, so dürfen wir schließen, daß er gewiß kein Geistlicher und kaum ein Ritterbürtiger gewesen ist, sondern ein umherziehender Dichter, ein ‚fahrender Spielmann', der vom Vortrag eigener (und fremder) Werke lebte und auf die Gönnerschaft eines literarisch aufgeschlossenen Publikums angewiesen war, das über entsprechenden Besitz verfügte, um solche geistigen Genüsse sich leisten, sich an ihnen erfreuen und sie gebührend entlohnen zu können. Nur ein derartiges Publikum

war imstande, die zahllosen Feinheiten der Komposition, der darstellerischen wie der stilistischen und reimtechnischen Einzelausführung wahrzunehmen, zu würdigen und zu honorieren (im geistigen wie im materiellen Sinn dieses Wortes).

So tritt denn durch die wenigen direkten und die vielen indirekten Bezüge, die der *Helmbrecht* freigibt, die Persönlichkeit Wernhers des Gärtners aus dem Schatten der deutschen späthöfischen Literaturgeschichte als ein Angehöriger des Laienstandes heraus, der in den Grundauffassungen seiner Zeit sicher ruhte und vor allem literarisch umfassend gebildet und mit den verschiedenartigsten Werken der deutschen Literatur seit frühhöfischer Zeit aufs genaueste vertraut war, als ein Mann, der mit wachen Augen und einem klaren, unbestechlichen Urteil, dem nichts Charakteristisches, nichts Wesentliches und Bezeichnendes entging, sich in seiner Welt umgetan hatte und auskannte und der darüber hinaus die sie bereits unterirdisch erschütternden, allmählich wachsenden sozialen Spannungen mit einem ebenso feinen Gespür wahrnahm, wie er es für die künstlerische Beherrschung der Darstellungsformen nach den verschiedensten Richtungen hin besaß, so daß er souverän darüber verfügte – als eine Dichterpersönlichkeit also, die aufgrund des vergleichsweise schmalen Werks von nur fast 2000 Versen den Rang beanspruchen darf, den ihm die mittelalterliche deutsche Literaturgeschichtsschreibung einfach aus Unkenntnis der künstlerischen Bedeutsamkeit und Qualität seines Werks bislang nicht zugestanden hat – den Rang als einer der größten Dichter des 13. Jahrhunderts nach Walther, Hartmann, Wolfram, Gottfried und dem namenlosen letzten Gestalter des *Nibelungenliedes*, dem er sich darüber hinaus noch durch die relative Unbekanntheit seines Namens gesellt, unter der er aber nicht (länger mehr) leiden sollte. Wie gern wüßten wir mehr von seinem Leben, Denken – und Dichten!

Text und Übersetzung

Vorbemerkung

Dem Text liegt die bekannte Ausgabe von Friedrich Panzer in der Altdeutschen Textbibliothek Nr. 11 in der von Kurt Ruh neu bearbeiteten 8. Auflage, Tübingen 1968, zugrunde; dabei sind die nicht gerade wenigen Druckversehen, die sich meist von Auflage zu Auflage und sogar bis in die neue Ausgabe von Brackert weitergeschleppt haben, stillschweigend berichtigt. Einige der Entscheidungen, die ich in bezug auf die Zuordnung zu den Rede- bzw. den erzählenden Partien, selten auf den Wortlaut hin anders getroffen habe, begründe ich in den Erläuterungen. Überall ist die Textgestalt am synoptischen Abdruck der beiden Handschriftenzeugen (s. S. 4) durch C. E. Gough in „Proceedings of the Leeds Philosophical and Literary Society, Literary and Historical Section" 2 (1932) S. 341–360, 439–459; 3 (1932) S. 1–15, und in dem von Franz Hundsnurscher hrsg. Lichtdruck in den Göppinger Beiträgen zur Textgeschichte, Litterae, Bd. 6, Göppingen 1972, überprüft worden; das hat gelegentlich ebenfalls zu leichten Eingriffen in den Panzer–Ruhschen Wortlaut geführt. Der entscheidenden Bedeutung, die nach den Forschungen Hansjürgen Linkes für die Erkenntnis der kompositionellen Gliederung mittelalterlicher erzählender Dichtungen nach der Auffassung des Dichters – trotz aller Bedenken und Unsicherheiten im einzelnen – der Initialensetzung der Handschriften zukommt, ist durch ihre regelmäßige Mitteilung in A wie B Rechnung getragen; in der tabellarischen Übersicht auf S. 18/19 sind alle Initialen, die den Beginn eines Strukturabschnitts kennzeichnen, in eigener Spalte angegeben.

Die nhd. Prosaübersetzung ist in möglichst zeilengetreuer Entsprechung dem mhd. Wortlaut gegenübergestellt. Der tiefgreifende Wandel, den die deutsche Syntax vornehmlich in der Wort- und Satzgliedfolge wie in der gesamten

Satzfügung während der letzten sieben Jahrhunderte erfahren hat, macht es unmöglich, dies Prinzip rein durchzuführen; nicht eben selten sind deshalb sogar Umstellungen einiger entsprechender Verse zwischen Text und Übersetzung notwendig gewesen.

Verzeichnis der Textabweichungen der vorliegenden von der Panzer-Ruhschen Helmbrecht-Ausgabe

44/ab gestrichen; fehlen in A. 47 *ûz* > *von* AB Ganz 30. 82 *ihr* > *ir.* 104 Absatz, s. zu 107. 107 kein Absatz, s. z. St. *allez* > *alles* B. 182 Absatz, s. zu 185. 234 *dô* A > *in spotte* B. 292–294 Zeichensetzung nach von Tippelskirch 64. 327 + *mê* B. 355 *phenninge* nach 1884. 391 *Also vns sagt* B. 438 *wîse* > *wîset* AB Ganz 32. 492 *welte* A > werlte B. 516 + *dîn* AB. 518 *ubel* B. 594 *und* B > *da stundest* A. 595 *stündt* B > *hôhe* A. 627 *der* > *ein* AB Ganz 32. 681 + *gehabt* AB Ganz 33. *machet* > *machete.* 690 Absatz? 711 Absatz. 717 kein Absatz; nach A. 726, 755, 1713 *deu* A > *dê ûs* B. 740 a/b gestrichen; fehlen in A. 751 *mich gewunnen* AB. 764/1696 *waz* > *wat.* 799 *in* > *iu* Ganz 33, nach *cuch* AB. 835 kein Absatz; nach A. 890 + *die* B. 898 Erzählereingriff Wernhers, nicht Worte des alten Helmbrecht; s. z. St. 1020 ff. Die Rede des Alten umfaßt V. 1020 bis 1035, die des Sohns V. 1036–41; s. z. St. 1031 *dem* A > *disem* B. 1032 *disem* A > *dem* B. 1038 *getrûte* B > *trûwe* A. 1092, 1193 *knabe(n)* A > *knappe(n)* B. 1284 *welte* A > *werlte* B. 1303 *slahe* > *slahet.* 1325/1353 Anführungsstriche getilgt. 1392/93 Anführungsstriche getilgt, da V. 1384 bis 1430 Worte Gotelints. 1403 *werdent* > *werden.* 1474, 1557 *knaben* > *knappen* nach 1092; 1193. 1732 *ûz* AB + *balde* A. 1857 *erwachte* AB 1892 *nie* > *ie* AB Ganz 37. 1917 , > :. 1925 *volgt* > *volget* A.

Helmbrecht

Text und Übersetzung

Helmbreht

AB Einer seit waz er gesiht,
der ander seit waz im geschiht,
der dritte von minne,
der vierde von gewinne,
der fünfte von grôzem guote,
der sehste von hôhem muote:
hie wil ich sagen waz mir geschach,
daz ich mit mînen ougen sach.
Ich sach, deist sicherlîchen wâr,
eins gebûren sun, der truoc ein hâr,
daz was reide unde val;
ob der ahsel hin ze tal
mit lenge ez volleclîchen gie.
in eine hûben er ez vie,
diu was von bilden wæhe.
ich wæne ieman gesæhe
sô manegen vogel ûf hûben:
siteche unde tûben
die wâren al dar ûf genât.

Nû hœrt wiez umbe die hûben stât.
A ein meier der hiez Helmbreht:
des sun was der selbe kneht
von dem daz mære ist erhaben.
sam den vater nante man den knaben:
si bêde hiezen Helmbreht.
mit einer kurzen rede sleht
künde ich iu daz mære,
waz ûf der hûben wære
wunders erziuget
(daz mære iuch niht betriuget;
ich sage ez niht nâch wâne):
hinden von dem spâne

Helmbrecht

Einer erzählt von dem, was er gesehen hat,
ein zweiter von dem, was ihm widerfahren ist,
der dritte von Liebe,
der vierte von Handel und Wandel,
der fünfte von Reichtum,
der sechste von hohen Idealen.
Hier will ich erzählen, was ich selbst erlebt
und mit eigenen Augen gesehen habe.
Ich habe – das ist absolut zuverlässig! –
einen Bauernsohn gekannt, dessen
lockiges blondes Haar
über die Schulter
lang herabfiel.
Diese Haarpracht bändigte er in eine
mit Bildern kunstreich verzierte Kappe.
Ich glaube: Niemand hat bisher
so viele Vögel auf einer Kappe abgebildet gesehen:
Papageien und Tauben
waren darauf gestickt.

Hört nun, wie es mit dieser Kappe bestellt war.
Ein Gutspächter hieß Helmbrecht.
Dessen Sohn ist der Held
dieser Geschichte.
Der Junge hieß ebenso wie sein Vater.
Beide hießen sie Helmbrecht.
Knapp und ohne Umschweife
will ich euch berichten,
was auf der Kappe
noch für wundersame Dinge dargestellt waren
(diese Geschichte ist nicht eitel Phantasie;
ich berichte es nicht bloß so auf Verdacht hin):
Hinten von den Ringellöckchen im Nacken

nâch der scheitel gegen dem schopfe,
reht enmitten ûf dem kopfe,
der lîm mit vogelen was bezogen,
als si wæren dar geflogen
ûz dem Spehtharte.
ûf gebûren swarte
kom nie bezzer houbetdach,
dan man ûf Helmbrehte sach.
dem selben geutôren
was gegen dem zeswen ôren
ûf die hûben genât –

Welt ir nû hœren waz dâ stât? –
A wie Troye wart besezzen,
dô Pâris der vermezzen
dem künege von Kriechen nam sîn wîp,
diu im was liep alsam sîn lîp,
und wie man Troye gewan
und Ênêas von danne entran
ûf daz mer in den kielen,
und wie die türne vielen
und manec steinmûre.
owê daz ie gebûre
solhe hûben solde tragen
dâ von sô vil ist ze sagen!

A Welt ir nû hœren mê
waz anderhalp dar ûf stê
mit sîden erfüllet?
daz mære iuch niht betrüllet:
ez stuont gegen der winstern hant
wie künec Karle und Ruolant,
Turpîn und Oliviere,
die nôtgestalden viere,
waz die wunders mit ir kraft
worhten gegen der heidenschaft:

bis zum Scheitel
mitten auf dem Kopf
war der Mittelstreifen der Kappe mit Vögeln bestickt;
die wirkten, als wären sie eben
aus dem Spessart herangeflogen.
Noch niemals hat ein Bauernschädel
eine so herrliche Kopfbedeckung getragen
wie hier Helmbrecht.
Diesem Bauerntölpel
war auf die rechte Seite
der Kappe gestickt –

Wollt ihr wirklich hören, was darauf gestickt war? –,
wie Troja belagert wurde,
nachdem Paris in seiner Vermessenheit
dem König von Griechenland seine Frau entführt hatte,
die er wie das eigene Leben liebte,
und wie Troja erobert wurde
und von dort allein Äneas
mit den Schiffen aufs Meer entkam
und wie die Türme
und Steinmauern geschleift wurden.
Schlimm, daß überhaupt jemals ein Bauer
eine solche Kappe hat tragen können,
von der es so viel zu erzählen gibt!

Wollt ihr nun noch weiter hören,
womit die andere Seite der Kappe
in Seide bestickt war?
Die Geschichte hält euch gewiß nicht zum Narren:
Links war zu sehen,
wie vier Kampfgefährten:
König Karl und Roland,
Turpin und Olivier,
was die für Heldentaten im grimmigen Kampf
mit den Heiden vollbrachten:

Prôvenz und Arle
betwanc der künec Karle
mit manheit und mit witzen,
er betwanc daz lant Galitzen;
daz wâren allez heiden ê.

Welt ir nû hœren waz hie stê
A von ener nestel her an dise
(ez ist wâr daz ich iu lise)
zwischen den ôren hinden?
von frouwen Helchen kinden
wie die wîlen vor Raben
den lîp in sturme verloren haben,
dô si sluoc her Witege,
der küene und der unsitege,
und Diethern von Berne.
noch mügt ir hœren gerne
waz der narre und der gouch
truoc ûf sîner hûben ouch.

A Ez hêt der gotes tumbe
vor an dem lîme al umbe
von dem zeswen ôren hin
unz an daz lenke (des ich bin
mit wârheit wol bewæret;
nû hœrt wie ez sich mæret),
man möht ez gerne schouwen,
von rittern und von frouwen,
ouch was dâ niht überhaben,
beidiu von meiden und von knaben
vor an dem lîme stuont ein tanz
genât mit sîden, diu was glanz.
ie zwischen zwein frouwen stuont,
als si noch bî tanze tuont,
ein ritter an ir hende;
dort an enem ende

Die Provence und das Arelat
hat bekanntlich König Karl
durch Tapferkeit und durch Klugheit unterworfen,
ebenso auch die Landschaft Galizien,
in der vorher nur Heiden gelebt hatten.

Wollt ihr nun auch weiter hören, was hinten auf der [Kappe
von Schnalle zu Schnalle zu sehen war
(es ist wirklich wahr, was ich euch vortrage!)
in ihrer Breite von einem Ohr zum andern?
Von den Söhnen der Königin Helche,
wie die einst im Sturm auf Ravenna
ihr Leben lassen mußten,
als Held Witege,
der kampfwütige Haudegen,
sie und Diether von Bern erschlug.
Auch könnt ihr gespannt noch weiter hören,
was dieser Tölpel und Tor
sonst noch auf seiner Kappe zur Schau trug.

Dieser gottverlassene Narr hatte
vorn am Saum ringsherum
vom rechten Ohr bis hin
zum linken (jedenfalls ist mir das
als vollkommen glaubhaft versichert worden;
hört nur, wie es weitergeht) –
mit Vergnügen konnte man betrachten,
wie von Rittern und adligen Damen
– keiner war dort übergangen –,
von Edelfräulein und Knappen
vorn am Saum eine Tanzszene
mit glänzender Seide aufgestickt war.
Zwischen zwei Edelfrauen stand,
wie man noch heute tanzt,
ein Ritter und hielt sie an den Händen.
Am anderen Ende

ie zwischen zwein meiden gie
ein knabe der ir hende vie.
dâ stuonden fidelære bî.

Nû hœret wie diu hûbe sî
geprüefet Helmbrehte,
dem tumben ræzen knehte.
A Noch habt ir alles niht vernomen
wie diu hûbe her sî komen:
die nâte ein nunne gemeit.
diu was durch ir hövescheit
ûz ir zelle entrunnen.
ez geschach der selben nunnen
als vil maneger noch geschiht:
mîn ouge der vil dicke siht,
die daz nider teil verrâten hât,
dâ von daz ober mit schanden stât.
A Helmbrehtes swester Gotelint
der nunnen ein genæmez rint
gap si ze kuchenspîse.
si was ir werkes wîse;
si diente ez wol mit næte
an der hûben und an der wæte.
dô Gotelint gap dise kuo,
nû hœret waz diu muoter tuo.
diu gap sô vil der zweier
der nunnen, kæse und eier,
die wîle si ze revende gie,
daz si die selben tage nie
sô manec ei zerklucte
noch kæse versmucte.
Noch gap diu swester mêre
dem bruoder durch sîn êre
kleine wîze lînwât,
daz lützel ieman bezzer hât.
diu was sô kleine gespunnen,

schritt ein Knappe zwischen zwei Edelfräulein
und hielt sie an den Händen gefaßt.
Auch Musikanten standen dabei.

Hört jetzt, wie die Kappe
für Helmbrecht angefertigt worden war,
diesen einfältig-verwegenen Burschen.
Denn bisher habt ihr noch nichts davon gehört,
woher die Kappe gekommen ist:
Eine lebenslustige Nonne nämlich hatte sie genäht.
Weil ihr ganzes Sinnen und Trachten dem Hofleben galt,
war sie aus ihrer Klosterzelle entwichen.
Und dann war es dieser Nonne ergangen,
wie es immer wieder vielen ergeht:
ich habe nur zu oft solche gesehen,
die der Leib in die Irre geführt hat,
so daß die Seele nun in Schanden dasteht.
Helmbrechts Schwester Gotelint
hatte der Nonne dafür ein gutgemästetes Rind
als Vorrat für die Küche geschenkt.
Die Nonne nämlich verstand ihre Sache
und verdiente sich ihren Unterhalt mit ihrer Handarbeit
an der Kappe und der Kleidung.
Als Gotelint ihr diese Kuh geschenkt hatte,
hört nun, was die Mutter tat.
Die schenkte der Nonne
so viele Käse und Eier,
daß sie während der ganzen Zeit,
als sie noch zum Essen ins Refektorium gegangen war,
niemals derart viele Eier in die Pfanne geschlagen
und so viel Käse verspeist hatte.
Ferner schenkte die Schwester
dem Bruder, damit er rechte Ehre einlegen konnte,
feines weißes Linnen,
wie niemand besseres besitzt.
Es war derart fein gesponnen,

ab dem tuoche entrunnen
wol siben webære,
ê ez volwebet wære.
ouch gap im diu muoter,
daz nie seit sô guoter
versniten wart mit schære
von deheinem snîdære,
und einen pelz dar under
von sô getânem kunder
daz ûf dem velde izzet gras:
niht sô wîzes in dem lande was.
dar nâch gap daz getriuwe wîp
ir lieben sune an sînen lîp
ketenwambîs unde swert:
des was der jungelinc wol wert.
noch gap si dem selben knaben
zwei gewant, diu muost er haben,
gnippen unde taschen breit:
er ist noch ræze der si treit.
Dô si gekleidet hêt den knaben,
dô sprach er: ‚muoter, ich muoz haben
dar über einen warkus;
und sold ich des belîben sus,
sô wær ich gar verswachet.
der sol ouch sîn gemachet,
alsô dîn ouge den an gesiht,
daz dir dîn herze des vergiht,
dû habest des kindes êre,
swar ich danne kêre.‘
si hêt noch in den valden
ein röckelîn behalden:
des wart si âne leider
durch des sunes kleider.
si kouft im tuoch, daz was blâ.
weder hie noch anderswâ
truoc nie dehein meier

daß gut sieben Weber
aus dem Webstuhl davongelaufen waren,
bevor dies Linnen fertig gewebt war.
Auch schenkte ihm die Mutter
eine prachtvolle Sackleinewand,
wie sie in dieser Qualität noch nie mit der Schere
von einem Schneider zugeschnitten worden war,
und einen Unterpelz
aus dem Fell von jenem Getier,
das auf dem Felde Gras frißt:
Weißeres gab es im ganzen Lande nicht.
Danach schenkte die treusorgende Mutter
ihrem lieben Jungen
eine Rüstung und ein Schwert:
die hatte der junge Herr gewiß verdient!
Dazu schenkte sie diesem Junker
zwei Gewänder, die er unbedingt brauchte,
dazu ein Fahrtenmesser und eine geräumige Satteltasche;
noch heute käme sich einer verwegen vor, dem sie gehörte!
Als sie den Junker so ausgestattet hatte,
sagte er: „Mutter, ich muß
noch einen Kittelrock darüberziehen;
wenn ich auf den verzichten müßte,
so wäre ich nicht fein genug.
Der muß sich so großartig ausnehmen,
daß, wenn du ihn bloß anschaust,
du dir sagen kannst:
Du legst mit deinem Sohn Ehre
überall dort ein, wohin ich komme."
Bisher hatte sie in den Einschlagtüchern
noch ein Stück Stoff zurückbehalten;
auch das mußte sie zu ihrem Leidwesen
für die Kleidung ihres Sohnes drangeben.
Sie kaufte ihm blaues Tuch dafür.
Weder hier noch anderswo
hat je ein Pächter

einen roc der zweier eier
wære bezzer dan der sîn:
daz habt ûf die triuwe mîn.
Er kunde in tugende lêren
und hôhen lop gemêren
der im daz hêt gerâten:
nâch dem ruckebrâten
von der gürtel unz in den nac
ein knöpfel an dem andern lac;
diu wâren rôt vergoldet.

Ob ir nû hœren woldet
von dem rocke fürbaz,
durch iuwer liebe sagte ich daz.
A dâ daz gollier unz an daz kin
gereichte, unz an die rinken hin
diu knöpfel wâren silberwîz.
ez hêt selten solhen vlîz
an sînen warkus geleit
dehein gebûre der in treit,
noch sô kostelîchiu werc
zwischen Hôhensteine/Wels und Haldenberc/ [dem Trounberc.
seht wie iu daz gevalle:
driu knöpfel von kristalle,
weder ze kleine noch ze grôz,
den buosem er dâ mite beslôz,
er gouch und er tumbe.
sîn buosem was al umbe
bestreut mit knöpfelînen,
diu sach man verre schînen,
gel, blâ, grüene, brûn und rôt,
swarz und wîz, als er gebôt.
diu lûhten sô mit glanze,
swenne er gie bî dem tanze,
sô wart er von in beiden,
von wîben und von meiden,

einen Rock getragen, der auch nur zwei Eier
mehr wert gewesen wäre als seiner:
das müßt ihr mir aufs Wort glauben!
Der hatte es wahrhaftig verstanden, ihm Anstand und Sitte beizubringen
und sein hohes Ansehen noch zu steigern,
der ihn mit diesem Rock ausstaffiert hatte.
Auf dem Rückenteil saß
vom Gürtel bis zum Nacken
ein goldener Knopf
am andern.

Wenn ihr noch mehr
von dem Rock hören wollt,
so will ich euch zu Gefallen gern davon erzählen.
Von dort, wo der Kragen ans Kinn reichte,
bis zur Gürtelschnalle
glänzten die Knöpfe hell wie Silber.
Noch niemals
hat ein Bauer so viel Sorgfalt
auf seinen Kittel verwendet
und so kunstvolle Arbeit
zwischen Hohenstein/Wels und Haldenberg/dem Traunberg.
Urteilt selbst, wie euch das gefällt:
Mit drei Knöpfen aus Kristall,
keiner zu klein und keiner zu groß,
schloß er den Kittelschlitz vor der Brust,
dieser unglaubliche Tor und Narr.
Das Oberteil war ringsherum
von Knöpfen übersät;
die glitzerten weithin,
gelb, blau, grün, lila und rot,
schwarz und weiß, genauso, wie er es hatte haben wollen.
Die funkelten so hell,
daß er
beim Tanz
von Frauen und von Mädchen

vil minneclîche an gesehen.
ich wil des mit wârheit jehen,
daz ich bî dem selben knaben
den wîben hêt unhôhe erhaben.
dâ der ermel an daz muoder gât
al umbe und umbe was diu nât
behangen wol mit schellen:
die hôrt man lûte hellen,
swenne er an dem reien spranc,
den wîben ez durch diu ôren klanc.
her Nîthart, und solde er leben,
dem hêt got den sin gegeben,
der kunde ez iu gesingen baz
danne ich gesagen. nû wizzet daz:
A si verkoufte manec huon und ei,
ê si im gewunne diu zwei,
hosen und spargolzen.

Als si dô dem stolzen
sîniu bein hêt gekleit,
‚mîn wille mich hinz hove treit‘,
sprach er. ‚lieber vater mîn,
nu bedarf ich wol der stiure dîn:
mir hât mîn muoter gegeben
und ouch mîn swester, sol ich leben,
daz ich in alle mîne tage
immer holdez herze trage.‘
  Dem vater was daz ungemach.
zuo dem sune er in spotte sprach:
‚ich gibe dir zuo der wæte
einen hengest, der ist dræte
und der wol springe ziune und graben,
den soltû dâ ze hove haben,
und der lange wege wol loufe.
wie gerne ich dir den koufe,
ob ich in veile vinde!

ganz verliebt angeschaut wurde.
Um die Wahrheit zu gestehen:
Neben diesem vornehmen Junker
hätte ich auf die Frauen überhaupt keinen Eindruck gemacht!
Dort, wo der Ärmel am Wams angesetzt ist,
war die Naht ringsherum
mit Glöckchen behängt;
lieblich klingelten sie,
wenn er im Reigen tanzte:
den Frauen tönte es angenehm in die Ohren.
Neidhart von Reuental, wenn der noch lebte,
dem hätte Gott die Begabung verliehen,
daß er es viel schöner als Lied vorzutragen gewußt hätte müssen,
als ich bloß mit Worten. Hört nur:
Die Mutter hatte viele Hühner und Eier verkaufen
bevor sie ihm
noch Hosen und wunderschönes Schuhzeug hatte kaufen können.

Als sie nun diesen eingebildeten Laffen
so eingekleidet hatte,
sagte er: „Liebster Vater,
mich zieht's jetzt mit Gewalt an den Hof.
Dazu habe ich nun besonders deine Hilfe nötig.
Mutter und Schwester haben mich so mit Geschenken überhäuft,
daß ich, solange ich lebe,
jeden Tag
immer in Liebe an sie denken werde."
Der Vater, dem das gar nicht recht war,
sagte spöttisch zu seinem Sohn:
„Selbstverständlich werde ich dir zu dieser Ausstattung
auch noch einen flinken Hengst schenken,
der sicher über Zäune und Gräben setzt –
den mußt du ja bei Hofe haben! –
und der lange Strecken mühelos zurücklegt:
ich brenne darauf, ihn dir zu kaufen,
wenn ich ihn nur einigermaßen preiswert bekommen kann!

lieber sun, nu erwinde
hinz hove dîner verte.
diu hovewîse ist herte
den die ir von kindes lit
habent niht gevolget mit.
lieber sun, nû men dû mir
oder habe den phluoc, sô men ich dir,
und bûwen wir die huobe;
sô kumst du in dîne gruobe
mit guoten êren alsam ich:
zwâre des versihe ich mich.
ich bin getriuwe, gewære,
niht ein verrâtære;
darzuo gibe ich alliu jâr
ze rehte mînen zehenden gar:
ich hân gelebet mîne zît
âne haz und âne nît.‘

AB Er sprach: ‚lieber vater mîn,
swîc und lâ die rede sîn!
dâ mac niht anders an geschehen,
wan ich wil benamen besehen,
wie ez dâ ze hove smecke.
mir sulen ouch dîne secke
nimmer rîten den kragen.
ich sol ouch dir ûf dînen wagen
nimmer mist gevazzen.
sô solt mich got gehazzen,
swenne ich dir ohsen wæte
und dînen habern sæte.
daz zæme niht zewâre
mînem langen valwen hâre
und mînem reidem locke
und mînem wol stânden rocke
und mîner wæhen hûben

Im Ernst, lieber Junge: Steh ab
von deinem Wunsch, an den Hof zu gehen!
Die höfische Lebensweise ist für die zu schwer,
die nicht von Kindesbeinen an
in ihr groß geworden sind.
Lieber Junge, nun führe du für mich die Ochsen im Pflug
oder, noch besser: Halte du den Pflug, so will ich für dich die Ochsen führen,
so daß wir auf diese Art zusammen das Feld bestellen;
dann wirst du einst in die Grube fahren
in genauso hohem Ansehen wie ich:
wahrhaftig, das hoffe ich zuversichtlich.
Ich bin verläßlich, aufrichtig
und gebe keine verkehrten Ratschläge.
Außerdem zahle ich jedes Jahr
meine Steuern, wie es sich gehört;
ich bin mein ganzes Leben lang
gegen niemanden feindselig und auf keinen neidisch gewesen.“

Helmbrecht antwortete: „Liebster Vater,
sei still und sag nichts mehr!
Es kann nun nicht anders sein,
als daß ich mir unbedingt einmal
die Luft bei Hofe kräftig um die Nase wehen lassen muß.
Deine Säcke jedenfalls
sollen mir niemals mehr auf dem Buckel reiten.
Auch werde ich niemals mehr auf deinen Wagen für dich
Mist laden.
Ja, Gott soll mich strafen,
wenn ich dir jemals wieder die Ochsen ins Joch spannen
und für dich Hafer aussäen würde.
Das gehörte sich wirklich nicht
bei meinen langen blonden Haaren
und meinen gekräuselten Locken
und meinem prächtigen Rock
und meiner kostbar-kunstvollen Kappe

und den sîdînen tûben
die dar ûf nâten frouwen.
ich hilf dir nimmer bouwen.'

AB Der vater sprach: ‚belîp bî mir!
ich weiz wol, ez wil geben dir
der meier Ruopreht sîn kint,
vil schâfe, swîne und zehen rint,
alter unde junger.
ze hove hâstu hunger
und muost dar zuo vil harte ligen
und aller gnâden sîn verzigen.
nû volge mîner lêre,
des hâstu frum und êre;
wan selten im gelinget,
der wider sînen orden ringet.
dîn ordenunge ist der phluoc.
dû vindest hoveliute genuoc,
swelhez ende dû kêrest.
dîn laster dû gemêrest,
B sun, des swer ich dir bî got:
der rehten hoveliute spot
wirdestû, vil liebez kint.
dû solt mir volgen und erwint.'

AB Er sprach: ‚Vater, und wirde ich geriten,
ich trûwe in hovelîchen siten
immer alsô wol genesen,
sam die ze hove ie sint gewesen.
swer die hûben wæhe
ûf mînem houpte sæhe,
der swüer wol tûsent eide
für diu werc beide,
ob ich dir ie gemente
oder phluoc in furch gedente.
swenne ich mich gekleide

und den seidenen Tauben,
die Edelfrauen darauf gestickt haben.
Nein, ich helfe dir niemals wieder ackern.“

Der Vater bat: „Bleib doch bei mir!
Ich weiß genau: Der Pächter Ruprecht
will dir seine Tochter zur Frau geben,
dazu viele Schafe, Schweine und zehn Rinder,
Kühe und Kälber.
Am Hof dagegen wirst du hungern
und dich auf hartem Lager betten
und auf alle Bequemlichkeit verzichten müssen.
Folge doch meinem Rat:
davon wirst du Nutzen haben und Ansehen gewinnen;
denn niemals hat der Glück,
der sich gegen seinen Stand auflehnt.
Du bist nun einmal für den Pflug bestimmt.
Hofleute findest du in Hülle und Fülle.
Wohin du auch gehst,
du wirst deine Schande nur noch vergrößern.
Junge, das schwöre ich dir bei Gott:
Zum Gespött der richtigen Hofleute
wirst du werden, liebster Sohn.
Du mußt auf mich hören: Laß doch von deinem Vorsatz ab!“

Der Junge erwiderte: „Vater, wenn ich nur erst ein Pferd hätte,
dann traue ich mir zu, im höfischen Benehmen
allezeit ebenso erfolgreich zu sein
wie die, die immer am Hof gelebt haben.
Jeder, der die prächtige Kappe
auf meinem Kopf sieht,
der würde sicherlich tausend Eide schwören,
daß ich dir niemals
die Ochsen angetrieben
oder mit dem Pflug Furchen gezogen hätte.
Wenn ich die Kleider anlege,

in gewant daz si mir beide
ze stiure gâben gester,
mîn muoter und mîn swester,
sô bin ich sicherlîche
dem vil ungelîche,
ob ich etewenne
korn ûf dem tenne
mit der drischele ûz gebiez,
oder ob ich stecken ie gestiez.
swenne ich fuoz unde bein
hân gezieret mit den zwein,
hosen und schuohen von korrûn,
ob ich ie geziunte zûn
dir oder ander iemen,
des meldet mich niemen.
gîst dû mir den meidem,
meier Ruoprehte zeinem eidem
bin ich immer mê verzigen:
ich wil mich niht durch wîp verligen.‘

AB Er sprach: ‚sun, eine wîle dage
und vernim waz ich dir sage.
swer volget guoter lêre,
der gewinnet frum und êre:
swelh kint sînes vater rât
ze allen zîten übergât,
daz stât ze jungest an der schame
und an dem schaden rehte alsame.
wilt dû dich sicherlîchen
genôzen und gelîchen
dem wol gebornen hoveman,
dâ muoz dir misselingen an;
er treit dir dar umbe haz.
dû solt ouch wol gelouben daz,
ez kleit dehein gebûre niht
swaz dir dâ ze leide geschiht.

die
Mutter und Schwester
mir gestern als Ausstattung geschenkt haben,
so sehe ich ganz gewiß
überhaupt nicht mehr aus,
als ob ich jemals
Korn auf der Tenne
mit dem Flegel ausgedroschen
oder jemals Pfosten eingeschlagen hätte.
Wenn ich mir erst Füße und Beine
mit diesen Hosen und Schuhen
von feinstem Ziegenleder ausstaffiert habe,
dann kann mir niemand mehr nachsagen,
ich hätte dir oder irgendeinem andern
jemals Zäune geflochten.
Wenn du mir den Hengst schenkst,
so kann ich gut und gern darauf verzichten,
Pächter Ruprechts Schwiegersohn zu werden:
auf keinen Fall will ich um einer Frau willen herumlungern.“

Der Vater antwortete: „Junge, schweig einen Augenblick
und hör zu, was ich dir sage.
Wer eine gute Lehre befolgt,
der hat Nutzen und Ansehen davon.
Die Kinder, die den Rat ihres Vaters
allezeit in den Wind schlagen,
die enden zuletzt in Schande
und Verderben.
Wenn du dich aber unbedingt
den hochgeborenen Rittern
zugesellen und es ihnen gleichtun willst,
so wird es dir mißlingen;
sie werden dich deswegen nur anfeinden.
Und auch das glaube mir:
Kein Bauer wird es beklagen,
was dir dort an Kränkungen zugefügt wird.

und næme ein rehter hoveman
dem gebûren swaz er ie gewan,
der gedinget doch ze jungest baz
danne dû. nû wizze daz:
nimst dû im ein fuoter,
lieber sun vil guoter,
gewinnet er dîn oberhant,
sô bist dû bürge unde phant
für alle die im haben genomen.
er lât dich niht ze rede komen,
die phenninge alle sint gezalt;
ze gote hât er sich versalt,
sleht er dich an dem roube.
lieber sun, geloube
mir diu mære und belîp
und nim ein êlîchez wîp.‘

AB Er sprach: ‚Vater, swaz sô mir geschiht,
ich lâze mîner verte niht;
ich muoz benamen in die büne.
nû heiz ander dîne süne,
daz si sich mit dem phluoge müen.
ez müezen rinder vor mir lüen
die ich über ecke trîbe.
daz ich sô lange belîbe,
des irret mich ein gurre;
daz ich niht ensnurre
mit den andern über ecke
und die gebûren durch die hecke
niht enfüere bî dem hâre,
daz ist mir leit zewâre.
die armuot möht ich niht verdoln;
swenne ich driu jâr einen voln
züge und als lange ein rint,
der gewin wær mir ein wint.

Wenn aber ein richtiger Ritter einem Bauern alles
fortnehmen würde, was er mit seiner Hände Arbeit geschaffen hat,
dem ginge es am Ende vor Gericht doch noch besser
als dir. Denn wisse:
Wenn du ihm etwas fortnimmst, um nicht hungern zu müssen,
mein liebster, bester Junge,
und er dich zu fassen bekommt,
so bist du ihm Geisel und Unterpfand
für alle, die ihm jemals etwas fortgenommen haben.
Er läßt dich gar nicht erst zu Worte kommen,
bis du auch den letzten Pfennig bezahlt hast.
Auf Gottes Gnade verläßt er sich,
wenn er dich gleich beim Rauben erschlägt.
Lieber Junge, glaube
mir das und bleib hier
und heirate."

Der Sohn erwiderte: „Vater, trotz allem, was mir zustoßen könnte,
lasse ich von meinem Vorsatz nicht ab:
ich will unbedingt bei den Herren sitzen!
Nun trag deinen anderen Söhnen auf,
sich mit dem Pflug abzurackern;
vor mir dagegen sollen die Rinder brüllen,
die ich wegtreiben werde.
Daß ich mich hier überhaupt noch so lange aufhalte,
daran ist nur dieser elende Klepper schuld;
daß ich nicht schon längst
mit den andern davongaloppiert bin
und die Bauern bei den Haaren
durch die Hecken geschleift habe,
das ist mir wahrhaftig ärgerlich genug.
Diese Armut könnte ich nicht mehr ertragen.
Wenn ich drei Jahre lang ein Fohlen
aufziehen müßte und ebensolange ein Rind,
so wäre mein Verdienst daran ein glattes Nichts.

ich wil rouben alle tage,
dâ mite ich mich wol bejage
mit volleclîcher koste
und den lîp vor froste
wol behalde in dem winder,
ez enwelle et niemen rinder.
vater, balde île,
entwâle deheiner wîle,
gip den meidem balde mir:
ich belîbe lenger niht bî dir.‘

A Die rede wil ich kürzen.
einen loden von drîzec stürzen
(alsô saget uns daz mære,
daz der lode wære
aller loden lengest)
den gap er an den hengest
und guoter küeje viere,
zwêne ohsen und drî stiere
und vier mütte kornes.
owê guotes verlornes!
er koufte den hengst umb zehen phunt:
er hêt in an der selben stunt
kûme gegeben umbe driu:
owê verlorniu sibeniu!

AB Dô der sun wart bereit
und er sich hêt an geleit,
nû hœret wie der knabe sprach.
er schutte daz houbet unde sach
ûf ietweder ahselbein:
‚ich bizze wol durch einen stein;
ich bin sô muotes ræze,
hei waz ich îsens æze!
ez næme der keiser für gewin,
vienge ich in niht und züge in hin

Ich will alle Tage auf Raub ausgehen;
so führe ich ein gutes Leben
mit reichlichem Essen
und schütze mich vor der Kälte
im Winter,
solange überhaupt noch jemand Rinder kauft.
Vater, mach schnell,
zögere keinen Augenblick,
schenk mir den Hengst sofort:
ich bleibe doch nicht länger bei dir!"

Das Weitere will ich kurz machen.
Einen dreißig Ellen langen Lodenstoff
(so jedenfalls berichtet uns die Geschichte,
daß dieser Ballen
der längste aller Lodenstoffe gewesen ist),
den tauschte er gegen den Hengst ein,
und dazu vier gutgemästete Kühe,
zwei Ochsen, drei Stiere
und vier Scheffel Korn.
Jammerschade um den vergeudeten Besitz!
Er kaufte den Hengst tatsächlich für zehn Pfund Silber
und hätte ihn doch im gleichen Augenblick
nicht um drei wieder verkaufen können:
jammerschade um die verschwendeten sieben!

Als sich der Sohn die Gewänder
fertig angelegt hatte,
hört nun, wie der Junker redete.
Er warf den Kopf in den Nacken und blickte
über beide Schultern zurück:
„Ich könnte wahrhaftig einen Stein zerbeißen,
so wild ist mir zumute.
Hei, am liebsten fräß' ich Eisen!
Selbst der Kaiser könnte von Glück sagen,
wenn ich ihn nicht fangen, wegschleppen

und beschazte in unz an den slouch
und den herzogen ouch
und eteslîchen grâven.
über velt wil ich draven
âne angest mînes verhes
und alle welt dwerhes.
lâ mich ûz dîner huote;
hinnen für nâch mînem muote
wil ich selbe wahsen.
vater, einen Sahsen
den züget ir lîhter danne mich.‘

Er sprach: ‚sun, sô wil ich dich
mîner zühte lâzen frî.
nû zuo des der neve sî!
sît ich mîne zuht sol mîden
an dem ûfrîden,
sô hüete dîner hûben
und der sîdînen tûben,
daz man die indert rüere
oder mit übele iht zefüere
dîn langez valwez hâre.
und wilt dû zewâre
mîner zühte nimmêre
sô vürhte ich vil sêre,
dû volgest ze jungest einem stabe
und swar dich wîset ein kleiner knabe.‘

B Er sprach: ‚sun, vil lieber knabe,
lâ dich noch rihten abe.
dû solt leben des ich lebe
und des dir dîn muoter gebe.
trinc wazzer, lieber sun mîn,
ê dû mit roube koufest wîn.
datz Ôsterrîche clamirre,
ist ez jener, ist ez dirre,

und bis aufs Hemd ausplündern würde,
ebenso der Herzog
und eine ganze Schar Grafen.
Querfeldein will ich traben,
ohne Furcht um mein Leben,
und quer durch die ganze Welt.
Entlaß mich aus deiner väterlichen Obhut;
von jetzt an will ich
nach meinem eigenen Sinn leben.
Wirklich, Vater, einen dickköpfigen Niedersachsen
könntet ihr leichter erziehen als mich."

Der Vater erwiderte: „Junge, so will ich dich
aus meiner Verantwortung entlassen.
Nichts mehr will ich mit dir zu tun haben!
Da ich nicht mehr für den sorgen soll,
der so hoch hinauswill,
so achte du nun selber auf deine Kappe
mit den Tauben aus Seide,
daß man die nicht etwa anrührt
oder dir gar
dein langes blondes Haar böse zerzaust!
Wenn du dich wirklich meiner Obhut
nun für immer entziehen willst,
so fürchte ich tief bekümmert,
daß du am Ende einem Stock dorthin folgen wirst,
wohin dich ein kleiner Junge führt."

Und er fuhr fort: „Mein Sohn, liebster Junge,
laß dich doch von deinem Vorhaben noch abbringen!
Du sollst von dem leben, wovon ich lebe
und was dir deine Mutter gibt.
Trink lieber frisches Wasser, mein lieber Junge,
statt daß du von deinem Raub dir Wein kaufst.
Was man drüben in Österreich Klammer nennt,
mit Fleisch gefüllte Pasteten,

der tumbe und der wîse
hânt ez dâ für herren spîse.
die soltû ezzen, liebez kint,
ê dû ein geroubtez rint
gebest umb eine henne
dem wirte eteswenne.
dîn muoter durch die wochen
kan guoten brîen kochen:
den soltû ezzen in den grans,
ê dû gebest umb eine gans
ein geroubtez phärit.
sun, und hêtest dû den sit,
sô lebtest dû mit êren,
swar dû woldest kêren.
sun, den rocken mische
mit habern, ê dû vische
ezzest nâch unêren:
sus kan dîn vater lêren.
volge mir, sô hâstu sin;
sî des niht, sô var dâ hin.
erwirbstu guot und êren vil,
für wâr ich des niht enwil
mit dir haben gemeine:
hab ouch den schaden eine.'

AB Er sprach: dû solt trinken, vater mîn,
wazzer, sô wil ich trinken wîn.
und iz dû gîselitze,
sô wil ich ezzen ditze
daz man dâ heizet huon versoten;
daz wirt mir nimmer verboten.
ich wil ouch unz an mînen tôt
von wîzen semeln ezzen brôt:
haber der ist dir geslaht.
man liset ze Rôme an der phaht,
ein kint gevâhe in sîner jugent

das halten alle, Einfältige wie Kluge,
für eine vornehme Herrenspeise.
Die solltest du essen, lieber Junge,
statt daß du, wo du einkehrst,
ein geraubtes Rind
gegen eine Henne verschleuderst.
Deine Mutter versteht die ganze Woche über
die schönsten Gerichte zu kochen:
von denen solltest du dir den Schnabel vollstopfen,
statt daß du für eine Gans
ein geraubtes Pferd verschleuderst.
Junge, wenn du das tun wolltest,
dann würdest du überall in Ehren leben,
wohin du kommst.
Junge, misch lieber den Roggen
mit Hafer, statt daß du teuren Fisch
mit Schanden ißt:
so jedenfalls rät dir dein Vater.
Höre auf mich, so handelst du verständig;
wenn nicht, so fahr zum Teufel!
Wieviel Reichtum und Ansehen du dann auch erwirbst,
weiß Gott, ich will nichts davon
mit dir gemein haben:
du sollst dann aber auch den Schaden allein tragen!“

Der Sohn antwortete: „Trink du nur Wasser,
bester Vater, ich jedenfalls will Wein trinken.
Iß du nur ruhig Grütze,
so will ich das essen,
was dort Brathuhn heißt;
das laß ich mir einfach nicht mehr verbieten!
Auch will ich bis zu meinem Tode
nur noch Brot aus hellem Weizenmehl essen;
zu dir paßt Hafer.
In Rom kann man im Gesetz lesen:
Ein Kind empfängt ganz jung

von sînem toten eine tugent.
ein edel ritter was mîn tote:
sælec sî der selbe gote
von dem ich sô edel bin
und trage sô hôchvertigen sin!'

AB Der Vater sprach: ‚nû gloube daz,
mir geviele et michel baz
ein man der rehte tæte
und dar an belibe stæte.
wær des geburt ein wênic laz,
der behagte doch der werlte baz
dan von küneges fruht ein man
der tugent noch êre nie gewan.
ein frumer man von swacher art
und ein edel man, an dem nie wart
weder zuht noch êre bekant,
und koment die bêde in ein lant
dâ niemen weiz wer si sint,
man hât des swachen mannes kint
für den edelen hôchgeborn
der für êre hât schande erkorn.
sun, und wilt dû edel sîn,
daz rât ich ûf die triuwe mîn,
sô tuo vil edellîche:
guot zuht ist sicherlîche
ein krône ob aller edelkeit;
daz sî dir für wâr geseit.'

AB Er sprach: ‚vater, dû hâst wâr.
mich enlât mîn hûbe und mîn hâr
und mîn wol stânde gewæte
niht belîben stæte.
diu sint beidiu sô glanz,
daz si baz zæmen einem tanz
dan der eiden oder dem phluoc.'

etwas von den Eigenschaften seines Paten.
Mein Pate war ein vornehmer Ritter:
selig möge dieser Pate werden,
durch den ich so vornehm
und so hochgesinnt bin!“

Der Vater sagte: „Sei überzeugt:
Sehr viel besser gefällt mir
ein Mann, der rechtschaffen ist
und daran festhält.
Und selbst wer nicht so hochgeboren ist,
der würde doch der Welt lieber sein
als ein Mann aus königlichem Stamm,
der nichts taugt und kein Ansehen besitzt.
Wenn ein tüchtiger Mann von einfachem Herkommen
und ein Edelmann, der nichts taugt
und kein Ansehen hat,
wenn die in ein Land kommen,
in dem sie niemand kennt,
dann wird man den Sohn des einfachen Mannes
für den hochgeborenen Adligen halten,
der statt der Ehre die Schande gewählt hat.
Junge, wenn du wirklich adlig sein willst
– diesen Rat nehme ich auf meinen Eid –,
so handle du auch adlig:
gutes Benehmen ist ganz gewiß
die Krönung aller adligen Abstammung:
das ist die volle Wahrheit, kann ich dir nur versichern.“

Der Junge antwortete: „Vater, du sollst recht haben.
Doch meine Kappe, mein Haar
und meine vornehm-schmucke Kleidung
lassen es einfach nicht zu, daß ich dauernd hier bleibe.
Die funkeln und glänzen so,
daß sie viel besser zum Tanz passen
als zu Egge oder Pflug.“

,Wê daz dich dîn muoter getruoc!'
B sprach der vater zuo dem sun.
,du wiltz beste lân undz bœse tuon.
A sun, vil schœner jungelinc,
dû solt sagen mir ein dinc,
ob dir wonen witze bî,
weder baz lebendiger sî:
dem man fluochet unde schiltet
und des al diu welt engiltet
und mit der liute schaden lebet
und wider gotes hulde strebet –
nû welhes leben ist reiner?
sô ist aber einer
des al diu welt geniuzet
und den des niht verdriuzet,
er werbe naht unde tac,
daz man sîn geniezen mac,
und got dar under êret;
swelhez ende er kêret,
dem ist got und al diu welt holt.
lieber sun, dû mir solt
mit der wârheit sagen daz,
weder dir nû gevalle baz.'

A ,Vater mîn, daz tuot der man,
des man niht engelten kan
und des man geniezen sol.
der ist lebendiger wol.'

,Lieber sun, daz wærest dû,
ob dû mir woldest volgen nû.
sô bûwe mit dem phluoge;
sô geniezent dîn genuoge:
dîn geniuzet sicherlîche
der arme und der rîche,
dîn geniuzet wolf und ar

„Ach, daß dich die Mutter je geboren hat!“
sagte der Vater zum Sohn.
„Das Beste willst du lassen und das Böse tun.
Mein Sohn, du vornehmer junger Herr,
sage mir bitte das eine,
wenn du noch bei Verstande bist,
wer das bessere Leben führt:
der, den man verwünscht und tadelt
und durch den alle Welt zu Schaden kommt
und der vom Verderben der Leute lebt
und sich gegen Gottes Güte auflehnt –
wessen Leben ist nun vollkommener?
Denn auf der anderen Seite nun gibt es den,
der aller Welt Vorteil bringt
und den nichts davon abhält,
Tag und Nacht zu arbeiten,
so daß man Nutzen von ihm hat,
und der durch all das Gott Ehre erweist;
überall, wohin der kommt,
sind ihm Gott und alle Welt wohlgesonnen.
Lieber Junge,
sage mir ehrlich,
wer von diesen beiden dir nun besser gefällt.“

(Der Sohn:) „Lieber Vater, natürlich der,
durch den man nicht zu Schaden kommt,
von dem man vielmehr Nutzen hat,
der führt ohne Zweifel das bessere Leben.“

(Der Vater:) „Lieber Junge, dieser Mann wärst du,
wenn du mir nur folgen wolltest!
Bestell du mit dem Pflug das Feld,
so wird es vielen Vorteil bringen:
von dir werden dann ganz gewiß
der Arme wie der Reiche,
der Wolf wie der Adler

und alliu creatûre gar
und swaz got ûf der erden
hiez ie lebendic werden.
lieber sun, nû bouwe:
jâ wirt vil manec frouwe
von dem bûwe geschœnet,
manec künec wirt gekrœnet
von des bûwes stiuwer.
wan niemen wart sô tiuwer,
sîn hôchvart wære kleine
wan durch daz bû aleine.‘

AB Er sprach: ‚vater, dîner predige
got mich schiere erledige.
ob ûz dir worden wære
ein rehter predigære,
dû bræhtest liute wol ein her
mit dîner predige über mer.
vernim waz ich dir sagen wil:
bûwent die gebûren vil,
si ezzent wol dester mê.
swie halt mir mîn dinc ergê,
ich wil dem phluoge widersagen.
und sold ich swarze hende tragen
von des phluoges schulde,
sô mir gotes hulde,
sô wær ich immer geschant,
swenne ich tanzte an frouwen hant.‘

AB Der vater sprach: ‚nû vrâge,
daz dich des iht betrâge,
swâ dû sîst den wîsen bî,
mir troumte ein troum, waz daz sî.
dû hêtest zwei lieht in der hant,
diu brunnen, daz si durch diu lant
lûhten mit ir schîne.

und alle Geschöpfe Nutzen haben
und überhaupt alles, was Gott auf Erden
ins Leben gerufen hat.
Lieber Junge, nun bestell das Feld.
Du kannst mir glauben: Alle Edelfrauen
verdanken der Bauernarbeit ihre Schönheit,
und alle Könige verdanken allein
der Bauernarbeit ihre Krone.
Denn wie vornehm einer auch ist –
sein Stolz wäre nichtig,
wenn es die Bauernarbeit nicht gäbe."

Der Sohn entgegnete: „Vater, von deiner Moralpredigt
möge Gott mich rasch befreien!
Wenn du
ein richtiger Prediger geworden wärst,
so hättest du gewiß mit deiner Predigt
ein ganzes Heer zur Kreuzfahrt überredet!
Höre nun, was ich dir jetzt sage:
Wenn die Bauern viel Korn anbauen,
dann fressen sie auch um so mehr.
Wie es mir auch ergehen mag –
ich bin entschlossen, dem Pflug abzusagen.
Denn sollten meine Hände
vom Pflügen schwarz sein,
so müßte ich mich, beim Allmächtigen,
ja schämen,
wenn ich Damen die Hand zum Tanze reichte."

Der Vater antwortete: „Nun befrage
– laß dich's nicht verdrießen –,
ringsherum weise Männer,
was der Traum bedeutet, den ich geträumt habe.
Du hieltest zwei Lichter in der Hand,
die brannten so hell, daß sie durchs ganze Land
mit ihrem Schein leuchteten.

lieber sun der mîne,
sust troumt mir vert von einem man,
den sach ich hiure blinden gân.'

Er sprach: ‚vater, daz ist guot.
ich gelâze nimmer mînen muot
umb sus getâniu mære;
ein zage ich danne wære.'

In enhalf et niht sîn lêre.
er sprach: ‚mir troumte mêre:
ein fuoz dir ûf der erde gie,
dâ stüende dû mit dem andern knie
hôhe ûf einem stocke;
dir ragete ûz dem rocke
einez als ein ahsendrum.
sol dir der troum wesen frum,
oder waz er bediute,
des frâge wîse liute.'

AB Er sprach: ‚daz ist sælde unde heil
und aller rîchen freuden teil.'

Er sprach: ‚sun, noch troumte mir
ein troum, den wil ich sagen dir.
dû soldest fliegen hôhe
über welde und über lôhe:
ein vettich wart dir versniten:
dô wart dîn vliegen vermiten.
sol dir der troum guot sîn?
owê hende, füeze und ougen dîn!'

B ‚Vater, al die tröume dîn
sint vil gar diu sælde mîn',
sprach der junge Helmbreht.
‚schaf dir umb einen andern kneht:

Mein lieber Junge, [geträumt,
dasselbe habe ich im vorigen Jahr von einem Mann
den ich in diesem habe blind herumtappen sehen."

Der Junge sagte: „Vater, schön und gut.
Ich jedenfalls werde niemals meinen Vorsatz
wegen einer solchen Traumgeschichte aufgeben;
dann wäre ich ja wohl ein elender Feigling!"

So hatten dem Vater diese Worte nichts genutzt.
Trotzdem fuhr er fort: „Weiter habe ich geträumt:
Mit dem einen Fuß gingst du auf der Erde,
während du mit dem andern Knie
hoch auf einem Stelzbein standst;
aus dem Ärmel ragte dir
so etwas wie ein Achsenstumpf heraus.
Wenn dir dieser Traum etwas nützen soll,
so frage nur weise Männer danach,
was er bedeutet."

Der Sohn rief aus: „Er bedeutet ja Glück und Heil!
Ganz große Freude werde ich erleben!"

Darauf der Vater: „Junge, dann habe ich
noch einen Traum geträumt; auch den will ich dir noch
Es war, als wolltest du hoch [erzählen.
über Wald und Busch hinwegfliegen;
doch weil dir ein Flügel gestutzt worden war,
konntest du nicht mehr fliegen.
Sollte auch dieser Traum Gutes für dich bedeuten?
Jammer und Weh um deine Hände, Füße und Augen!"

„Vater, all deine Träume
bedeuten nichts als Glück für mich",
sagte der junge Helmbrecht.
„Sieh dich nach einem andern Knecht um;

dû bist mit mir versoumet,
swie vil dir sî getroumet.‘

‚Sun, al die tröume sint ein wint,
die mir noch getroumet sint:
nû hœr von einem troume.
dû stüende ûf einem boume:
von dînen füezen unz an daz gras
wol anderhalp klâfter was;
ob dînem houpte ûf einem zwî
saz ein rabe, ein krâ dâ bî.
dîn hâr was dir bestroubet:
dô strælte dir dîn houbet
zeswenhalp ein rabe dâ,
winsterhalp schiet dirz diu krâ.
owê, sun, des troumes!
owê, sun, des boumes!
owê des raben! owê der krân!
jâ wæne ich riuwec bestân
des ich an dir hân erzogen,
mir habe der troum danne gelogen.‘

AB ‚Ob dir nû, vater, wizze Krist,
troumte allez daz der ist,
beide übel unde guot,
ich gelâze nimmer mînen muot
hinnen unz an mînen tôt.
mir wart der verte nie sô nôt.
vater, got der hüete dîn
und ouch der lieben muoter mîn;
iuwer beider kindelîn
diu müezen immer sælec sîn.
got habe uns alle in sîner phlege.‘
dâ mite reit er ûf die wege.
urloup nam er zuo dem vater;
hin drâte er über den gater.

mit mir jedenfalls kannst du nicht mehr rechnen,
wieviel du auch zusammengeträumt hast.“

(Der Vater:) „Junge, alle Träume,
die ich bisher geträumt habe, sind noch gar nichts –
jetzt aber höre einen letzten Traum.
Du hingst an einem Baum;
von deinen Füßen waren es bis zum Gras
gut zwei Meter;
über deinem Kopf saßen auf einem Ast
ein Rabe und daneben eine Krähe.
Dein struppiges Haar
kämmte dir
rechts der Rabe,
scheitelte dir links die Krähe.
Ach, Junge, dieser Traum!
Ach, Junge, dieser Baum!
Ach, dieser Rabe! Ach, diese Krähe!
Ich fürchte ja so sehr, daß ich voll Kummer erleben werde,
was ich an dir großgezogen habe –
wenn dieser Traum mich nicht belogen hat.“

(Der Sohn:) „Vater, in Christi Namen: wenn du auch
von allem geträumt hättest,
was es überhaupt Schlimmes und Gutes gibt,
so werde ich trotzdem meinen Entschluß
bis an meinen Tod nicht ändern.
Noch nie ist es mir so notwendig erschienen, von hier fortzugehen, wie jetzt.
Vater, Gott befohlen,
und auch du, liebste Mutter.
All euren Kindern
möge es immer glücklich ergehen.
Gott möge uns allesamt behüten!“
Damit lenkte er auf die Straße,
verabschiedete sich vom Vater
und setzte über den Zaun.

Sold ich allez sîn geverte sagen,
daz enwurde in drîen tagen,
oder lîhte in einer wochen
nimmer gar volsprochen.

AB Ûf eine burc kom er geriten.
dâ was der wirt in den siten,
daz er urliuges wielt
und ouch vil gerne die behielt,
die wol getorsten rîten
und mit den vînden strîten.
dâ wart der knabe gesinde.
an roube wart er sô swinde,
swaz ein ander ligen liez,
in sînen sac erz allez stiez.
er nam ez allez gemeine:
dehein roup was im ze kleine,
im was ouch niht ze grôz.
ez wære rûch, ez wære blôz,
ez wære krump, ez wære sleht,
daz nam allez Helmbreht,
des meier Helmbrehtes kint.
er nam daz ros, er nam daz rint,
er lie dem man niht leffels wert;
er nam wambîs unde swert,
er nam mandel unde roc,
er nam die geiz, er nam den boc,
er nam die ou, er nam den wider:
daz galt er mit der hiute sider.
röckel, pheit dem wîbe
zôch er ab dem lîbe,
ir kürsen und ir mandel:
des hêt er gerne wandel
gehabt, dô in der scherge machete zam,
daz er wîben ie genam:
daz ist sicherlîchen wâr.

Wenn ich nun erzählen sollte, wo er überall hinritt,
dann würde keiner in drei Tagen,
ja selbst in einer Woche
damit zu Rande kommen.

Schließlich ritt er auf eine Burg.
Weil der Burgherr gerade
in Fehde lag,
war es ihm hoch willkommen, die bei sich zu behalten,
die mutig im Sattel saßen
und sich tapfer mit Gegnern herumschlugen.
Dort trat der Bursche in Dienst.
Aufs Beutemachen verstand er sich so großartig,
daß er alles, was ein anderer verschmähte,
in seine Satteltasche stopfte.
Er raffte ohne Ausnahme alles zusammen:
keine Beute war ihm zu gering;
natürlich war ihm auch nichts zu schwer.
Ob struppig oder glatt,
ob krumm oder gerade,
alles raffte Helmbrecht zusammen,
der Sohn des Pächters Helmbrecht.
Er raubte Pferde, er raubte Rinder,
er ließ niemandem auch nur einen Pappenstiel,
er raubte Kettenpanzer und Schwerter,
er raubte Mäntel und Röcke,
er raubte Ziegen, er raubte Böcke,
er raubte Schafe, er raubte Widder –
das hat er später mit Haut und Haar büßen müssen.
Rock und Hemd riß er
den Frauen vom Leibe,
den Pelz und den Mantel –
als ihn der Büttel kirre machte,
hätte er am liebsten ungeschehen gemacht,
daß er Frauen jemals etwas geraubt hatte:
das ist die reine Wahrheit!

ze wunsche im daz êrste jâr
sîne segelwinde duzzen
und sîniu schef ze heile fluzzen.
sînes muotes wart er sô geil,
dâ von daz im der beste teil
ie geviel an gewinnen.
Dô begunde er heim sinnen,
als ie die liute phlâgen
heim zuo ir mâgen.
ze hove er urloup dô nam
und ze dem gesinde sam,
daz si got der guote
hêt in sîner huote.

AB Hie hebet sich ein mære,
daz vil müelîch wære
ze verswîgen den liuten.
kunde ich ez bediuten,
wie man in dâ heime enphie!
ob man iht gegen im gie?
nein, ez wart geloufen,
alle mit einem houfen,
einez für daz ander dranc;
vater unde muoter spranc,
als in nie kalp ersturbe.
wer daz botenbrôt erwurbe?
dem knehte gap man âne fluoch
beide hemde unde bruoch.

Sprach daz vrîwîp und der kneht:
‚bis willekomen, Helmbreht!'?
nein, si entâten,
ez wart in widerrâten.
si sprâchen: ‚juncherre mîn,
ir sult got willekomen sîn!'
B er sprach: ‚vil liebe sœte kindekîn,

Ganz nach Wunsch bliesen ihm im ersten Jahr
die Segelwinde
und schwammen glückhaft seine Schiffe.
Deshalb wurde er so übermütig und frech,
weil ihm immer der beste Teil
von der ganzen Beute zufiel.
Mit der Zeit aber überkam ihn das Heimweh,
wie denn zu allen Zeiten sich die Menschen
zu den Ihren heimsehnen.
Dem Herrn und den Dienstmannen
sagte er mit dem Wunsch Lebewohl:
Der heilige Gott
möge sie behüten.

Hier beginnt nun eine Geschichte,
die man den Zuhörern unter keinen Umständen
verschweigen darf.
Wenn ich es nur recht anschaulich darzustellen verstünde,
was man ihm zu Hause für einen Empfang bereitete!
Ob man ihm etwa entgegenging?
O nein, man rannte,
alle zusammen,
und einer drängte sich vor den andern.
Sogar Vater und Mutter sputeten sich
so, wie noch nie, selbst wenn ihnen ein Kalb verenden wollte.
Wer mag wohl den Botenlohn bekommen haben?
Aus Freude wurden dem Knecht
ein neues Hemd und neue Hosen geschenkt.

Sagten die Großmagd und der Knecht vielleicht:
„Herzlich willkommen, Helmbrecht!"?
Nein, das ließen sie wohlweislich sein;
denn es sträubte sich in ihnen etwas dagegen.
Sie sagten vielmehr: „Herr Junker,
grüß Sie Gott!"
Er antwortete: „Leiwe seute Kinderkens,

got lâte iuch immer sælec sîn!'
diu swester engegen im lief,
mit den armen si in umbeswief.
dô sprach er zuo der swester:
‚gratia vester!'
hin für was den jungen gâch,
die alten zugen hinden nâch;
si enphiengen in beide âne zal.
zem vater sprach er: ‚dê ûs sal!'
zuo der muoter sprach er sâ
bêheimisch: ‚dobra ytra!'
si sâhen beide einander an,
beide daz wîp und der man.
diu hûsfrou sprach: ‚herre wirt,
wir sîn der sinne gar verirt.
er ist niht unser beider kint:
er ist ein Bêheim oder ein Wint.'
der vater sprach: ‚er ist ein Walh.
mîn sun, den ich got bevalh,
der ist ez niht sicherlîche
und ist im doch gelîche.'
dô sprach sîn swester Gotelint:
‚er ist niht iuwer beider kint.
er antwurt mir in der latîn:
er mac wol ein phaffe sîn.'
‚entriuwen', sprach der vrîman,
‚als ich von im vernomen hân,
sô ist er ze Sahsen
oder ze Brâbant gewahsen.
er sprach „liebe sœte kindekîn“:
er mac wol ein Sahse sîn.'

AB Der wirt sprach mit rede sleht:
‚bist dûz mîn sun Helmbreht,
dû hâst gewunnen mich dâ mite,
sprich ein wort nâch unserm site,

Gott late ju ümmer glücklich sin!"
Die Schwester lief ihm entgegen
und umarmte ihn stürmisch.
Da sagte er zur Schwester:
„Gratia vestra!"
Die Jungen stürmten vorneweg,
die Alten folgten langsamer hinterdrein;
die Begrüßung nahm überhaupt kein Ende.
Zum Vater sagte er: „Dieu vous salue!"
Zur Mutter sagte er sogleich
auf tschechisch: „Dobrí jitro!"
Verdutzt sahen sich die beiden an,
Mann und Frau.
Die Bäuerin sagte: „Vater,
wir können nicht mehr bei Sinnen sein.
Er ist gar nicht unser Sohn;
er ist vielmehr ein Tscheche oder ein Slowene."
Der Vater sagte: „Er ist ein Franzose.
Mein Sohn, den ich Gott befohlen hatte,
der ist es sicherlich nicht,
wenn er ihm auch aufs Haar gleicht."
Darauf sagte seine Schwester Gotelint:
„Euer Sohn ist er bestimmt nicht,
denn er begrüßte mich auf lateinisch:
er kann nur ein Geistlicher sein."
„Wahrhaftig", sagte der Großknecht,
„wie ich ihn habe reden hören,
so ist er in Niedersachsen
oder in Brabant großgeworden.
Er sagte: ‚Leiwe seute Kinderkens':
er kann nur ein Niedersachse sein."

Der Bauer sagte schlicht und einfach:
„Bist du wirklich mein Sohn Helmbrecht,
dann überzeugst du mich davon dadurch,
daß du nur ein einziges Wort nach unserer Weise sagst,

als unser vordern tâten,
sô daz ichz müge errâten.
dû sprichest immer „dê ûs sal“,
daz ich enweiz zwiu ez sal.
êre dîne muoter und mich,
daz diene wir immer umbe dich:
sprich ein wort tiutischen.
ich wil dir dînen hengest wischen,
ich selbe unde niht mîn kneht,
lieber sun Helmbreht,
daz dû immer sælec müezest sîn.‘
‚Ei wat snacket ir gebûrekîn
und jenez gunêrte wîf?
mîn parit, mînen klâren lîf
sol dehein gebûric man
zewâre nimmer gegrîpen an.‘
Des erschrac der wirt vil sêre.
dô sprach er aber mêre:
‚bistuz Helmbreht, mîn sun,
ich siude dir noch hînte ein huon
und brâte dir aber einez:
daz rede ich niht meinez.
und bistuz niht Helmbreht, mîn kint,
sît ir ein Bêheim oder ein Wint,
sô vart hin zuo den Winden!
ich hân mit mînen kinden
weizgot vil ze schaffen.
ich gibe ouch keinem phaffen
niht wan sîn barez reht.
sît irz niht Helmbreht,
hêt ich danne alle vische,
irn twaht bî mînem tische
durch ezzen nimmer iuwer hant.
sît ir ein Sahse oder ein Brâbant
oder sît ir von Walhen,
ir müeset iuwer malhen

so, wie unsere Vorfahren geredet haben,
so daß ich's verstehen kann.
Du sagst immer: ‚Dieu vous salue',
so daß ich nicht weiß, was es bedeuten soll.
Ehre deine Mutter und mich,
das haben wir seit eh und je um dich verdient:
sage nur ein einziges deutsches Wort.
Dann werde ich dir deinen Hengst putzen,
und zwar ich selber und nicht mein Knecht,
liebster Junge Helmbrecht;
möchtest du nur immer glücklich sein!"
(Der Sohn:) „Ei, wat snackt ju för Takeltüg
und dit ole Schandwif dor?
Min Pird und minen klaren Lif
soll mindag keen Bur
mit sine Poten angrapschen."
Darüber erschrak der Bauer zutiefst.
Trotzdem fuhr er fort:
„Bist du wirklich mein Sohn Helmbrecht,
so koche ich dir gleich heute abend ein Huhn,
und außerdem brate ich dir noch eins –
das rede ich nicht nur so dahin!
Wenn du aber nicht mein Sohn Helmbrecht bist,
wenn Sie ein Tscheche oder ein Slowene sind,
so scheren Sie sich gefälligst nach Slowenien!
Ich habe mit meinen eigenen Kindern
weiß Gott genug zu tun.
Selbst den Geistlichen gebe ich nur,
was ihnen von Rechts wegen zusteht.
Wenn Sie also nicht Helmbrecht sein sollten,
so würden Sie,
selbst wenn mir alle Fische der Welt gehörten,
an meinem Tisch nichts zu essen bekommen.
Wenn Sie ein Niedersachse oder ein Flame
oder aus Frankreich oder Italien sein sollten,
so müßten Sie Ihren Mantelsack

mit iu hân gefüeret:
von iu wirt gerüeret
des mînen niht zewâre,
und wær diu naht ein jâre.
ich enhân den mete noch den wîn:
juncherre, ir sult bî herren sîn!‘

A Nû was ez harte spâte.
der knabe wart ze râte
in sîn selbes muote:
‚sam mir got der guote,
ich wil iu sagen wer ich sî.
ez ist hie nindert nâhen bî
ein wirt der mich behalde.
niht guoter witze ich walde,
daz ich mîn rede verkêre:
ich entuon ez nimmer mêre.‘

A Er sprach: ‚jâ bin ich ez der.‘
der vater sprach: ‚nû saget wer!‘
‚der dâ heizet alsam ir.‘
der vater sprach: ‚den nennet mir!‘
‚ich bin geheizen Helmbreht.
iuwer sun und iuwer kneht
was ich vor einem jâre:
daz sag ich iu zewâre.‘
der vater sprach: ‚nein ir.‘
‚ez ist wâr!‘ ‚so nennet mir
mîne ohsen alle viere!‘
‚daz tuon ich vil schiere.
der ich dô wîlen phlegte
und mînen gart ob in wegte,
der eine heizet Ûwer:
ez wart nie gebûwer
sô rîche noch sô wacker,
er zæme ûf sînem acker.

gleich mitbringen:
denn von dem, was mir gehört,
sollen Sie auch nicht das mindeste anrühren,
und wenn diese Nacht ein Jahr dauern sollte.
Ich habe weder Bier noch Wein:
Junker, Sie gehören offensichtlich zu vornehmen Herren!“

Nun war es schon sehr spät geworden.
Der Bursche überlegte
bei sich:
„Beim heiligen Gott,
ich will euch lieber sagen, wer ich bin.
Hier ist nirgends ein Bauer
in der Nähe, der mich aufnehmen könnte.
Ich bin ja nicht recht gescheit,
wenn ich meine Sprache verstelle;
ich will es auch niemals wieder tun.“

Er sagte: „Ich bin's wirklich und wahrhaftig!“
Der Vater fragte: „Bitte, wer denn?“
(Der Sohn:) „Der genau so heißt wie Ihr.“
Der Vater sagte: „Nennen Sie mir den Namen!“
(Der Sohn:) „Ich heiße Helmbrecht.
Ehrlich:
Euer Sohn und Euer Knecht
war ich noch vor einem Jahr.“
Der Vater erwiderte: „Nein, Herr.“
(Der Sohn:) „Doch, es stimmt!“ (Der Vater:) „Dann sagen Sie mir,
wie meine vier Ochsen heißen!“
(Der Sohn:) „Natürlich kann ich das sofort.
Von denen, die ich früher besorgte
und über denen ich die Peitsche schwang,
heißt der erste Auer –
es gibt keinen
so reichen und tüchtigen Bauern,
dem er nicht großartig auf den Acker passen würde.

der ander der hiez Ræme:
nie rint sô genæme
wart geweten under joch.
den dritten nenne ich iu noch:
der was geheizen Erge.
ez kumt von mîner kerge,
daz ich si kan genennen.
welt ir mich noch erkennen:
der vierde der hiez Sunne.
ob ichs genennen kunne,
des lât mich geniezen:
heizt mir daz tor ûf sliezen!'
B der vater sprach: ,tür unde tor
dâ soltû niht sîn lenger vor;
beide gadem unde schrîn
sol dir allez offen sîn.'

A Unsælde sî verwâzen!
ich bin vil gar erlâzen
sô guoter handelunge,
als dâ hêt der junge.
sîn phärit wart enphettet,
im selben wol gebettet
von swester und von muoter.
der vater gap daz fuoter
weizgot niht mit zadele.
swie vil ich var enwadele,
sô bin ich an deheiner stete,
dâ man mir tuo, als man im tete.
diu muoter rief die tohter an:
,dû solt loufen und niht gân
in daz gadem unde reich
einen bolster und ein küsse weich!'
daz wart im under den arm
geleit ûf einen oven warm,

Der zweite hieß Räme –
ein stattlicherer Ochse
ist noch niemals ins Joch gespannt worden.
Auch den dritten kann ich euch noch nennen:
Er hieß Erge.
Ich verdanke es meinem klugen Köpfchen,
daß ich sie aufzählen kann.
Und wenn Ihr noch einen Beweis haben wollt:
Der vierte hieß Sonne.
Daß ich sie habe nennen können,
dafür belohnt mich nun:
laßt mir das Tor auftun!“
Der Vater rief: „Nicht länger sollst du
draußen vor Tür und Tor stehen müssen;
Stuben und Truhen
sollen dir alle offenstehen!“

Mein Pech sei verwünscht!
Mir nämlich ist noch nie
eine so großartige Aufnahme zuteil geworden
wie dort dem Jungen.
Das Roß wurde ihm abgeschirrt
und ihm selbst aufs beste
von Schwester und Mutter das Bett gerichtet.
Und auch der Vater
sparte weiß Gott nicht beim Futter.
Wieviel ich auch kreuz und quer in der Welt herumziehe,
so komme ich doch nie an einen Ort,
an dem man mich aufnimmt, wie man ihn dort aufgenommen hat.
Die Mutter rief der Tochter zu:
„Spute dich, trödele nicht so,
und hole aus der Kammer
ein Unterbett und ein weiches Kissen!“
Die wurden ihm auf der warmen Ofenbank
unter den Arm geschoben.

dâ er vil sanfte ûf erbeit,
unz daz ezzen wart bereit.

A

Dô der knabe erwachet,
daz ezzen was gemachet,
und er die hende hêt getwagen,
hœrt waz für in wart getragen.
ich wil iu nennen die êrsten traht
(wær ich ein herre in hôher aht,
mit der selben rihte
wold ich haben phlihte):
ein krût vil kleine gesniten;
veizt und mager, in bêden siten,
ein guot vleisch lac dâ bî.
hœret waz daz ander sî:
ein veizter kæse, der was mar;
diu rihte wart getragen dar.
nû hœrt wie ich daz wizze:
nie veizter gans an spizze
bî fiure wart gebrâten
(mit willen si daz tâten,
ir deheinez des verdrôz);
si was michel unde grôz,
gelîch einem trappen:
die sazt man für den knappen.
ein huon gebrâten, einz versoten,
als der wirt hêt geboten,
diu wurden ouch getragen dar.
ein herre næm der spîse war,
swenne er gejeides phlæge
und ûf einer warte læge.
noch spîse maneger hande
die gebûre nie bekande,
alsô guote lîpnar,
die truoc man für den knappen dar.
der vater sprach: ,und hêt ich wîn,

Darauf wartete er in aller Bequemlichkeit,
bis das Essen fertig war.

Als der Bursche erwachte,
das Essen fertig war
und er sich die Hände gewaschen hatte,
hört zu, was ihm da vorgesetzt wurde.
Ich will euch zunächst den ersten Gang nennen
(selbst wenn ich ein hochangesehener Herr wäre,
so hätte ich von einem solchen Gericht
gern etwas abbekommen):
ganz fein geschnittenes Weißkraut
und als Beilage
ein Stück gut durchwachsenes Fleisch.
Hört auch den zweiten Gang:
Ein fetter und ganz mürber Käse
wurde als Gericht aufgetragen.
Und hört, wie genau ich Bescheid weiß:
Niemals ist eine so gut gemästete Gans
am Spieß gebraten worden
(mit Lust und Liebe waren sie dabei,
und keinem wurde es zuviel);
sie war mächtig groß
wie eine Trappe:
die setzte man dem Burschen vor.
Ein gebratenes und ein gekochtes Huhn,
wie der Bauer angeordnet hatte,
wurden ebenfalls aufgetragen.
Selbst ein vornehmer Herr wäre auf solche Braten aus,
wenn er auf der Jagd wäre
und auf dem Anstand liegen würde.
Noch verschiedenste Gerichte,
wie sie ein Bauer niemals kennengelernt hat,
derart herrliche Speisen
wurden dem Burschen vorgesetzt.
Der Vater sagte: „Ja, wenn ich Wein hätte,

der müeste hînt getrunken sîn.
lieber sun mîn, nû trinc
den aller besten ursprinc
der ûz erden ie geflôz.
ich weiz niht brunnen sîn genôz,
wan ze Wanchûsen/Leubenbach der.‘
den treit et uns nû niemen her.

B Dô si mit freuden gâzen,
der wirt niht wolde lâzen,
er frâgte in der mære,
wie der hovewîse wære,
dâ er wære gewesen bî.
‚sage mir, sun, wie der sî:
sô sag ich dir denne,
wie ich etewenne
bî mînen jungen jâren
die liute sach gebâren.‘
‚vater mîn, daz sage mir,
zehant sô wil ich sagen dir,
swes dû mich frâgen wil:
der niuwen site weiz ich vil.‘

AB ‚Wîlen dô ich was ein kneht
und mich dîn ene Helmbreht
(der mîn vater was genant)
hin ze hove hêt gesant
mit kæsen und mit eier,
als noch tuot ein meier,
dô nam ich der ritter war
und merkte ir geverte gar:
si wâren hovelîch und gemeit
und kunden niht mit schalcheit,
als nû bî disen zîten kan
manec wîp und manec man.
die ritter hêten einen site,

den wollten wir heute abend trinken.
Liebster Junge, nimm dafür
mit dem allerbesten Quellwasser vorlieb,
das je aus der Erde entsprungen ist.
Ich kenne keine Quelle, die ihr gleichkommt,
als höchstens die in Wanghausen/Leonbach."
Leider bringt uns jetzt niemand etwas davon her!

Als sie so vergnügt getafelt hatten,
konnte sich der Bauer nicht länger zurückhalten
und fragte ihn,
wie man auf der Burg gelebt hätte,
auf der er gewesen sei.
(Der Vater:) „Erzähle mir, Junge, wie man dort lebt.
Dann will ich dir erzählen,
was ich früher
in meinen jungen Jahren gesehen habe,
wie sich da die Leute betragen haben."
(Der Sohn:) „Lieber Vater, erzähle mir das,
dann will ich dir gleich alles beantworten,
wonach du Lust hast, mich zu fragen:
die neue Lebensweise kenne ich nämlich genau."

(Der Vater:) „Damals, als ich noch Knecht war
und mich dein Großvater Helmbrecht
(mein Vater also)
mit Käse und Eiern
auf die Burg geschickt hatte
– ganz so, wie noch heute ein Pächter –,
da schaute ich den Rittern zu
und achtete genau darauf, wie sie sich benahmen.
Gesittet waren sie und hochgemut
und hielten nichts von Schurkenstreichen
wie heutzutage
nur allzu viele Frauen und Männer.
Diese Ritter wollten mit allerlei höfischen Künsten

dâ liebtens sich den frouwen mite:
einez ist buhurdiern genant,
daz tete ein hoveman mir bekant,
dô ich in frâgte der mære
wie ez genennet wære.
si fuoren sam si wolden toben
(dar umbe hôrte ich si loben),
ein schar hin, diu ander her;
ez fuor diser unde der
als er enen wolde stôzen.
under mînen genôzen
ist ez selten geschehen
daz ich ze hove hân gesehen.
als si danne daz getâten,
einen tanz si dô trâten
mit hôchvertigem sange;
daz kurzte die wîle lange.
vil schiere kom ein spilman,
mit sîner gîgen huop er an:
dô stuonden ûf die frouwen,
die möht man gerne schouwen;
die ritter gegen in giengen,
bî handen si si viengen.
dâ was wunne überkraft
von frouwen und von ritterschaft
in süezer ougenweide.
juncherren unde meide
si tanzten frœlîche,
arme unde rîche.
als des danne nimmer was,
sô gie dar einer unde las
von einem, der hiez Ernest.
swaz ieglîcher aller gernest
wolde tuon, daz vander.
dô schôz aber der ander
mit dem bogen zuo dem zil.

den Edelfrauen gefallen:
eine heißt buhurdieren;
das erklärte mir ein Höfling
auf meine Frage,
wie das heiße.
Sie stoben aufeinander los, als ob sie rasend wären
(deswegen wurden sie noch gerühmt!),
eine Gruppe hin, die andere her;
dieser und jener sprengten los,
als wollten sie sich vom Pferd stoßen.
Bei uns auf dem Lande
hat es das noch nie gegeben,
was ich auf der Burg gesehen habe.
Als sie damit aufhörten,
tanzten sie einen Reigen
mit fröhlichem Gesang;
das verkürzte ihnen die Langeweile.
Augenblicklich trat ein Musikant herzu
und begann zu fiedeln.
Da erhoben sich die Edelfrauen –
an denen könnte man sich noch heute nicht satt sehen! –;
ihnen schritten die Ritter entgegen
und faßten sie an den Händen.
Übermütig ausgelassen und fröhlich waren da
Edelfrauen und Ritter;
es war ein wunderschöner Anblick.
Junker und Edelfräulein
tanzten
alle frohgemut.
Als man dann damit aufgehört hatte,
trat ein Mann auf und las die Geschichte
von einem Helden namens Ernst vor.
Überhaupt unterhielt sich jeder dort damit,
was ihm am liebsten war.
Wieder ein anderer schoß
mit dem Bogen auf das Ziel.

maneger freuden was dâ vil,
ener jeite, diser birste.
der dô was der wirste,
der wære nû der beste.
wie wol ich etewenne weste,
waz triuwe und êre mêrte,
ê'z diu valscheit verkêrte!
die valschen und die lôsen
die diu reht verbôsen
mit ir listen kunden,
die herren in dô niht gunden
dâ ze hove der spîse.
der ist nû der wîse,
der lôsen unde liegen kan,
der ist ze hove ein werder man
und hât guot und êre
leider michels mêre
danne ein man der rehte lebet
und nâch gotes hulden strebet.
als vil weiz ich der alten site.
sun, nû êre mich dâ mite
und sage mir die niuwen.‘

‚Daz tuon ich entriuwen.
AB daz sint nû hovelîchiu dinc:
„trinkâ, herre, trinkâ trinc!
trinc daz ûz, sô trink ich daz!
wie möhte uns immer werden baz?“
vernim waz ich bediute:
ê vant man werde liute
bî den schœnen frouwen,
nû muoz man si schouwen
bî dem veilen wîne.
daz sint die hœhsten pîne
den âbent und den morgen,
wie si daz besorgen,

Da gab es vielerlei Kurzweil;
der eine ging auf Treibjagd, ein zweiter auf die Pirsch.
Wer damals als geringster galt,
der wäre heute der angesehenste.
Wie sicher habe ich damals gewußt,
was Treue und Ansehen stärkte,
bevor die Ehrlosigkeit alles ins Gegenteil verkehrt hat!
Den Ehrlosen und den Durchtriebenen,
die alle Rechte und Pflichten
mit ihren Spitzfindigkeiten zu verdrehen wußten,
denen vergönnten damals die Herren
dort auf der Burg keinen Bissen.
Heute aber gilt der als gescheit,
der zu lügen und zu betrügen versteht;
so einer ist auf der Burg hoch geachtet
und hat leider
sehr viel mehr Besitz und Ansehen
als ein Mann, der rechtschaffen lebt
und sich um Gottes Gnade müht.
So viel kenne ich vom Leben in der alten Zeit.
Junge, tu mir nun die Ehre an,
und erzähle mir vom heutigen."

(Der Sohn:) „Gut, das will ich tun.
Das ist jetzt Mode auf einer Burg:
‚Prost, Ritter, prost! Sauf! Ex!
Trink du das aus, so trink ich das!
Wie könnten wir je besser leben?'
Höre, was ich dir erklären muß.
Früher saßen die vornehmen Ritter
bei den schönen Edelfrauen.
Heute sieht man sie
in einer Weinstube sitzen.
Morgens und abends
ist ihre größte Sorge,
wie sie es anstellen können,

ob des wînes zerinne,
wie der wirt gewinne
einen der sî alsô guot,
dâ von si haben hôhen muot.
daz sint nû ir brieve von minne:
„vil süeziu lîtgebinne,
ir sult füllen uns den maser!“
ein affe und ein narre waser,
der ie gesente sînen lîp
für guoten wîn umbe ein wîp.
swer liegen kan der ist gemeit,
triegen daz ist hövescheit.
er ist gefüege, swer den man
mit guoter rede versnîden kan.
swer schiltet schalclîche,
der ist nû tugentrîche.
der alten leben, geloubet mir,
die dâ lebent alsam ir,
die sint nû in dem banne
und sint wîbe und manne
ze genôze alsô mære
als ein hâhære.
âht und ban daz ist ein spot.‘

Der alte sprach: ‚daz erbarme got
und sî im immer gekleit,
daz diu unreht sint sô breit.
die alten turnei sint verslagen
und sint die niuwen für getragen.
wîlen hôrt man kroyieren sô:
„heiâ ritter, wis et frô!“
nû kroyiert man durch den tac:
„jagâ ritter, jagâ jac!
stichâ stich! slahâ slach!
stümbel den der ê gesach!
slach mir disem abe den fuoz!

daß der Hausherr,
wenn der Wein zur Neige geht,
wieder welchen bekommt, der ebenso gut ist
und dem sie ihre Hochstimmung verdanken.
So sehen heutzutage ihre Liebeserklärungen aus:
‚Allerliebste Schankwirtin,
füllt uns den Becher!‘
Ein Affe und ein Narr muß der gewesen sein,
den nach einer Frau
statt nach gutem Wein gelüstete.
Wer zu lügen versteht, der ist obenauf,
und betrügen gilt als vornehm.
Als hoch anständig gilt, wer einem Menschen
mit scheinheiligen Worten die Ehre abzuschneiden versteht,
und wer hinterrücks verleumdet,
der gilt heute als rechtschaffen.
Das Leben der alten Leute, glaubt mir,
die so leben wie ihr,
die sind jetzt wie geächtet
und bei Männern und Frauen
geradeso beliebt
wie der Henker.
Acht und Bann sind zum Spott geworden.“

Der Alte sagte: „Das möge Gott erbarmen,
und es sei ihm immerfort geklagt,
daß das Unrecht sich so breit macht.
Die Turniere, wie sie früher waren, werden verachtet;
dafür sind die heutigen aufgekommen.
Früher hörte man den Herold rufen:
‚Heißa, Ritter, sei doch fröhlich!‘
Jetzt ruft man den lieben langen Tag:
‚Los, jage, Ritter, los, jage, jag!
Stich zu, stich! Schlag drein, schlag zu!
Blende den, der vorher sehen konnte!
Hau mir dem den Fuß ab;

tuo mir dem der hende buoz!
dû solt mir disen hâhen
und enen rîchen vâhen:
der gît uns wol hundert phunt.“‘

‚Mir sint die site alle kunt,
vater mîn, wan daz ich enwil,
ich trûwe dir gesagen vil
niuwan von den niuwen siten:
ich muoz slâfen, ich hân vil geriten,
mir ist hînt ruowe nôt.‘
dô tâten si als er gebôt.
lîlachen was dâ fremde:
ein niuwewaschen hemde
sîn swester Gotelint dô swief
über daz bette dâ er slief,
unz ez hôhe wart betaget.

Wie er nû vert daz wirt gesaget.
AB ez ist billîch unde reht,
daz der junge Helmbreht
ûz ziehe, ob er iht bringe
von hove gämelîcher dinge
dem vater, der muoter, der swester.
jâ zewâre, und wester
waz ez allez wære,
ir lachtet der mære.
dem vater er brâhte einen wetzestein,
daz nie mâder dehein
in kumph bezzern gebant,
und eine segense, daz nie hant
sô guote gezôch durch daz gras
(hei welh gebûrkleinât daz was!),
und brâhte im ein bîle,
daz in maneger wîle
gesmit sô guotez nie kein smit,

schlag mir diesem die Hand ab!
Diesen sollst du mir aufhängen
und jenen Reichen fangen:
der zahlt uns bestimmt hundert Pfund Silber!'"

(Der Sohn:) „Dies Leben kenne ich ganz genau,
lieber Vater; nur habe ich keine Lust mehr,
sonst könnte ich dir noch viel mehr
bloß von diesem neuen Leben erzählen.
Doch ich muß jetzt schlafen; ich bin viel geritten;
daher brauche ich heute nacht meine Ruhe."
Da erfüllten sie ihm seinen Wunsch.
Weil man dort Bettücher noch nicht kannte,
spreitete seine Schwester Gotelint
ein blütenweißes Hemd
übers Bett, in dem er
bis in den hellen Tag hinein schlief.

Wie es nun mit ihm weitergeht, das soll jetzt erzählt werden.
Es ist nur recht und billig,
daß der junge Helmbrecht
auspackt, was er etwa
von der Burg für lächerliche Geschenke
Vater, Mutter und Schwester mitgebracht hat.
Und tatsächlich, wenn ihr wüßtet,
was es alles war,
ihr würdet euch darüber totlachen.
Dem Vater brachte er einen Wetzstein mit –
kein Mäher hat je einen besseren
sich in den Gurt gesteckt –
und eine Sense – keine Hand hat je
mit einer so vorzüglichen Gras gemäht
(hei, was für ein Schatz war das für einen Bauern!) –
und brachte ihm ein Beil mit,
wie noch zu keiner Zeit
ein Schmied ein so vorzügliches geschmiedet hat,

und eine hacken dâ mit.
ein fuhspelz sô guoter,
den brâht er sîner muoter
Helmbreht, der junge knabe;
den zôch er einem phaffen abe.
ob erz roubte oder stæle,
vil ungerne ich daz hæle,
wær ich sîn an ein ende komen.
einem krâmer hêt er genomen
ein sîdîn gebinde,
daz gap er Gotelinde,
und einen borten wol beslagen,
den billîcher solde tragen
eines edelen mannes kint
dan sîn swester Gotelint.
dem knehte schuohe mit riemen
(die hêt er ander niemen
sô verre gefüeret
noch mit handen gerüeret:
sô hövesch was Helmbreht;
wær er noch sînes vater kneht,
er hêt in lâzen âne schuoch),
dem frîwîbe ein houbettuoch
brâht er und einen bendel rôt:
der zweier was der dierne nôt!

B Nû sprechet, wie lange sî
der knappe dem vater bî?
siben tage, daz ist wâr.
diu wîle dûhte in ein jâr,
daz er niht enroubte.
zehant er urloubte
von vater und von muoter.

,Neinâ, lieber sun vil guoter,
ob dû trûwest geleben

und schließlich noch eine Hacke.
Einen wunderbaren Fuchspelz
brachte Helmbrecht, der junge Bursche,
der Mutter mit;
den hatte er einem Geistlichen vom Leibe gezogen.
Ob er's geraubt oder gestohlen hatte,
das würde ich sicherlich nicht verheimlichen,
wenn ich dem nur auf den Grund hätte kommen können.
Einem Kaufmann hatte er
ein kostbares Seidenband fortgenommen,
das er Gotelint schenkte,
und einen mit Beschlägen herrlich verzierten Gürtel,
den mit weit mehr Recht
die Tochter eines Edelmanns hätte tragen sollen
als seine Schwester Gotelint.
Dem Knecht brachte er Schnürschuhe
(die hatte er für niemanden sonst
so weit hergebracht
und nicht angerührt –
so vornehm nämlich benahm sich Helmbrecht;
wenn er noch seines Vaters Knecht gewesen wäre,
so hätte er ihn weiter barfuß laufen lassen);
der Großmagd brachte er ein Kopftuch
und ein rotes Band mit –
beides hatte das Mädel wahrhaftig dringend nötig!

Nun ratet einmal: Wie lange ist
der Bursche beim Vater geblieben?
Tatsächlich: ganze sieben Tage.
Ihm jedoch kam diese Zeit wie ein Jahr vor,
während der er nicht mehr auf Raub ausgezogen war.
Unverzüglich sagte er darum
Vater und Mutter Lebewohl.

(Der Vater:) „Nicht doch, liebster, bester Junge,
wenn du dich doch mit dem begnügen wolltest,

des ich dir hân ze geben
immer unz an mîn ende,
sô sitz und twach dîne hende;
gâ niuwan ûz unde in.
sun, tuo die hovewîse hin;
diu ist bitter und ist sûr.
noch gerner bin ich ein gebûr
danne ein armer hoveman
der nie huobegelt gewan
und niuwan zallen zîten
ûf den lîp muoz rîten
den âbent und den morgen
und muoz dar under sorgen,
swenne in sîne vînde vâhen,
stümbeln unde hâhen.‘

B ‚Vater‘, sprach der junge,
‚dîner handelunge
der solt dû immer haben danc.
doch sît ich niht wînes tranc,
des ist mê danne ein woche:
des gürt ich drîer loche
an der gürtel mîn hin hinder.
ich muoz et haben rinder,
ê diu rinke gestê
an der stat, dâ si was ê.
ez werdent phlüege gesûmet
und rinder ûf gerûmet,
ê mir der lîp geraste
und aber wider gemaste.
mir hât ein rîcher getân
sô leide, daz mir nie man
alsô vil getân hât:
über mînes toten sât
sach ich in eines rîten.
möht et ers erbîten,

was ich dir
immer bis zu meinem Tode geben kann,
so brauchst du keinen Schlag mehr zu tun
und kannst ganz nach deinem Belieben spazierengehen.
Junge, laß das Ritterleben sein;
das hat einen bitterbösen Nachgeschmack.
Viel lieber will ich ein Bauer sein
als ein armer Ritter,
der kein Pachtgeld bekommt
und den ganzen Tag
immer nur sein Leben
in die Schanze schlagen
und sich davor fürchten muß,
daß ihn seine Feinde gefangennehmen,
verstümmeln und aufhängen."

„Vater", sagte der Junge,
„wie du mich aufgenommen hast,
dafür werde ich dir immer dankbar sein.
Doch seitdem ich keinen Wein mehr getrunken habe,
ist es schon über eine Woche her.
Deshalb habe ich mir den Gürtel
bereits um drei Löcher enger schnallen müssen.
Ich brauche einfach Rinder,
damit die Schnalle wieder
dort sitzen kann, wo sie vorher gesessen hat.
Es müssen wieder Pflüge angehalten
und Rinder beiseite gebracht werden,
bevor ich mich wieder ausruhen kann
und mir der Bauch so prall wird wie vorher.
Mich hat ein reicher Mann
so tief gekränkt
wie noch nie jemand:
Ich sah zufällig, wie er
über das Saatfeld meines Paten ritt.
Wenn er's nur noch erlebt,

er giltet mir mit houfen:
sîniu rinder müezen loufen,
sîniu schâf, sîniu swîn.
daz er dem lieben toten mîn
alsô zetrat sîn arebeit,
daz ist mir inneclîchen leit.
B noch weiz ich einen rîchen man
der hât mir leide ouch getân:
der âz zuo den krâphen brôt.
rich ich daz niht, so bin ich tôt.
B noch weiz ich einen rîchen,
daz mir sicherlîchen
deheiner leider nie getete.
durch eines bischoves bete
wold ich ez niht enlân,
daz er mir leides hât getân.‘

B Der vater sprach: ‚waz ist daz?‘
‚er lie die gürtel wîter baz,
do er saz ob sînem tische.
hei swaz ich des erwische
daz dâ heizet sîn,
daz muoz allez wesen mîn!
daz im ziuhet phluoc und wagen,
daz hilfet mir, daz ich sol tragen
gewant ze wîhennahten.
swie ich daz mac betrahten,
wes wænt et er vil tumber gouch
zewâre und etelîcher ouch
der mir hât herzenleit getân?
liez ich daz ungerochen stân,
so wær ich niht ein frecher.
der blies in einen becher
den schûm von dem biere.
und ræch ich daz niht schiere,
sô wurd ich nimmer frouwen wert

so soll er mir's doppelt und dreifach büßen:
seine Rinder werden rennen müssen
und seine Schafe, seine Schweine auch.
Daß er meinem lieben Paten
derart seine mühevolle Arbeit zertrampelt hat,
damit hat er mich aufs tiefste gekränkt.
Außerdem weiß ich noch einen anderen Reichen,
der mich ebenfalls schwer gekränkt hat:
Der aß zu gefüllten Pfannkuchen trockenes Brot!
Wenn ich das nicht räche, so will ich auf der Stelle tot umfallen.
Schließlich weiß ich noch einen Reichen,
der mich wahrhaftig
so empörend gekränkt hat wie noch keiner.
Selbst wenn ein Bischof für ihn bitten sollte,
würde ich es ihm nicht durchgehen lassen,
daß er mich so gekränkt hat."

Der Vater fragte: „Wodurch denn?"
(Der Sohn:) „Er lockerte den Gurt um ein paar Löcher,
als er bei Tisch saß.
Hei, wenn ich bekommen könnte,
was ihm gehört,
das sollte dann alles mir gehören.
Was ihm Pflug und Wagen zieht,
das soll mir dazu verhelfen,
zu Weihnachten ein Festgewand zu tragen.
Von welcher Seite ich die Sache auch betrachte:
was hat sich dieser dumme Kerl
und mancher andere, der mich im tiefsten Innern
gekränkt hat, bloß dabei gedacht?
Wenn ich das ungestraft durchgehen ließe,
so wäre ich ein elender Feigling.
Wieder ein anderer hat den Schaum von seinem Bier
in den Becher seines Nachbarn geblasen.
Wenn ich das nicht augenblicklich bestrafte,
so wäre ich wahrhaftig niemals einer Edelfrau würdig

zewâre und solde ouch nimmer swert
gürten umb mîne sîten.
man hœrt in kurzen zîten
von Helmbrehte mære,
daz wîter hof wirt lære:
vinde ich niht den selben man,
sô trîbe ich doch diu rinder dan.‘

AB Der vater sprach: ‚nû nenne mir,
daz ichz immer diene hin ze dir,
dîne gesellen, die knaben,
die dich daz gelêret haben,
daz dû dem rîchen manne
sîne habe nemest danne,
so er zuo den krâphen izzet brôt.
die nenne mir, des ist mir nôt.‘

B Er sprach: ‚deist mîn geselle Lemberslint
und Slickenwider: die zwêne sint
von den ich hân dise lêre.
noch nenne ich dir mêre:
Hellesac und Rütelschrîn,
daz sint die schuolmeister mîn,
Küefrâz und Müschenkelh.
nû sich, herre vater, welh
knappen sint an der schar.
die sehs hân ich genennet gar.
mîn geselle Wolvesguome,
swie liep im sî sîn muome,
sîn base, sîn ôheim und sîn veter,
und wær ez hornunges weter,
er lât niht an ir lîbe
dem manne noch dem wîbe
einen vadem vor ir schame,
den fremden und den kunden same.
mîn geselle Wolvesdrüzzel

und dürfte auch niemals ein Schwert
im Gürtel an der Seite tragen.
Sehr bald wird man
von Helmbrecht Heldentaten hören,
wie er einen großen Bauernhof leergeräumt hat:
wenn ich schon den Kerl selbst nicht erwische,
so treibe ich ihm doch wenigstens die Rinder fort."

Der Vater sagte: „Jetzt nenne mir,
damit ich dir immer dafür zu Dank verpflichtet bin,
deine Kameraden, die Gesellen,
die dir beigebracht haben,
dem reichen Mann
sein Hab und Gut wegzunehmen,
wenn er trocknes Brot zu gefüllten Pfannkuchen ißt.
Die nenne mir, das muß ich unbedingt wissen."

Der Sohn antwortete: „Meine Kameraden Lämmerschling
und Schluckenwidder, die beiden
haben mir das beigebracht.
Ich nenne dir auch noch die andern:
Höllensack und Rüttlenkasten,
das sind meine Lehrer,
dazu Kühefresser und Zerschlagenkelch.
Sieh nur, Herr Vater, was für
Gesellen in unserer Schar sind.
Diese sechs habe ich dir aufgezählt.
Mein Kamerad Wolfsrachen,
der läßt, wie lieb ihm auch
alle seine Onkel und Tanten sind,
selbst im kältesten Februar
weder Mann noch Frau
auch nur einen einzigen Fetzen
am Leib, um ihre Blöße zu bedecken,
ganz gleich, ob er sie kennt oder nicht.
Und mein Kamerad Wolfsschnauze

ûf tuot er âne slüzzel
alliu sloz und îsenhalt.
in einem jâr hân ich gezalt
hundert îsenhalt grôz,
daz ie daz sloz dannen schôz,
als er von verren gie dar zuo.
ros, ohsen unde manec kuo,
ungezalt diu sint beliben,
diu er ûz hove hât getriben,
daz ie daz sloz von sîner stat
schôz, swenne er dar zuo trat.
noch hân ich einen compan,
daz nie knappe gewan
einen namen alsô hovelîch;
den gap im diu herzoginne rîch,
diu edele und diu frîe,
von Nônarre Narrîe:
der ist geheizen Wolvesdarm.
ez sî kalt oder warm,
roubes wirt er nimmer vol.
diupheit tuot im sô wol,
der enwirt er nimmer sat.
einen fuoz er nie getrat
ûz der übele in die güete.
im strebet sîn gemüete
gegen der übeltæte,
als diu krâ tuot zuo der sæte.‘

B Der vater sprach: ‚nû sage mir,
wie si sprechen hin ze dir
ieclîch dîn geselle,
sô er dir rüefen welle.‘

‚Vater mîn, daz ist mîn name
des ich mich nimmer geschame:
ich bin genant Slintezgeu.

öffnet ohne Schlüssel
alle Schlösser und Schatullen.
In diesem einen Jahr habe ich
hundert schwere Schatullen gezählt,
deren Schloß sofort aufsprang,
als er bloß von weitem darauf zuging.
Die Pferde, Ochsen und vielen Kühe
sind überhaupt nicht zu zählen,
die er aus den Bauernhöfen weggetrieben hat,
weil immer das Schloß sofort
aufsprang, wenn er nur darauf zutrat.
Und endlich habe ich einen Kameraden,
der trägt einen derart vornehmen Namen
wie noch nie ein Knappe:
den hat ihm die mächtige Herzogin,
die edel- und freigeborene
Narrei von Nonarre verliehen.
Er heißt nämlich Wolfsbauch.
Ganz gleich, was für Wetter draußen ist,
er kann nie genug Beute machen.
Beim Rauben fühlt er sich so wohl,
daß er niemals genug davon bekommen kann.
Noch nie ist er einen Fußbreit
vom Bösen zum Guten hin abgewichen.
All sein Sinnen und Trachten zieht ihn
so zum Verbrechen hin,
wie es die Krähe zur Saat zieht."

Der Vater fuhr fort: „Nun sage mir noch,
wie jeder deiner Kameraden
zu dir sagt,
wenn er dich ruft."

(Der Sohn:) „Lieber Vater, das ist mein Name,
auf den ich stolz bin:
Ich heiße Schlingsland.

die gebûren ich vil selten freu
die mir sint gesezzen.
ir kint müezen ezzen
ûz dem wazzer daz koch.
leider tuon ich in noch:
dem ich daz ouge ûz drucke,
disen hâhe ich in den rucke,
disen bind ich in den âmeizstoc,
enem ziuhe ich den loc
mit der zangen ûz dem barte,
dem andern rîz ich die swarte,
enem mülle ich die lide,
disen henc ich in die wide
bî den sparrâdern sîn.
daz die bûren hânt deist mîn.
swâ unser zehen rîten,
ob unser zweinzec erbîten,
daz ist umb alle ir êre,
ob ir noch wære mêre.‘

AB Er sprach: ‚sun, die dû dâ nennest,
swie wol dû si erkennest
baz danne ich, vil liebez kint,
doch swie ræze si dâ sint,
sô got wil selbe wachen,
sô kan ein scherge machen,
daz si tretent swie er wil,
wær ir noch drî stunt als vil.‘

B Er sprach: ‚Vater, daz ich ê tete,
hin für durch aller künege bete
wold ich sîn nimmer tuon.
manege gans und manec huon,
rinder, kæse und fuoter
hân ich dir und mîner muoter
gefridet vor mînen gesellen vil,

Die Bauern im ganzen Umkreis
erleben alles andere als Freude an mir.
Ihre Kinder müssen sich
mit Wasserbrei begnügen.
Ja, ich tue ihnen noch viel Schlimmeres an:
Dem drücke ich ein Auge aus;
diesen hänge ich in den Rauchfang;
diesen werfe ich gefesselt auf einen Ameisenhaufen;
jenem ziehe ich mit einer Zange
die Haare einzeln aus dem Bart;
einem andern reiße ich die Kopfhaut herunter;
einem dritten breche ich die Knochen;
diesen hänge ich in einer Schlinge
an den Fersen auf.
Was die Bauern besitzen, das gehört alles mir.
Wo zehn von uns reiten,
und wenn zwanzig uns auflauerten,
selbst wenn es noch mehr wären:
um sie alle ist es geschehen!"

Der Vater sagte: „Junge, die du eben genannt hast,
obwohl du sie
besser als ich kennst, liebster Sohn:
wie wild sie sich auch gebärden –
wo Gott selbst regiert,
da kann der Büttel
sie so gehen lassen, wie er will,
und wenn es noch dreimal so viele wären."

Der Sohn entgegnete: „Vater, was ich bisher für dich getan habe,
das will ich hinfort nicht mehr tun,
und wenn es mir alle Könige in der Welt befehlen würden.
Ich habe dafür gesorgt, daß meine Kameraden
dir und der Mutter die vielen Gänse und Hühner,
die Rinder, Käse und das Futter
in Frieden gelassen haben.

des ich nû nimmer tuon wil.
ir sprechet al ze sêre
frumen knaben an ir êre
der deheiner nimmer missetuot,
er roube, er stele: daz ist guot.
hêt irz niht verkallet
noch sô vil ûf uns geschallet,
iuwer tohter Gotelinde
die wold ich Lemberslinde,
mînem gesellen, hân gegeben;
sô hête si daz beste leben,
daz ie wîp bî einem man
ze der werlte ie gewan.
kürsen, mandel, lînwât,
als ez diu kirche beste hât,
des gæb er ir den vollen hort,
hêt ir sô scherphiu wort
gegen uns niht gesprochen.
und woldes alle wochen
ein iteniuwez slegerint
ezzen, daz hête Gotelint.' –

‚Nû hœre, swester Gotelint:
dô mîn geselle Lemberslint
mich von êrste umb dich bat,
dô sprach ich an der selben stat:
„ist ez dir beschaffen und ouch ir
daz soltu wol gelouben mir,
daz ez dich niht sol riuwen.
ich weiz si in den triuwen,
des wis gar âne angest,
daz dû iht lange hangest,
si slahet dich mit ir hant abe
und ziuhet dich zuo dem grabe
ûf die wegescheide;
wîrouch und mirre die beide,

Damit ist nun endgültig Schluß!
Sie treten denn doch mit Ihren Worten
tüchtigen Kerlen in ihrer Ehre allzu nahe,
obschon keiner etwas Böses tut,
wenn er raubt und stiehlt: vielmehr ist das gut und recht!
Hätten Sie es nicht durch Ihr Gerede verwirkt
und so viel Aufhebens davon gemacht,
so hätte ich Ihre Tochter Gotelint
meinem Kameraden Lämmerschling
zur Frau gegeben.
Dann hätte sie das beste Leben gehabt,
das jemals eine Frau bei ihrem Mann
auf der Welt gehabt hat.
Pelze, Mäntel, Leinwand,
wie sie nur die Kirche vom Allerbesten besitzt,
würde er ihr in Hülle und Fülle geschenkt haben,
wenn Sie nicht so gehässige Reden
gegen uns geführt hätten.
Und wenn Gotelint jede Woche
herrlich zartes Rindfleisch
hätte essen wollen, das hätte sie bekommen." –

(Helmbrecht:) „Hör zu, Schwester Gotelint:
Als mein Kamerad Lämmerschling
bei mir um dich geworben hat,
da sagte ich auf der Stelle:
‚Wenn es denn dir und auch ihr so bestimmt ist,
dann wird es dich niemals gereuen;
glaube mir das sicherlich.
Ich kenne sie als absolut treu und verläßlich;
deshalb sei ganz unbesorgt,
daß du etwa lange baumeln müßtest;
sie schneidet dich eigenhändig vom Galgen ab
und schleift deinen Leichnam zum Grabe
an den Kreuzweg hin.
Mit Weihrauch und Myrrhen –

vil sicher dû des wesen maht,
dâ mite si dich alle naht
umbegât ein ganzez jâr:
daz wizze, Lemberslint, für wâr,
si rouchet dîn gebeine,
diu guote und diu reine.
ob dir diu sælde widervert,
daz dir blintheit wirt beschert,
si wîset dich durch alliu lant
wege und stege an ir hant.
wirt dir der fuoz abe geslagen,
si sol dir die stelzen tragen
ze dem bette alle morgen.
wis ouch âne sorgen,
ob man dir zuo dem fuoze
der einen hende buoze,
si snîdet dir unz an dînen tôt
beide vleisch unde brôt.“

Wider mich sprach dô Lemberslint:
„nimt mich dîn swester Gotelint,
ze morgengâbe wil ich ir geben,
daz si dester baz mac leben.
ich hân voller secke drî,
die sint swære als ein blî.
der eine ist vol unversniten
klein lînîn tuoch in den siten,
swer sîn ze koufe gert,
diu elle ist fünfzehen kriuzer/haller wert:
die gâbe sol si prîsen.
in dem andern ligent rîsen,
vil röckel unde hemde.
armuot wirt ir fremde,
wird ich ir man und si mîn wîp;
daz gib ich ir allez an ir lîp
zewâre an dem næhsten tage

da kannst du ganz sicher sein –
wird sie jede Nacht
das ganze Trauerjahr hindurch dein Grab umschreiten;
ja wirklich, Lämmerschling:
sie wird deine Gebeine umräuchern,
so fromm und makellos, wie sie ist.
Wenn dir aber das Glück widerfahren sollte,
daß du nur geblendet wirst,
dann wird sie dich durchs ganze Land
auf Wegen und Stegen an ihrer Hand leiten.
Wenn dir der Fuß abgeschlagen wird,
dann wird sie dir jeden Morgen
die Krücken ans Bett bringen.
Sei ganz unbesorgt:
Wenn man dir zum Fuß
auch noch eine Hand abschlagen sollte,
dann wird sie dir bis an deinen Tod
Fleisch und Brot vorschneiden.‘

Darauf erwiderte mir Lämmerschling:
‚Wenn mich deine Schwester Gotelint heiratet,
dann will ich ihr so viel als Morgengabe schenken,
daß sie im Überfluß leben kann.
Ich besitze drei Säcke, prall gefüllt
und schwer wie Blei.
Im einen ist noch nicht zugeschnittenes
feingewebtes Linnen:
jedem, der es hätte kaufen mögen,
wäre die Elle ihre fünfzehn Kreuzer/Heller wert.
Dieses Geschenk wird ihr helles Entzücken erregen.
Im zweiten liegen Schleiertücher,
unzählige Röcke und Hemden.
Armut wird sie nicht kennenlernen,
wenn wir Mann und Frau werden.
Das schenke ich ihr alles zum Anziehen
gleich am Tage nach der Hochzeit

und immer mê swaz ich bejage.
der dritte sac der ist vol,
ûf und ûf geschoppet wol,
fritschâl, brûnât, vêhe veder,
dar under zwô der ietweder
mit scharlât ist bedecket
und dâ für gestrecket
einez, heizet swarzer zobel.
die hân ich in einem tobel
hie nâhen bî verborgen;
die gib ich ir morgen."
Daz hât dîn vater undervarn.
Gotelint, got müeze dich bewarn:
dîn leben wirt dir sûwer.
sô dich nû ein gebûwer
nimt ze sîner rehten ê,
sô geschach nie wîbe alsô wê.
bî dem muostu niuwen,
dehsen, swingen, bliuwen
und dar zuo die ruoben graben:
des hêt dich alles überhaben
der getriuwe Lemberslint.
owê, swester Gotelint,
diu sorge muoz mich smerzen,
sol an dînem herzen
als unedel gebûwer,
des minne dir wirt sûwer,
immer naht entslâfen!
wâfen, herre, wâfen
geschrirn über den vater dîn!
ja enist er niht der vater mîn:
für wâr wil ich dir daz sagen.
dô mich mîn muoter hêt getragen
fünfzehen wochen,
dô kom zuo ir gekrochen

und dazu natürlich auch alles, was ich noch später erbeute.
Der dritte Sack, der ist
über und über vollgepfropft
mit feinstem niederländischen Tuch, kostbarem violetten
Schleierstoff und gefleckt gezeichneten flauschigen Pelzen,
darunter zwei
mit Scharlach gefüttert
und mit
schwarzem Zobel verbrämt.
Die habe ich in einer Schlucht
ganz in der Nähe versteckt.
Die schenke ich ihr nach der Hochzeit.'
Um all das hat dich dein Vater gebracht.
Gott behüte dich, Gotelint:
das Leben wird dir schwer werden.
Denn wenn dich jetzt ein Bauer
heiratet,
so ist es noch niemals einer Frau so elend ergangen wie dir.
Bei dem mußt du Körner stampfen,
Flachs brechen, säubern, schlagen
und außerdem Rüben hacken.
Vor dem allen hätte dich
der treusorgende Lämmerschling bewahrt.
Ach, Schwester Gotelint,
so tief schmerzt mich die Sorge,
daß an deinem Herzen
ein ganz gewöhnlicher Bauer,
dessen Liebkosungen dir lästig sind,
Nacht für Nacht einschlafen soll!
O weh, Herr Gott, Zeter und Mordio
müßte man über deinen Vater schreien!
Jedenfalls: Mein Vater ist er nicht!
Ich will's dir unter vier Augen verraten:
Als mich Mutter
fünfzehn Wochen getragen hatte,
da legte sich heimlich

ein vil gefüeger hoveman;
von dem erbet mich daz an
und ouch von dem toten mîn
(die bêde müezen sælec sîn!),
daz ich alle mîne tage
mînen muot sô hôhe trage.‘

B Dô sprach sîn swester Gotelint:
‚jâ wæne ouch ich daz ich sîn kint
von der wârheit iht ensî.
ez lac mîner muoter bî
gesellecl̂iche ein ritter kluoc,
dô si mich in dem barme truoc.
der selbe ritter si gevie,
dô si den âbent spâte gie
suochen kelber in dem lôhe:
des stât mîn muot sô hôhe. –
Lieber bruoder Slintezgeu,
daz dich mîn trähtîn gefreu!‘
sprach sîn swester Gotelint,
‚schaffe, daz mir Lemberslint
werde gegeben ze manne;
sô schrîet mir mîn phanne,
sô ist gelesen mir der wîn
und sint gefüllet mir diu schrîn,
sô ist gebrouwen mir daz bier
und ist wol gemalen mir.
werden mir die secke drî,
sô bin ich armüete frî,
sô hân ich ze ezzen und ze hül
(sich waz mir gewerren sül!),
sô bin ich alles des gewert
des ein wîp an manne gert.
ouch trûwe ich in gewern wol
des ein man haben sol
an einem starken wîbe:

ein vornehmer Ritter zu ihr;
von dem habe ich's geerbt
und auch von meinem Paten
(beide sollen dafür selig werden!),
daß ich alle Tage meines Lebens
so hochgemut gesinnt bin."

Darauf sagte seine Schwester Gotelint:
„Auch ich bin fest überzeugt, daß ich
in Wirklichkeit nicht seine Tochter bin.
Der Mutter hat sich
ein hübscher Ritter zugesellt,
als sie mich im Schoß trug.
Dieser Ritter hat sie sich genommen,
als sie noch spät abends
im Wald Kälber zu suchen gegangen war.
Daher kommt's, daß auch ich so hochgemut gesinnt bin. –
Lieber Bruder Schlingsland,
unser Herrgott lasse dich froh und glücklich werden!"
fuhr Gotelint fort;
„sorge nur dafür, daß ich Lämmerschling
zum Mann bekomme.
Dann brutzelt's mir in der Pfanne,
dann kann ich immer Wein trinken
und sind mir Kisten und Kasten gefüllt,
dann habe ich immer Bier
und Mehl genug und reichlich.
Wenn ich erst einmal die drei Säcke habe,
dann bin ich von Armut befreit,
habe zu essen und anzuziehen
(was sollte mich da noch verdrießen?)
und habe überhaupt alles,
was eine Frau sich von ihrem Mann nur wünschen kann.
Allerdings traue ich mir auch alles zu,
was ein Mann
von einer gesunden, kräftigen Frau verlangen kann.

daz ist an mînem lîbe;
swaz er wil daz hân ich.
ez sûmet wan mîn vater mich.
wol drîstunt ist vester
mîn lîp dan mîner swester:
dô man si ze manne gap,
des morgens gie si âne stap
und starp niht von der selben nôt.
ich wæne ouch wol, daz mir der tôt
dâ von iht werde ze teile,
ez sî dan von unheile.
bruoder mîn, geselle,
daz ich mit dir reden welle,
durch mînen willen daz verswîc.
ich trit mit dir den smalen stîc
an die kienlîten:
ich gelige bî sîner sîten.
nû wizze daz ich wâge
vater, muoter und mâge.‘

B Der Vater niht der rede vernam
noch diu muoter alsam.
der bruoder wart ze râte
mit der swester vil drâte,
daz si im volgete von dan.
‚ich gibe dich dem selben man,
swie leit ez dînem vater sî;
dû geligest Lemberslinde bî
wol nâch dînen êren.
dîn rîchtuom sol sich mêren.
wilt dûz, swester, enden,
ich wil dir her wider senden
mînen boten dem dû volgen solt.
sît dû im bist und er dir holt,
iu beiden sol gelingen
vil wol an allen dingen.

Ich habe alles zu bieten,
was er erwarten kann.
Nur mein Vater hindert mich noch.
Dabei bin ich dreimal so kräftig
wie meine Schwester,
als sie heiratete.
Und selbst die ging am Morgen ohne Stock
und ist in der Brautnacht nicht gestorben.
Ich bin fest überzeugt, daß auch ich
davon nicht sterben werde -
höchstens durch einen unglücklichen Zufall.
Lieber Bruder, bester Kamerad,
was ich dir jetzt anvertrauen möchte,
darüber bewahre um meinetwillen Stillschweigen.
Ich will mit dir den schmalen Steig
am Kiefernhang entlanggehen:
an seiner Seite will ich liegen.
Höre: Ich gebe
Vater, Mutter und Verwandte dran!"

Der Vater hatte diese Worte
ebensowenig gehört wie die Mutter.
Der Bruder kam
mit der Schwester in fliegender Eile überein,
daß sie ihm folgen sollte.
(Helmbrecht:) „Ich verheirate dich mit diesem Mann,
wie sehr es auch den Vater kränken wird.
Du sollst mit Lämmerschling das Bett teilen,
so, wie es dir aufs beste ansteht.
Du sollst reich werden.
Wenn du, Schwester, das willst,
so werde ich dir meinen Boten hierher zurückschicken;
dem brauchst du nur zu folgen.
Da du ihn liebst und er dich auch,
so wird euch beiden
alles nach Wunsch glücken.

ouch füege ich solhe hôchzît,
daz man durch dînen willen gît
wambîs unde röcke vil;
für wâr ich dir daz sagen wil.
swester, nû bereite dich;
Lemberslint sam tuot er sich.
got hüete dîn; ich wil dâ hin.
mir ist der wirt als ich im bin.
muoter, got gesegene dich!‹

Hin fuor er sînen alten strich
und sagte Lemberslinde
den willen Gotelinde.
vor freuden kust er im die hant,
umbe und umbe an sîn gewant,
er neic gegen dem winde
der dâ wâte von Gotelinde.

B Nû hœrt von grôzer freise.
manec witewe unde weise
an guote wart geletzet
und riuwec gesetzet,
dô der helt Lemberslint
und sîn gemahel Gotelint
den briutestuol besâzen.
swaz si trunken und âzen,
daz wart gesamnet wîten.
bî den selben zîten
vil unmüezec si beliben:
die knappen fuorten unde triben
ûf wägen und ûf rossen zuo
beide spâte unde fruo
in Lemberslindes vater hûs.
dô der künec Artûs
sîn frouwen Ginovêren nam,
diu selbe hôchzît was lam

Auch will ich dein Hochzeitsfest so ausrichten,
daß dir zu Ehren
viele Jacken und Röcke herausgerückt werden müssen.
Das verspreche ich dir.
Schwester, nun mach dich bereit:
Lämmerschling tut es auch.
Gott befohlen; ich muß jetzt fort.
Der Bauer kann mir gestohlen bleiben, so, wie ich ihm.
Mutter, Gottes Segen über dich!"

Fort ritt er auf seinem alten Weg
und tat Lämmerschling
Gotelints Absicht kund.
Vor Freude küßte der ihm die Hand
und ringsherum den Saum seines Gewandes;
er verneigte sich in der Himmelsrichtung,
aus der der Wind von Gotelint her wehte.

Nun hört von fürchterlichem Frevel.
Viele Witwen und Waisen
wurden um Hab und Gut gebracht
und in tiefen Kummer versetzt,
als Lämmerschling, der Recke,
und seine Braut Gotelint
auf dem Hochzeitsthron Platz nahmen.
Alles, was sie aßen und tranken,
war in weitem Umkreis zusammengeraubt.
Denn damals waren sie
alles andere als untätig geblieben:
die Kerle hatten
auf Wagen und auf Pferden
von aller Herrgottsfrühe bis in die späte Nacht hinein
alles in Lämmerschlings Vaterhaus zusammengeführt und -getrieben.
Als König Artus
seine Gemahlin Ginover heimführte,
hat sich dieses Fest kümmerlich ausgenommen

bî der Lemberslindes:
si lebten niht des windes.
dô ez allez wart gereht,
sînen boten sante Helmbreht,
der vil balde gâhte
und im die swester brâhte.

B Dô Lemberslint hêt vernomen,
daz Gotelint was komen,
balde er gegen ir gienc.
hœret wie er si enphienc:
‚willekomen, frou Gotelint!'
Si sprach: ‚got lône iu, her Lemberslint!'
friuntlîche blicke
under in beiden dicke
gegen einander giengen entwer:
er sach dar, si sach her.
Lemberslint schôz sînen bolz
mit gefüegen worten stolz
gegen Gotelinde;
daz galt si Lemberslinde
ûz wîplîchem munde,
sô si beste kunde.

Nû sul wir Gotelinde
geben Lemberslinde
und sulen Lemberslinde
geben Gotelinde.
ûf stuont ein alter grîse,
der was der worte wîse;
der kunde sô getâniu dinc.
er staltes beide in einen rinc.
er sprach ze Lemberslinde:
‚welt ir Gotelinde
êlîchen nemen, sô sprechet jâ!'
‚gerne' sprach der knabe sâ.

im Vergleich mit Lämmerschlings Hochzeitsfeier –
dabei hatten die auch nicht gerade von der Luft gelebt!
Als nun alles wohlvorbereitet war,
schickte Helmbrecht seinen Boten auf den Weg;
der machte sich sofort auf
und brachte die Schwester zu ihm.

Als Lämmerschling hörte,
daß Gotelint angekommen war,
ging er ihr sogleich entgegen.
Hört, wie er sie begrüßte:
„Willkommen, meine gnädige Frau Gotelint!“
Sie antwortete: „Vergelt's Ihnen Gott, Ritter Lämmerschling!“
Sie wechselten
Blicke voller Liebe
miteinander;
er sah ihr in die Augen und sie ihm.
Lämmerschling schnellte seinen Pfeil
mit wohlgesetzten, hochgestochenen Worten
auf Gotelint ab;
sie erwiderte ihm das
aus ihrem schönen Frauenmund;
das konnte sie ausgezeichnet.

Jetzt müssen wir nun Gotelint
dem Lämmerschling antrauen
und müssen Lämmerschling
der Gotelint antrauen.
Es erhob sich ein alter Graukopf,
der sich aufs Reden verstand
und sich mit den Hochzeitsbräuchen auskannte.
Er ließ beide in einen Kreis treten
und sagte zu Lämmerschling:
„Wenn Ihr Gotelint
heiraten wollt, so sagt: ‚Ja!‘“
„Aus eigenem Willen“, antwortete der Bursche sogleich.

er frâget in aber ander stunt:
‚gerne‘ sprach des knaben munt.
zem dritten mâle er dô sprach:
‚nemt ir si gerne?‘ der knabe jach:
‚sô mir sêle unde lîp
ich nime gerne ditze wîp.‘
dô sprach er ze Gotelinde:
‚welt ir Lemberslinde
gerne nemen zeinem man?‘
‚jâ, herre, ob mir sîn got gan.‘
‚nemt ir in gerne?‘ sprach aber er.
‚gerne, herre, gebt mirn her!‘
zem dritten mâle: ‚welt irn?‘
‚gerne, herre, nû gebt mirn!‘
dô gap er Gotelinde
ze wîbe Lemberslinde
und gap Lemberslinde
ze manne Gotelinde.
si sungen alle an der stat,
ûf den fuoz er ir trat.

Nû ist bereit daz ezzen.
wir sulen niht vergezzen,
wir schaffen ambetliute
dem briutegomen und der briute.
Slintezgeu was marschalc,
der fulte den rossen wol ir balc;
sô was schenke Slickenwider.
Hellesac der sazte nider
die fremden und die kunden:
ze truhsæzen wart er funden.
der nie wart gewære,
Rütelschrîn was kameræere.
kuchenmeister was Küefrâz,
der gap swaz man von kuchen âz,
swie manz briet oder sôt.

Darauf fragte er ihn zum zweiten Mal.
„Aus eigenem Willen", antwortete der Bursche.
Und zum dritten Mal fragte er:
„Nehmt Ihr sie aus eigenem Willen?" Der Bursche sagte:
„Verdammt nicht noch mal –
ich nehme diese Frau aus eigenem Willen!"
Darauf wandte der Alte sich an Gotelint:
„Wollt Ihr Lämmerschling
aus eigenem Willen zum Mann nehmen?"
(Gotelint:) „Ja, Herr, wenn Gott ihn mir vergönnt."
„Nehmt Ihr ihn aus eigenem Willen?" wiederholte er.
(Gotelint:) „Aus eigenem Willen, Herr; gebt mir'n her!"
Und zum dritten Mal: „Wollt Ihr'n?"
(Gotelint:) „Aus eigenem Willen, Herr, gebt mir'n endlich!"
Da traute er Gotelint
dem Lämmerschling an
und traute Lämmerschling
der Gotelint an.
Auf der Stelle stimmten alle den Hochzeitsgesang an,
und er setzte seinen Fuß auf den ihren.

Nun steht das Hochzeitsmahl bereit.
Doch wir dürfen nicht vergessen,
dem Bräutigam und der Braut
Hofbeamte zu bestellen.
Schlingsland war Hofmarschall;
der hatte den Rossen den Wanst zu füllen.
Entsprechend war Schluckenwidder Mundschenk.
Höllensack wies Fremden
wie Einheimischen die Plätze an:
zum Truchseß nämlich wurde er bestellt.
Der völlig unzuverlässige
Rüttlenkasten aber war Erzkämmerer.
Hofküchenmeister war Kühefresser;
der teilte alles zu, was in der Küche
gebraten und gekocht worden war.

Müschenkelh der gap daz brôt.
diu hôchzît was niht arm.
Wolvesguome und Wolvesdarm
unde Wolvesdrüzzel
lârten manege schüzzel
und manegen becher wîten
ze den selben hôchzîten.
vor den knappen swant diu spîse
in aller der wîse,
als ein wint vil drâte
si ab dem tische wâte.
ich wæne ieglîcher æze
swaz im sîn truhsæze
von kuchen dar trüege.
ob der hunt iht nüege
nâch in ab dem beine?
daz tet er vil kleine;
wan ez saget ein man wîse:
‚ieglîch mensche sîner spîse
unmâzen sêre gâhet,
sô im sîn ende nâhet.‘
dâ von gâhten si umbe daz:
ez was ir jungestez maz,
daz si immer mê gâzen
oder frœlîche gesâzen.

A Dô sprach diu brût Gotelint:
‚owê, lieber Lemberslint,
mir grûset in der hiute!
ich fürhte, daz fremde liute
uns ze schaden nâhen sîn.
ei vater unde muoter mîn,
daz ich von iu beiden
sô verre bin gescheiden!
ich fürhte, daz mir wecken
die Lemberslindes secke

Zerschlagenkelch teilte das Brot aus.
Nein, ärmlich war dieses Hochzeitsfest gewiß nicht!
Wolfsrachen und Wolfsbauch
und Wolfsschnauze
fraßen viele Schüsseln spiegelblank
und leerten viele bauchige Humpen
auf dieser Festlichkeit.
Vor den Burschen verschwanden die Gerichte
so rasch,
als ob ein Sturmwind
sie vom Tisch gefegt hätte.
Ich bin überzeugt, daß jeder alles
aufgegessen hat, was ihm sein Truchseß
aus der Küche vorsetzte.
Ob der Hofhund hinterher
noch etwas von den Knochen abzunagen fand?
Nein, ganz sicherlich nicht.
Denn es hat einmal ein erfahrener Mann gesagt:
„Jeder Mensch schlingt sein Essen
gierig hinunter,
wenn der Tod vor der Tür steht."
Darum beeilten sie sich so sehr.
Es war ihre letzte Mahlzeit,
auf der sie noch einmal ausgiebig gezecht
und fröhlich zusammengesessen hatten.

Da sagte die junge Frau Gotelint:
„Ach, liebster Lämmerschling,
mich überläuft ein Schauder!
Ich habe solche Angst, daß Fremde,
die uns Schaden antun werden, in der Nähe sind.
Ach, lieber Vater, liebe Mutter,
daß ich von euch beiden
so weit fort bin!
Ich habe solche Angst, daß
Lämmerschlings Säcke

vil schaden und unêre:
des fürhte ich vil sêre.
wie wol ich dâ heime wære!
mir ist der muot sô swære.
mînes vater armuot
næme ich michels baz für guot
danne ich bin mit sorgen hie.
wan ich hôrte sagen ie
die liute al gemeine,
daz dem wurde vil kleine,
der ze vil welle.
diu girischeit ze helle
in daz abgründe
vellet von der sünde.
ich verdenke mich ze spâte;
owê daz ich sô drâte
gevolget her mînem bruoder hân!
des muoz ich riuwec bestân.‘

Dar nâch vil schiere sach diu brût,
daz si dâ heime ir vater krût
hêt gâz ob sînem tische
für Lemberslindes vische.
dô si nâch dem ezzen
wâren eine wîle gesezzen
und die spilliute
enphiengen von der briute
ir gâbe und von dem briutegomen,
dar nâch zehant sach man komen
den rihter selpfünfte.
mit der sigenünfte
gesigete er den zehen an.
der in den oven niht entran,
der slouf under die banc;
ieglîcher für den andern dranc.
der ê vieren niht enflôch,

mir großen Schaden und Schande bringen werden.
Davor ist mir angst und bange.
Wie gut hätte ich's doch zu Hause!
Mir ist das Herz so schwer.
Vaters Armut
wäre mir jetzt sehr viel lieber,
als mich hier so ängstigen zu müssen.
Denn ich habe immer
alle Leute einhellig sagen hören,
daß der überhaupt nichts bekommt,
der zuviel haben will.
Die Habgier stürzt
als schwere Sünde
den Menschen in den Abgrund der Hölle.
Meine Einsicht kommt freilich zu spät.
Ach, warum mußte ich auch meinem Bruder
so überstürzt hierher folgen?
Das muß ich nun so bitter bereuen!"

Darauf sollte die junge Frau sofort einsehen,
daß sie zu Hause viel besser Weißkraut
am Tisch ihres Vaters
anstatt Lämmerschlings Fischgerichte gegessen hätte.
Als sie nämlich nach dem Essen
noch ein Weilchen zusammengesessen
und die Musikanten
von der jungen Frau und dem jungen Ehemann
ihren Lohn bekommen hatten,
sah man plötzlich
den Richter mit vier Gerichtsdienern nahen.
Im Triumph
überwältigte er die zehn.
Wer nicht in den Ofen entkam,
der kroch unter die Bank;
jeder drängte sich vor den andern!
Wer früher nicht vor vieren die Flucht ergriffen hätte,

des schergen kneht al eine in zôch
her für bî dem hâre.
daz sag ich iu für wâre:
ein rehter diep, swie küene er sî,
slüege er eines tages drî,
daz er sich vor dem schergen
nimmer mac erwergen.
sus wurden si gebunden
die zehen an den stunden
mit vil starken banden
von des schergen handen.
Gotelint verlôs ir briutegewant;
bî einem zûne man si vant
in vil swacher küste.
si hêt ir beide brüste
mit handen verdecket:
si was unsanfte erschrecket.
ob ir anders iht geschæhe?
der sage ez der daz sæhe.
got ist ein wunderære,
daz hœret an dem mære.
slüege ein diep al eine ein her,
gein dem schergen hât er keine wer:
als er den von verren siht,
zehant erlischet im daz lieht,
sîn rôtiu varwe wirt im gel;
swie küene er wære und swie snel,
in væht ein lamer scherge.
sîn snelheit und sîn kerge
die sint im alle gelegen,
sô got der râche wil selbe phlegen.

Nû hœrt daz mære mit sprüchen,
wie die diebe krüchen
für geriht mit ir burden
dâ si erhangen wurden.

den zog ein einziger Büttel
an den Haaren aus dem Versteck.
Das ist eine alte Weisheit:
Ein richtiger Verbrecher, selbst wenn er noch so kühn ist
und an einem Tag drei erschlägt,
ist einfach nicht imstande, sich gegen den Büttel
zur Wehr zu setzen.
So wurden
die zehn sofort
vom Büttel
mit starken Stricken gefesselt.
Gotelint büßte ihr Hochzeitskleid ein.
Hinter einem Zaun wurde sie
in jämmerlichem Zustand aufgefunden.
Ihre Brüste
bedeckte sie mit den Händen;
sie war völlig verstört.
Ob ihr sonst noch etwas zugestoßen ist?
Das soll der sagen, der es mit angesehen hat.
Wie wunderbar Gott handelt,
das hört am Fortgang der Geschichte.
Wenn auch ein einzelner Räuber ein ganzes Heer besiegen könnte –
gegen den Büttel ist er völlig wehrlos.
Wenn er den auch nur von weitem erblickt,
so wird ihm schwarz vor Augen;
das frische Rot seiner Wangen wird aschfahl.
Wie kühn und wie tapfer er auch immer gewesen ist –
ihn würde selbst ein hinkender Büttel gefangennehmen.
All seine Wendigkeit wie seine Gerissenheit,
die sind auf einmal wie weggeblasen,
wenn Gott selbst sich die Rache vorbehalten hat.

Nun hört die Geschichte von der Verurteilung,
wie die Räuber sich mit ihrer Diebeslast
vor Gericht schleppen mußten,
wo sie gehängt wurden.

Gotelint wart ungefreut,
dô Lemberslinde zwô rinderheut
wurden an den stunden
ûf sînen hals gebunden.
sîn burde was diu ringest:
dâ von truoc er daz minnest
durch des briutegomen êre.
die andern truogen ie mêre:
ez truoc sîn geswîe
rûher hiute drîe
vor dem schergen, daz was reht:
daz was Slintezgeu Helmbreht.
ieglîch truoc sîn burde mit im hin;
daz was des rihters gewin.
dô wart fürsprechen niht gegeben.
der in lengen wil ir leben,
dem kürze got daz sîne:
daz sint die wünsche mîne.
ich weiz den rihter sô gemuot:
ein wilder wolf, gæbe im der guot,
bizze er'm und allen liuten vihe
– von der wârheit ich des gihe –,
lieze er in umbe guot genesen,
swie des doch niht solde wesen.
Der scherge dô die niune hie;
den einen er dô leben lie
(daz was sîn zehende und sîn reht):
der hiez Slintezgeu Helmbreht.
swaz geschehen sol daz geschiht.
got dem vil selten übersiht,
der tuot des er niht tuon sol.
daz schein an Helmbrehte wol,
an dem man den vater rach:
der scherge im ûz diu ougen stach.
dannoch der râche was niht genuoc:

Für Gotelint war es alles andere als eine Freude,
als Lämmerschling
auf der Stelle die beiden Rinderhäute
um den Hals gebunden wurden.
Dabei war seine Last noch die leichteste:
als junger Ehemann
brauchte er nur das wenigste zu tragen.
Um so mehr mußten die andern schleppen:
So schleppte sein Schwager,
nämlich Helmbrecht Schlingsland,
drei ungegerbte Felle
vor dem Büttel her, und das war ganz in Ordnung.
Jeder schleppte seine Last mit sich dahin,
die dann als Besitz dem Richter zufiel.
Nicht einmal ein Verteidiger wurde zugelassen.
Bei Gott: wer solchen Burschen das Leben verlängern möchte,
dem möge Gott das seine verkürzen:
das wünsche ich aus tiefstem Herzen!
Ich weiß, wie ein Richter denkt:
Wenn ihm ein wilder Wolf einen Schatz anbieten würde,
so würde der ihm und allen andern Leuten trotzdem wieder das Vieh reißen
– das ist die volle Wahrheit! –,
auch wenn er ihn wegen des Schatzes hätte mit dem Leben davonkommen lassen,
obwohl so etwas überhaupt nicht vorkommen dürfte.
Der Henker knüpfte dort neun auf;
einen aber ließ er leben
(denn dieser zehnte stand ihm als Vorrecht zu):
Das war Helmbrecht Schlingsland.
Doch alles, was geschehen soll, das geschieht auch.
Denn Gott hat noch niemals den ungestraft gelassen,
der etwas tut, was er nicht tun darf.
Das zeigte sich an Helmbrechts Schicksal ganz deutlich:
an ihm wurde der Vater gerächt:
Der Büttel stach ihm die Augen aus.
Doch reichte diese Vergeltung noch nicht hin:

man rach die muoter, daz man im sluoc
abe die hant und einen fuoz.
dar umbe daz er swachen gruoz
vater unde muoter bôt,
des leit er schande unde nôt.
dô er sprach ze dem vater sîn:
‚wat snacket ir gebûrekîn?‘
und sîn muoter hiez ‚gunêrtez wîp‘:
von den sünden leit sîn lîp
dise maneger slahte nôt,
daz im tûsent stunt der tôt
lieber möhte sîn gewesen
dan sîn schamelîch genesen.
Helmbreht, der diep blinde,
schiet von Gotelinde
ûf einer wegescheide
mit riuwe und mit leide.
den blinden diep Helmbreht
brâhte ein stap und ein kneht
heim in sînes vater hûs.
der behielt in niht: er treip in ûz;
sîne swære er im niht buozte.

Hœret wie er in gruozte:
A ‚dê ûs sal, her blinde!
dô ich was ingesinde
ze hove wîlen (des ist lanc),
dô lernte ich disen antvanc.
gât ir nû, her blindekîn!
ich weiz wol, daz an iu mac sîn
swes ein juncherre gert,
ir sît ouch dâ ze Walhen wert.
den gruoz sult ir von mir haben,
alsô grüeze ich blinde knaben.
waz touc langez teidinc?
got weiz, her blinder jungelinc,

Auch die Mutter wurde an ihm gerächt, indem ihm
die Hand und ein Fuß abgehackt wurden.
Weil er Vater und Mutter
so schändlich begrüßt hatte,
deshalb erlitt er nun Schmach und Leid.
Weil er zum Vater gesagt:
„Wat snackt ju för Takeltüg?"
und die Mutter „Schandwif" geschimpft hatte,
um dieser Sünden willen erlitt er
diesc fürchterlichen Verstümmelungen,
so daß ihm der Tod tausendmal
lieber gewesen wäre,
als so schmählich mit dem Leben davonzukommen.

Helmbrecht, der blinde Räuber,
trennte sich von Gotelint
an jenem Kreuzweg
in tiefem Kummer und bitterem Leid.
Den blinden Räuber Helmbrecht
brachten ein Stock und ein Kind
nach Hause zu seinem Vater.
Der aber nahm ihn nicht auf, sondern jagte ihn hinaus.
In seinem bitteren Schicksal half er ihm nicht.

Hört, wie er ihn empfing:
„Dieu vous salue, blinder Ritter!
Als ich noch bei Hof in Diensten stand
(das ist lange her),
da habe ich diesen Gruß gelernt.
Machen Sie, daß Sie fortkommen, Ritter Blindeken!
Ich weiß ja gut, daß Sie alles haben,
wonach einem Junker der Sinn steht;
damit dürften Sie sogar in Frankreich wohlgelitten sein.
Mit diesem Empfang müssen Sie von mir vorlieb nehmen;
auf diese Weise pflege ich blinde Knappen zu empfangen.
Wozu noch langes Gerede?
Gott ist mein Zeuge, blinder Junker:

die herberge ir mir rûmet.
ist daz ir iuch sûmet,
ich lâze iuch mînen frîman
slahen, daz nie blinde gewan
von slegen alsolhe nôt.
ez wære ein verworhtez brôt,
daz ich hînt mit iu verlür.
ir hebt iuch balde für die tür!'
‚Neinâ, herre, lât mich betagen!'
sprach der blinde. ‚ich wil iu sagen
wie ich bin genennet;
durch got mich erkennet!'
er sprach: ‚nû saget drâte;
zoget iuwer, ez ist spâte.
ir sult iu suochen einen andern wirt:
mîn hant mit gâbe iuch gar verbirt.'
Beide mit leide und mit schamen
seit er dem vater sînen namen.
er sprach: ‚herre, ich binz iuwer kint.'
‚und ist der knabe worden blint
der sich dâ nante Slintezgeu?
nû vorht er niht des schergen dreu
noch alle rihtære,
ob ir noch mêre wære?
hei waz ir îsens âzet,
dô ir ûf dem hengste sâzet,
dar umbe ich gap mîniu rinder!
kriechet ir nû blinder,
daz enwirt mir nimmer zorn.
mich riuwet mîn lode und mîn korn,
sît mir sô tiure ist daz brôt.
und læget ir von hunger tôt,
ich gibe iu nimmer umb einen grûz:
ir sult iuch balde heben ûz
und tuot nimmer mêre
ze mir die widerkêre.'

Sie verlassen sofort mein Haus!
Sollten Sie zögern,
so lasse ich Sie durch meinen Großknecht
verprügeln, wie noch nie ein Blinder
so unbarmherzig verprügelt worden ist.
Das Brot müßte verflucht sein,
das ich heute abend an Sie verschwendete.
Packen Sie sich! Hinaus mit Ihnen!“
„Nicht doch, Herr, lassen Sie mich wenigstens übernachten!“
flehte der Blinde. „Ich will Ihnen gern sagen,
wie ich heiße.
Um der Barmherzigkeit Gottes willen: erkennen Sie mich doch!“
Der Vater antwortete: „Machen Sie's kurz;
beeilen Sie sich, denn es ist schon spät.
Am besten suchten Sie sich einen anderen Herbergsvater:
von mir erwarten Sie jedenfalls nicht das mindeste!“
In bitterem Schmerz und tiefbeschämt
nannte Helmbrecht dem Vater seinen Namen.
Er sagte: „Herr, ich bin doch Ihr Sohn!“
(Der Vater:) „Sollte der Knappe blind geworden sein,
der sich dort Schlingsland genannt hat?
War es nicht so, daß er weder den drohenden Büttel
noch alle Richter fürchtete,
und wenn es noch viel mehr gewesen wären?
Hei, wie Sie am liebsten Eisen gefressen hätten,
als Sie auf dem Hengst einhersprengten,
für den ich meine Rinder hergegeben hatte!
Tappen Sie ruhig weiter als Blinder;
darüber rege ich mich überhaupt nicht auf.
Ich ärgere mich vielmehr über meinen Lodenstoff und mein Korn,
weil mir nun das Brot fehlt.
Und wenn Sie vor Hunger tot umfielen,
so würde ich Ihnen doch kein einziges Körnchen schenken.
Scheren Sie sich schleunigst fort,
und kehren Sie niemals mehr
zu mir zurück!“

Dô sprach aber der blinde:
,sît ir mîn ze kinde
geruochet nimmer mêre,
durch die gotes êre
sult ir dem tiuvel an gesigen:
lât mich als einen dürftigen
in iuwerm hûse kriechen.
swaz ir einem armen siechen
welt geben in der minne
durch got, daz gebt mir hinne.
mir sint die lantliute gram:
leider nû sît ir mir sam.
ich enmac niht genesen,
welt ir mir ungenædic wesen.'
Der wirt hônlachte,
swie im sîn herze krachte:
er was sîn verch und sîn kint,
swie er doch stüende vor im blint.
er sprach: ,nû fuort ir twerhes die welt;
iuwer meidem gie niht enzelt,
er dravete unde schûfte
manec herze von iu ersûfte.
ir wârt sô ungehûre,
manec wîp und gebûre
sint von iu alles worden vrî.
nû sprechet ob die troume drî
an iu sint bewæret?
noch hœher ez sich mæret,
daz iu wirt wirser danne wê;
ê der vierde troum ergê,
hebt iuch balde für die tür!
kneht, sperre, stôz den rigel für!
ich wil hînte hân gemach.
den ich mit ougen nie gesach,
den behielt ich unz an mînen tôt,
ê ich iu gæbe ein halbez brôt.'

Da erwiderte der Blinde:
„Wenn Sie mich denn schon nicht mehr
zum Sohn haben wollen,
so überlassen Sie doch um Gottes willen
auch nicht dem Teufel den Sieg.
Lassen Sie mich wenigstens als Bettler
in Ihrem Hause unterkriechen,
und was Sie einem armen Kranken
aus christlichem Erbarmen schenken würden,
das geben Sie mir in Ihrem Hause.
Die Bauern sind voller Wut auf mich,
und zu meinem Unglück sind Sie es auch.
Ich werde zugrunde gehen,
wenn Sie weiter so erbarmungslos bleiben."

Der Bauer lachte höhnisch auf,
wie sehr sich ihm auch das Herz zusammenkrampfte
– er war ja sein eigen Fleisch und Blut! –,
wie er als Blinder da vor ihm stand.
Er sagte: „Nun sind Sie kreuz und quer durch die Welt geritten;
nie ist Ihr Hengst im Paßgang gelaufen,
nein, immer ging's im Trab oder Galopp.
Viele haben Sie in tiefe Verzweiflung gestürzt.
Sie waren so entsetzlich,
daß viele Bauersfrauen und Bauern
von Ihnen um alles gebracht worden sind.
Sagen Sie selbst, ob die drei Träume
an Ihnen sich nicht erfüllt haben?
Aber noch höher hinaus wird es mit Ihnen kommen,
so daß es Ihnen schlimmer als schlimm ergehen wird.
Doch bevor der vierte Traum sich erfüllt,
scheren Sie sich sofort hinaus!
Knecht, sperr die Tür ab, schieb den Riegel vor!
Ich will heute nacht meine Ruhe haben!
Eher würde ich einen wildfremden Menschen
mein Leben lang bei mir aufnehmen,
bevor ich Ihnen auch nur ein Stück Brot schenken würde."

Allez daz er hêt getân
daz itwîzt er dem blinden man;
er was gar sîn schiuhe.
‚sê blinden, kneht, nû ziuhe
in von mir der sunnen haz!‘
er sluoc den kneht: ‚nû habe dir daz!
dînem meister tæt ich same,
wan daz ich mich des schame,
ob ich blinden slüege:
ich bin wol sô gefüege,
daz ichz kan vermîden;
doch mac ez sich verrîden.
hebt iuch, ungetriuwer Rûz,
balde für die tür hin ûz:
ich ahte niht ûf iuwer nôt.‘
im gap diu muoter doch ein brôt
in die hant als einem kinde.

Hin gie der diep blinde.
swâ er über velt gie,
dehein gebûre daz verlie,
er schrei in an und sînen kneht:
‚hâhâ, diep Helmbreht!
hêtest dû gebûwen alsam ich,
sô züge man nû niht blinden dich!‘
alsô leit er ein jâr nôt,
unz er von hâhen leit den tôt.

Ich sage iu wie daz geschach.
ein gebûre in ersach,
dô er gie zuo einer frist
durch einen walt umb sîne genist.
der gebûre kloup dâ wite
nâch der gebûren site,
daz was eines morgens fruo.
dem hêt Helmbreht eine kuo

Alles, was er verbrochen hatte,
das hielt der Vater dem Blinden vor:
Er war für ihn zum richtigen Scheusal geworden.
(Der Vater:) „Nimm den Blinden, Kind, und führe ihn,
den selbst die Sonne haßt, von mir fort!"
Dem Kind versetzte er Schläge: „Das nimm als deinen Teil!
Deinem Herrn würde ich dasselbe antun,
wenn ich mich nicht schämte,
einen Blinden zu prügeln:
ich besitze viel zuviel Anstand,
um so etwas zu tun –
doch könnte sich das noch ändern!
Packen Sie sich, verräterischer Bauernlümmel!
Schnell hinaus mit Ihnen vor die Tür!
Was kümmert mich schon Ihr Elend?"
Doch die Mutter schob ihm ein Stück Brot
in die Hand: es war ja ihr Sohn.

Hin ging der blinde Räuber.
Überall, wo er über Land ging,
konnte kein Bauer an sich halten,
ihm und seinem Kind zuzurufen:
„Haha, Räuber Helmbrecht!
Hättest du wie ich das Feld bestellt,
so brauchte man dich jetzt nicht blind herumzuführen!"
So elend litt er ein ganzes Jahr,
bis er aufgehängt wurde.

Wie das kam, will ich euch erzählen.
Ein Bauer erblickte Helmbrecht,
als der eines Tages
durch den Wald ging, um seinen Hunger zu stillen.
Dort sammelte der Bauer Brennholz
nach Bauernart
morgens in der Frühe.
Dem hatte Helmbrecht eine Kuh

genomen von siben binden.
der ersach in alsô blinden:
er sprach ze sînen holden,
ob si im helfen wolden.
,entriuwen' sprach der eine,
,ich zerre in alsô kleine,
sam daz in der sunne vert,
ist daz mir in niemen wert.
mir und mînem wîbe
zôch er ab dem lîbe
unser beider gewant;
er ist mîn vil rehtez phant.'
dô sprach der dritte dâ bî:
,ob sîn eines wæren drî,
die wold ich tœten eine.
er vil unreine,
er brach mir ûf mînen glêt
und nam daz ich dâ inne hêt.'
der vierde der den wite kloup,
der bidemt vor girde als ein loup.
er sprach: ,ich briche in als ein huon.
von allem rehte ich daz tuon:
er stiez mîn kint in einen sac,
dô ez slâfende lac;
er want ez in ein bet:
ez was naht, dô er daz tet.
dô ez erwachete unde schrê,
dô schutte erz ûz an den snê.
sîn ende hêt ez dâ genomen,
wær ich im niht ze helfe komen.'
,entriuwen' sprach der fünfte,
,ich freu mich sîner künfte,
sô daz ich mînes herzen spil
hiute an im geschouwen wil:
er nôtzoget mir mîn kint.
wær er noch drî stunt als blint,

weggenommen, die schon siebenmal gekalbt hatte.
Als der ihn nun blind erblickte,
fragte er seine Gefährten,
ob sie ihm helfen würden.
„Gewiß“, sagte einer,
„ich zerreiße ihn in so klitzekleine Fetzen
wie Stäubchen in der Sonne,
wenn ihn mir niemand streitig macht.
Mir und meiner Frau
hat er die Kleider
vom Leibe gerissen.
Jetzt soll er mir dafür büßen!“
Darauf sagte der dritte, der dabeistand:
„Und wenn es statt dieses einen einzigen drei wären,
so wollte ich allein sie alle totschlagen.
Der Schuft,
er hat mir meinen Vorratskeller aufgebrochen
und ihn vollständig ausgeplündert.“
Ein vierter, der Brennholz sammelte,
zitterte vor Rachgier wie Espenlaub.
Er sagte: „Ich drehe ihm den Hals um wie einem Huhn,
und das tue ich mit vollstem Recht!
Er hat mein Kind in einen Sack hineingestopft,
als es gerade schlief,
und das Bettzeug darumgewickelt,
und zwar mitten in der Nacht.
Als es aufwachte und zu schreien anfing,
da schüttete er's hinaus in den Schnee.
Es wäre sein Tod gewesen,
wenn ich ihm nicht rechtzeitig zu Hilfe gekommen wäre.“
„Wahrhaftig“, sagte der fünfte,
„ich freue mich, daß er nun da ist,
damit ich heute an ihm
mein Mütchen kühlen kann.
Er hat mir meine Tochter vergewaltigt!
Selbst wenn er noch dreimal so blind wäre,

ich sol in hâhen an den ast.
selbe ich im kûme enbrast
beide nacket unde blôz.
wær er als ein hûs sô grôz,
ich wirde an im errochen,
sît er sich hât verkrochen
in disen walt sô tiefen.‘
‚Dar nâher!‘ si dô riefen
und kêrten alle rehte
gegen Helmbrehte.
dô si sich wol errâchen
an im mit slegen, si sprâchen:
‚nû hüete der hûben, Helmbreht!‘
daz ir dâ vor des schergen kneht
hêt lâzen ungerüeret,
daz wart nû gar zefüeret.
daz was ein griuwelîch dinc:
sô breit als ein phenninc
beleip ir niht bî einander.
siteche und galander,
sparwære und turteltûben,
die genâten ûf der hûben,
die wurden gestreut ûf den wec.
hie lac ein loc, dort ein flec
der hûben und des hâres.
gesagt ich ie iht wâres,
doch sult ir mir gelouben
daz mære von der houben,
wie kleine man si zarte.
ir gesâht nie swarte
ûf houbet alsô kalwe:
sîn reidez hâr valwe
sach man in swachem werde
ligen ûf der erde.
daz was iedoch vil lîhte:
si liezen in sîne bîhte

würde ich ihn am nächsten besten Ast aufhängen.
Ich selber bin ihm nur mit Mühe und Not
splitternackt und bloß entkommen.
Und wenn er so hoch wie ein Haus wäre,
werde ich mich an ihm rächen,
da er sich nun
in diesen tiefen Wald hinein verkrochen hat."
„Los! Drauf!" riefen sie da
und stürzten sich alle zusammen
auf Helmbrecht.
Wie sie sich so mit Prügel
kräftig an ihm rächten, schrien sie:
„Achte auf deine Kappe, Helmbrecht!"
Was der Büttel vorher an ihr
heil gelassen hatte,
das wurde nun ganz zerfetzt.
Ein schlimmes Bild bot sich:
kein Fingerbreit
blieb von ihr noch beisammen.
Papageien und Lerchen,
Falken und Turteltauben,
die auf die Kappe gestickt waren,
die wurden nun hin über den Weg verstreut.
Hier lag eine Locke, dort ein Fetzen
von der Kappe und vom Haar.
Selbst wenn ich noch nie die Wahrheit gesagt hätte,
so müßt ihr mir doch
diese Geschichte von der Kappe glauben,
wie klitzeklein sie zerrissen wurde.
Noch niemals habt ihr
einen so kahlen Schädel gesehen:
sein lockiges blondes Haar
sah man jämmerlich zerzaust
auf der Erde liegen.
Das war aber noch längst nicht das Schlimmste:
Sie nahmen dem Unglücklichen

den müedinc dô sprechen;
einer begunde brechen
eine brosmen von der erden:
dem vil gar unwerden
gap er si zeiner stiure
für daz hellefiure
und hiengen in an einem boum.
ich wæne, des vater troum
daz er sich hie bewære.
hie endet sich daz mære.

A Swâ noch selpherrischiu kint
bî vater unde muoter sint,
die sîn gewarnet hie mite.
begânt si Helmbrehtes site,
ich erteile in daz mit rehte:
in geschehe als Helmbrehte.
ûf den strâzen und ûf den wegen
was diu wagenvart gelegen:
die varent alle nû mit fride,
sît Helmbreht ist an der wide.
[nû seht ûf und umbe:
râte iu wol ein tumbe,
dem volget und ouch des wîsen rât.
waz ob Helmbreht noch hât
etewâ junge knehtel?
die werdent ouch Helmbrehtel.
vor den gib ich iu niht fride,
si komen ouch danne an die wide.]
Swer iu ditze mære lese,
bitet daz im got genædec wese
und dem tihtære,
Wernher dem Gartenære.

die Beichte ab;
einer hob
eine Erdkrume vom Boden auf
und reichte sie dem Unglückseligen
als Hilfe
vor dem Höllenfeuer.
Dann hängten sie ihn an einem Baum auf.
Ich meine, daß der Traum des Vaters
sich hiermit bewahrheitet hat.
Damit ist diese Geschichte zu Ende.

Überall, wo Kinder, die ihr eigener Herr sein wollen,
noch bei Vater und Mutter leben,
die sollen sich hierdurch warnen lassen.
Wenn sie's wie Helmbrecht treiben,
so sage ich ihnen das Urteil voraus:
Ihnen wird es wie Helmbrecht ergehen.
Wo auf Straßen und Wegen
kein Wagen mehr unbehelligt hatte fahren können,
da sind die Wege nun wieder sicher für jedermann,
seit Helmbrecht in der Schlinge baumelt.
(Nun schaut euch überall um:
Wenn euch ein einfacher Mann einen guten Rat gibt,
so befolgt ihn genauso wie den Ratschlag eines lebenserfahrenen.
Wie, wenn Helmbrecht etwa noch
hier und da unter der Jugend Anhänger haben sollte?
Die werden dann gewiß auch Helmbrechte werden.
Vor denen, meine ich, werdet ihr so lange keinen Frieden haben,
bis auch sie in der Schlinge baumeln.)
Und nun betet für jeden, der euch diese Geschichte vorträgt:
Gott möge ihm gnädig sein
und auch dem Dichter,
Wernher dem Gärtner.

Erläuterungen

10–13 Diese mit einer Einzelheit media in re führende Beschreibung macht dem mittelalterlichen Hörer sofort die starke Spannung deutlich, die zwischen dem Bauernstand des Helden und seinem weit darüber hinausgreifenden Anspruch besteht: Er trägt das Haar, wie es nur einem Adligen zusteht. Damit ist das Thema gegeben: Das Märe muß darstellen, welche Folgen die Unvereinbarkeit der beiden Sachverhalte (Stand – Haartracht) hat. Für eine Zeit, in der die ständischen Schranken aufs schärfste verfestigt sind, ist das ein poetischer Vorwurf, der lebhaftes Interesse erregen muß.

14/15 Die bestickte Kappe, die ebenfalls nur einem Adligen gestattet war, ist das Dingsymbol für diesen schroffen sozialen Gegensatz, das Helmbrechts geradezu zwangsläufig sich daraus ergebendes Schicksal greif- und sichtbar versinnlicht. Darum die Breite ihrer Schilderung: V. 14–20; 26–130; 429–431; 1879–95. So wichtig ist *daz mære von der houben* für den Ablauf der Geschichte, daß man – sicherlich irrtümlich – diese Zeile 1894 für den authentischen Titel des Werks gehalten hat. Zugleich dürfte Wernher mit diesem anspruchsvollen Kopfputz seines Helden die *zimierde* der echten Ritterrüstung lächerlich machen wollen (Boesch 36).

18 Die Taube gilt dem *bezeichenlîchen* Denken als Vogel der Unschuld und, besonders die Turteltaube (V. 1887), der unwandelbaren Treue. Wieder wird damit der mittelalterliche Hörer, dem solche Symbolbezüge vertraut sind, auf das krasse Fehlverhalten Helmbrechts hingewiesen: Indem er aus dem Stand, dem er durch Geburt und damit von Natur angehört, fortstrebt und ihm untreu werden will, verliert er seine Unschuld. – *siteche unde tûben* „antizipieren antithetisch *rabe* und *krâ*" (von Tippelskirch 62), die als Totenvögel (V. 623–631) den Galgen des Gehängten im 4. Traum des Vaters umschweben.

24/25 Daß der Sohn nicht nur wie der Vater heißt (noch einmal betont V. 668/669), sondern auch, wie V. 914/915 verrät, schon der Großvater so hieß, ist ein charakteristisches Zeichen ausgeprägten Familiensinns, wie es für fürstliche Geschlechter bekannt ist: vgl. unter den mittelalterlichen deutschen Königen die Generationsfolge Otto I.–III. (936–1002), Heinrich III.–V.

(1039–1125), ferner später bei den Hohenzollern die Namenfolge Friedrich, bei den Fürsten von Reuß Heinrich usw. Wernher deutet damit auf das starke Familienbewußtsein dieser Sippe freier Bauern, die stolz und sicher in sich selbst ruhen. Um so bestürzender wirkt die frevelhafte Leichtfertigkeit, mit der sich der Sohn aus dieser Bindung löst und damit zum letzten Träger dieses Namens wird.

26 der erste Bescheidenheitstopos, der im Blick auf V. 29 *(wunders)* und V. 56 *vil* offenbar ironisch gemeint und von einem literarisch geschulten Publikum entsprechend goutiert wurde. Auch die V. 30/31 folgende breite Wahrheitsbeteuerung legt diese Auffassung nahe. Vgl. die ebenso unzutreffende Behauptung V. 389.

29/65 Der Genitiv *wunders* hängt ab vom Pronomen *waz*; vgl. entsprechende Genitivkonstruktionen V. 107; 114; 146; 261 usw.

30/31 Stilistisch ist für die Wahrheitsbeteuerungen charakteristisch, daß sie gern ex negativo formuliert werden; vgl. V. 774; 1473; ferner eine entsprechende Stilerscheinung zu V. 709.

38–41 Die Ironie der Darstellung wird in der Überkreuzung von Ausdrücken dreier verschiedener Stilebenen sprachlich eindrucksvoll hörbar: *swarte:* objektive Sachbezeichnung (nicht abwertend wie heute weithin); *houbetdach:* groteske Metapher in Richtung auf den geblümten Stil für die Kopfbedeckung; *geutôre:* umgangssprachlich-volkstümliche Schelte, die das Urteil des Erzählers unmißverständlich zu erkennen gibt.

44 dieselbe Wendung an den Hörerkreis wie V. 20, 57, 72 und 104. Zweck: Sammlung der Aufmerksamkeit und Erhöhung der Spannung durch liebenswürdige Retardation des Erzählflusses. In allen fünf Fällen kennzeichnet Hans Ried diese ‚Erzählereingriffe' (Terminus von Eberhard Nellmann, WW 21 [1971] S. 392/393) durch Initialen, die mit Ausnahme von V. 57 (entsprechend 1463) infolge graphischen Zwangs um eine bzw. drei Zeilen verschoben sind; s. Genaueres zu V. 73.

47/48 Verstärkung und Steigerung des Reimgleichklangs durch doppelten Vorreim auf den drei letzten Hebungen: *ie / a / î,* doppelte Alliteration (V. 47 auf *k*, V. 48 auf *l*) und das Wortspiel *liep / lîp* (vgl. V. 148; 1644 und zwei andere V. 518; 1039).

61–71 Stark gefüllte Mitteilungen und Gedankengänge verzahnt das Mhd. nicht in verwickelten Satzgefügen wie unser Nhd., sondern konstruiert sie lockerer (elliptisch). Nach dem 1. Hauptsatz V. 61 wird der 1. Nebensatz V. 62–64 *(wie ...)* nicht zu Ende geführt, sondern von einem zweiten V. 65/66 *(waz ...)* abgelöst, der sich auf das Subjekt des ersten (V. 64) bezieht; die inhaltlich notwendigen Ergänzungen des ersten folgen erst danach in drei neuen Hauptsätzen V. 67–69; 70; 71. Vgl. ferner V. 76–81; 160–164.

68 *der* hat noch demonstrativen Sinn: der bekannte König Karl (der Große); ebenso V. 83; 85; 375; 598; 629–631; 634; 792; 925; 1036; 1039; 1551; 1698; 1721; 1894; 1912.

69 Die Zwillingsformel geht auf das Begriffspaar *fortis et sapiens* im Herrscher- und Heldenlob der Antike und der Bibel zurück (Fechter 86–89).

73 Die Initiale in A zerreißt den Satz; ursprünglich gehört sie an den Anfang von V. 72. Die Entstehung dieses Fehlers (vgl. zu V. 44; 107; 185; 221; 517; 985; 1049; 1713) vermögen wir zu erkennen. Hansjürgen Linke (vgl. S. 16) hat nachgewiesen, daß, „wenn eine Handschrift ihre Verse absetzt und dabei jede ungeradzahlige Zeile eines Verspaars nach links heraus, jede geradzahlige Zeile aber nach rechts einrückt (vgl. die Tafel vor S. 13), [...] nur vor einem ungeradzahligen Verse Platz für eine Initiale [bleibt], die, da sie in diesen Handschriften immer zwei Zeilenhöhen groß ist, in den freien Raum vor dem nachfolgenden eingerückten Vers hinabreicht. Wollte man sie in eine geradzahlige, also eingerückte Zeile stellen, so würde sie mit der vorspringenden folgenden [...] Zeile kollidieren. Wenn also ein neuer Absatz mit einer geradzahligen Zeile oder, reimtechnisch ausgedrückt, auf Reimbrechung beginnt, dann muß die Abschnittsgrenze in einer so eingerichteten Handschrift notwendig verschoben werden. Das geschieht [...] teils dadurch, daß man sie bis zum nächsten syntaktisch sinnvollen Einschnitt, der mit einer ungeradzahligen Zeile zusammenfällt, zurück- oder vorverlegt, teils aber auch dadurch, daß man sie ohne jede Rücksicht auf den Satzzusammenhang einfach in eine der beiden unmittelbar benachbarten ungeradzahligen Zeilen legt" (S. 22/23). Es versteht sich geradezu von selbst, daß die späteren Schreiber solche Initialen, die durch graphischen Zwang um eine oder einige Zeilen verschoben worden sind, nun an dieser Stelle auch in solchen Handschriften belassen, die den Text unabgesetzt (also fortlaufend wie Prosa) schreiben wie A oder die Verszeilen, ohne sie einzurücken, gleichmäßig untereinander-

setzen wie B. Ihren ursprünglichen Platz zu bestimmen ist den heutigen Herausgebern aufgegeben; natürlich vermögen sie diese Aufgabe nicht in allen Fällen so einsichtig zu lösen wie in diesem. Hier, in A V. 21, A V. 45, B V. 517, in V. 985, 1049 und A V. 1713 gehören die Initialen vor die vorangehende Zeile, in A V. 107, A V. 185 und A V. 519 drei Zeilen vorauf und nur A V. 221 vor den drittfolgenden Vers.

76–81 Die typisch mhd. Wortstellung von mehreren gleichartigen durch *und* gereihten Satzgliedern ist für nhd. Leser verwirrend und führt leicht zu inhaltlichen Mißverständnissen und falschen Übersetzungen. Im Mhd. wird nach der Nennung des ersten von gleichartigen Satzgliedern der Satz sofort zu Ende geführt, und dann erst werden durch *und* die parallelen Satzglieder angefügt. D. h. in diesem Fall: den Akk. *Diethern von Berne* V. 81 bindet *und* an das zugehörige *si* V. 79: ‚Sie (*frouwen Helchen kinden* V. 76) und (den) Diether von Bern erschlug Held Witege . . .'; vgl. auch V. 61–71, 160–164. Diether ist der jüngere Bruder des berühmten Dietrich von Bern.

83–85 Wieder wird der Gegensatz zwischen der vornehmen Kappe und der Torheit ihres Trägers durch die Wahl der Vokabeln *hûben – narre / gouch / gotes tumbe* in seiner schroffen Unvereinbarkeit scharf belichtet. Bernhard Sowinski geht in seiner Studie davon aus, daß B in der Überschrift ausdrücklich von Helmbrecht sagt: *der was ain nar.* Vgl. ferner zu V. 1220.

103 Friedrich Panzer hat PBB 27 (1902) S. 108 schematisch entworfen, wie die Verteilung der fünf Bilder auf der Kappe zu denken ist:

vorn

<table>
<tr><td colspan="3">5. Tanzende Ritter und Frauen</td></tr>
<tr><td>3. Karlssage</td><td>1. Vögel</td><td>2. Trojanischer Krieg</td></tr>
<tr><td colspan="3">4. Rabenschlacht</td></tr>
</table>

hinten

Danach müssen die Figuren sehr klein gestickt gewesen sein. Aber wahrscheinlich sollte man den Realitätscharakter auch dieser Schilderung nicht pressen.

107 Die aus graphischem Zwang hierher verschobene Initiale (vgl. zu V. 73) gehört an den Absatzanfang V. 104, den *Nû* als beliebtes Initialwort eines neuen Erzählabschnitts (Zusammenstellung sämtlicher Belege zu V. 1049), zumal in der Aufforderung *Nû hœr(t)* (V. 20; 1293; 1463; 1651; ähnlich V. 1712), sprachlich eindeutig anzeigt. Für die Verschiebung um drei Zeilen (vgl. zwei entsprechende Fälle in A zu V. 185 und 519) bleibt zu beachten, daß auch an dieser Stelle wiederum ein *N (Noch)* die Initiale erhält.
alles, als Genitiv von urspr. substantivischem *niht* abhängig. Solche Genitive nach oder (seltener) vor *(n)iht* und *vil* begegnen z. B. V. 114, 146, 261, 362, 466, 467, 468, 530, 981, 1051/52, 1118, 1482, 1637, 1892; vgl. ferner zu V. 29/65 und 351.

108/109 *hûbe / nunne:* wiederum scharfe Antithese. Die Nonne hat sich damit genauso verhalten wie Helmbrecht, indem sie etwas getan hat, was ihrem Beruf, ihrer Aufgabe stracks zuwiderläuft.

114 *der:* Gen. Pl. des Artikels, ‚derer'; als Genitivattribut zu folgendem *vil*; noch für Luther ganz selbstverständlich; vgl. Matth. 2, 18 „viel klagenß, weynenß und heulenß"; ferner s. zu V. 107 *alles.*

115 *die:* Akk. Pl.; *daz teil:* Nom. Sing. Die Nonne hat das Gelübde der Keuschheit gebrochen. Die obere und die untere Hälfte des Körpers setzt die vierte Redaktion der Versnovelle „Die Heidin" (hrsg. von Ludwig Pfannmüller, Bonn 1912) pikant einander entgegen. Nach langer Qual trifft der Liebhaber V. 1396/97 dieselbe Wahl wie die Nonne mit der Begründung: *daz oberst teil daz ist guot, / doch ist daz underst bezzer vil.* Die Unterscheidung entspricht etwa der unseren von Seele und Leib und zeigt, wie im Mittelalter alle Aussagen auch in den unscheinbarsten Einzelheiten moraltheologisch zurückbezogen und nur in dieser Perspektive betrachtet werden; vgl. zu V. 354/355; 757. Diese Zweiteilung des menschlichen Körpers, die auch in des Kärntners Heinrich von dem Türlin „Krone" V. 24 214–27 bezeugt ist und in der mittelalterlichen Minnekasuistik z. B. des außerordentlich wirksamen Andreas Capellanus „de amore libri tres" ihre Rolle spielt, dürfte der in der lyrischen, insbesondere in der politischen und der religiösen Dichtung immer wieder berufenen Unterscheidung von Erde als *niderlant* (z. B. Oswald von Wolkenstein, hrsg. von K. K. Klein, Nr. 111, 9)

und Himmel als dem *oberlant* (ebd. 111, 1; Muskatplüt, hrsg. von E. von Groote, 80; „Ackermann aus Böhmen", hrsg. von Arthur Hübner, 27, 25) und der daraus resultierenden Teilung zwischen kaiserlicher und göttlicher Macht (vgl. Walther von der Vogelweide L. 12, 8; Schulmeister von Eßlingen, Kraus DL Nr. 10/III, 2, 12) parallelisiert worden sein.

115/116 *verrâten* steht semantisch noch dicht bei *rât*: ‚einen verkehrten Rat geben, in die Irre führen'; vgl. V. 254 *verrâtære.*

120 Beachte den dreifachen *w*-Stabreim auf den drei ersten Hebungen als Klangschmuck; ferner V. 1879; weniger ausgeprägt V. 150, noch anders V. 1674. Vgl. zu V. 47/48.

125–130 ein typisch mhd. Satzgefüge aus einem Haupt- und zwei abhängigen Nebensätzen. Entsprechend, wie der abhängige Genitiv *vor* seinem Beziehungswort zu stehen pflegt (so schon V. 10, 38, 76, 85, 114; vgl. ferner zu V. 61–71, 76–81, 160 bis 164), steht der Nebensatz 2. Grades *vor* dem 1. Grades. Im Nhd. dagegen pflegen wir den abhängigen *in* den übergeordneten (Neben-)Satz einzuschieben; also mhd.: V. 125/126 Hs, V. 127 Ns^2, V. 128–130 Ns^1; dagegen nhd.: Hs, Ns^{1a} (Ns^2) Ns^{1b}. Vgl. zu V. 229–232, 351, 370, 376–378.

125 *der zweier:* Gen. abhängig von *vil* (vgl. zu V. 107 *alles*); inhaltlich bezieht er sich auf V. 126 *kæse und eier.*

144/145 d. h. von Schaf oder Ziege. Wieder wie V. 39 *houbetdach* jene umständlich-hypertrophe Umschreibung für Alltägliches, die die innere Hohlheit von Helmbrechts prahlerischem Unterfangen, den scharfen Gegensatz zwischen Schein und Sein, vor den Hörern entlarven soll.

150 Solche ironischen Beteuerungen am Schluß einer kleinen Episode liebt Wernher, so gleich wieder V. 152; ferner V. 174; 1090.

166 *röckelîn:* Scheindeminutiv; Näheres s. zu V. 180.

169 Nach österreichischer Kleiderordnung durften Bauern nur an Feiertagen blaues Tuch tragen.

180, 187, 194 *knöpfel*, 199 *knöpfelînen* (vgl. V. 166 *röckelîn*, 677 *röckel*, 643 *kindelîn*) sind Scheindeminutiva (Terminus nach Albert Polzin: Studien zur Geschichte des Deminutivs im Deutschen, Straßburg 1901), wie sie ältere Sprache als Ausdruck besonderer Gefühlsbezogenheit liebt (vgl. mhd. *vingerlîn*, ‚Ring', und ‚das liebe Jesulein' der Pietisten) und wie sie sich noch heute im Schwäbischen und vor allem im Schweizerischen (‚ein

Milliönli'), versteinert auch in hochsprachlichen Bildungen wie ‚Ärmel, Mädel, Mädchen, Märchen', in Redewendungen wie ‚sein Mütchen kühlen, das letzte Stündlein hat geschlagen' und wie im Eichendorff-Lied „In einem kühlen Grunde": „das Ringlein (2 Zeilen vorher heißt es: „Ring"!) sprang entzwei", erhalten haben. Auch Luther verwendet solche gefühlsbetonten Scheindeminutiva reichlich, so wenn er Joh. 13, 33 Jesus die Jünger, den Verfasser des 1. Johannesbriefs 2, 1.12 seine Adressaten mit „kindlin" anreden, Matth. 15, 26 „die hundlin von den brosamlin" unter ihrer Herren Tische essen läßt, Matth. 6, 6 vom Beten im „kemerleyn" spricht (im griech. Grundtext allenthalben Vollwörter und keine Deminutiva!). Im berühmten Lied von der festen Burg wird „ein Wörtlein" in der letzten Zeile der 3. Strophe durch „das Wort" in der 1. Zeile der 4. als (heute regelmäßig verkanntes) Scheindeminutiv erwiesen, ebenso „dörfflin" Joh. 4, 5 seit der Ausgabe von 1530 durch älteres „feld" und πόλις/civitas der Vorlagen. Ferner vgl. V. 643; zu V. 195 und den Dativus ethicus zu V. 1031–33; 1865.

181 Im Mittelalter ist *rôt* das stehende Farbadjektiv zu *Gold*; so häufig im Nibelungenlied.

185 Die Initiale in A dürfte durch graphischen Zwang (s. zu V. 73) in genauer Entsprechung zu V. 104/107 von V. 182 an diese Stelle geraten sein.

188 *selten* bedeutet ‚nie', ebenso V. 289; 937; 1238; 1684. Diese mit den unglücklichen Bezeichnungen ‚mhd. Ironie' oder ‚Litotes' benannte stilistische Eigentümlichkeit (vgl. Alfred Hübner: Die mhd. Ironie oder die Litotes im Altdeutschen, Leipzig 1930), anstatt des gemeinten Extreminhalts ein abschwächendes Adverb zu setzen, entspringt dem höfischen Ideal der *mâze*, das sich vor dem direkten Ausdruck des Äußersten im Positiven wie Negativen scheut und das Geschehen durch solche stilistische Abmilderung herunterzuspielen sucht. Ihre anerkannte Leitlinie ist die ‚aurea mediocritas', die goldene Mittelstraße; vgl. entsprechende Fälle V. 134; 415; 554; 1268; 1566; 1594; noch anders V. 1236. Eine ähnliche Haltung liegt der negativen Ausdrucksweise bei den Wahrheitsbeteuerungen zugrunde; vgl. zu V. 30/31.

192 Zur Verschiedenheit der Ortsnamen in A und B s. S. 37–39 (vgl. auch V. 897 und 1334).

195 Diese Verallgemeinerung, vor allem das *weder ze kleine*, be-

weist, daß *knöpfel* V. 194 nicht deminutiv gefaßt werden darf; vgl. zu V. 180 und 643.

197 Vgl. zu V. 83–85. Durch diese herabwürdigenden Scheltwörter soll der Gegensatz zu der vornehmen Gewandung des *warkus* mit seinen überreichen Knöpfen, die in allen Farben glitzern (V. 200–203), grell hervortreten.

208–210 wieder ein deutlich ironisch gemeinter Bescheidenheitstopos, verbunden mit einer Wahrheitsbeteuerung wie V. 26–31 oder 217–220.

212–214 Dadurch wird Helmbrecht abermals als Narr (V. 83) gekennzeichnet: das Gewand, insbesondere die Kappe des Narren, ist dicht mit klingelnden Glöckchen besetzt.

221 Diesmal hat graphischer Zwang (vgl. zu V. 73) die Initiale in A drei Zeilen höher versetzt; nach dem Willen des ersten Illuminators sollte sie gewiß den Beginn des durch *Als* V. 224 deutlich markierten zeitlichen Handlungseinschnitts kennzeichnen.

228 *stiure:* ‚Unterstützung; Bei-, Aussteuer'; ebenso V. 311 und 1907. Zur strukturellen Bedeutung vgl. S. 22/23 und die Übersicht auf S. 18/19.

229–232 Der Satz ist entsprechend dem von V. 125–130 gebaut; vgl. dort.

232 Mit dieser typisch minnesingerlichen Stabreimformel ironisiert Wernher seinen Helden: Er lebt bereits ganz in den Vorstellungen und im Wortschatz der höfischen Adelswelt, in die er mit aller Macht hineinstrebt. Mehrfach begegnet sie bei seinem erklärten (V. 217) Vorbild Neidhart. Ferner vgl. hier ähnliche Minnesangparodien V. 328; 1002; 1369/70; 1381/82.

242 Der Vater wechselt urplötzlich den Ton: die Ironie (V. 234 *in spotte*) V. 235–241 löst in schroffer Wendung der andringende Ernst der Worte V. 242–258 ab, mit dem er das Herz des Sohnes zu erreichen und zu bewegen sucht. Diesen Bruch verleimt Wernher formal, indem er ihn in ein Reimpaar legt: *vinde / erwinde*; vgl. einen entsprechend unvermittelten, aber ähnlich verknoteten Umschlag V. 1392.

247–249 Siegfried Gutenbrunner hat darauf hingewiesen, daß die äußerlich so ruhigen Worte des Vaters die erschütternde Qual des um den Sohn bangenden Vaterherzens verbergen und zugleich verraten: die körperliche Kraft erfordernde Arbeit, den Pflug in die Ackerfurchen zu drücken, ist die Aufgabe des auf der Höhe des Lebens stehenden Bauern; die leichtere, das Rindergespann zu führen und anzutreiben, die der Kinder oder der Alten. Um den Sohn zu behalten, ist der Vater zum äußersten Opfer bereit: dem Jungen den Hof zu übergeben und selbst ins Ausgedinge zu gehen. Doch auch diese schier übermenschliche Selbstüberwindung des Vaters bleibt auf das verstockte Herz des vom höfischen Glanz geblendeten Sohns ohne Eindruck. Vgl. im Zusammenhang damit zu V. 280–283 und noch einmal V. 307/308.

254 *verrâtære* (vgl. V. 115 *verrâten*): nicht ‚Verräter', sondern jemand, der einen verkehrten Rat gibt und dadurch in die Irre führt, dann auch diese Folge allein.

264/265 Wieder ist ein Geschehen aus der höfischen Sphäre *(rîten)* in grotesker Metapher ins bäuerliche Milieu verfremdet und dann unmittelbar neben die konkrete Wirklichkeit von V. 266/267 gestellt.

272–276 Die Häufung der anaphorischen *und mînem/r* bewirkt, daß man förmlich vor sich zu sehen meint, wie eitel Helmbrecht um sich blickt auf diese Dinge, die ihn seiner Meinung nach zum Ritter machen.

280–283 Noch in einem zweiten Anlauf versucht der Vater den Sohn zurückzuhalten, indem er ihn mit dem lockt, was das Herz jedes jungen Bauern höher schlagen lassen muß: Mit der Heirat pflegt der junge Bauer den Hof seines Vaters oder Schwiegervaters zu übernehmen und damit selbständiger Bauer zu werden. Aber auch des Vaters ungeschminkte Ausmalung des Gegenbildes V. 284–297 verfängt nicht. Auf künstlerischer Absicht Wernhers dürfte es beruhen, daß der Vater den in diesem Zusammenhang wichtigen Namen des Meiers *Ruopreht* im 3. Vers seiner Worte (V. 281), der Sohn ihn im drittletzten Vers (V. 326) seiner schroffen Abweisung nennt. Auf diese Weise wird dieser dritte Schlagabtausch in der ersten Gesprächsrunde zwischen Vater und Sohn (V. 279–328) durch symmetrische Spiegelung gerundet. Solche achsensymmetrische Durchgestaltung kleinster Erzähleinheiten hat Heinz Rölleke in seiner Ausgabe dreier Kurzerzählungen des etwa gleichzeitigen Konrad von Würzburg (hier UB Nr. 2855/55a) für den Prolog (S. 138 unter 7) wie den Epilog (S. 144) des „Herzmære" nachgewiesen; vgl. dazu dens. „Zum Aufbau des Herzmære Konrads v. W.", ZfdA 98 (1969) S. 126–133.

287/288 Diese Aufforderung des lebenserfahrenen Alten an den tumben Jungen entspricht derjenigen, die Hartmann von Aue mindestens ein halbes Jahrhundert zuvor in seiner Legende 1451/52 den älteren Klosterabt dem jungen Gregorius – ebenso vergeblich! – vor dessen Ausfahrt in die Welt geben läßt, um ihn vor deren Gefahren zu bewahren: *und volge mîner lêre, / sô hâstû tugent und êre.* Wernher variiert sie noch einmal V. 331/332.

289–291 Die weltanschaulichen Kernworte, die den Sinngehalt des Märe aussprechen und verständlich machen: der *orden*, die *ordenunge*, ist die von Gott unverrückbar festgesetzte ständische Gliederung der Menschenwelt; vgl. S. 8–10. Zur richtigen Übersetzung von *selten* s. zu V. 188.

319–321 Zu den stilistischen Feinheiten einer durchgebildeten ars rhetorica gehört die Überkreuzstellung (der Chiasmus) bei zweigliedrigen Doppelformeln: die *schuohe* gehören zum *fuoz*, die *hosen* zum *bein*; also

fuoz *bein*

hosen *schuohen;*

vgl. ganz entsprechend V. 1541/42, 1546/47, 1890/91.

322 *geziunte zûn:* Die im Deutschen nicht sonderlich häufige, doch dem Latein insbesondere der Vulgata geläufige figura etymologica liebt Wernher ungemein; vgl. V. 568 *bûwent/gebûren*; 580 *troumte ein troum*; entsprechend 603/604; 617/618; 1065 *gesmit kein smit*; 1204/05 *slüzzel/sloz*; 1614/15 *sigenünfte/gesigete*; 1728/29 *slahen/slege*; 1816/19 *gebûre/gebûwen*; 1920/21 *vart/varent.* Nahe stehen ihr die grammatischen Reime 776/777 *Wint/Winden*; 1147/50 *getete/getân*; 1627/29 *gebunden/banden*; vgl. ferner die Wortspiele V. 47/48; 148; 518; 1039; 1644.

328 *verligen:* wörtlich ‚durch zu langes Liegen in Trägheit versinken': *durch wîp verligen.* Wie schon V. 232 schließt Helmbrecht seine Rede überspitzt großartig mit einer typischen Wendung der hochhöfischen Minneauffassung, für die Hartmanns Erec den berühmten Beispielfall in der mhd. Epik abgibt. Der Vers stimmt fast wörtlich zu Hartmanns Formulierung im Blick auf Erec im „Iwein" V. 2790; vgl. ferner dort V. 2794; 2864; 2877. Beachtenswert ist, daß Helmbrecht seine Zurückweisung

V. 327/328 als gleichsam parodistisch aufgenommenes Echo mit demselben Reimpaar in umgekehrter Folge schließt, das der Vater V. 285/286 in seiner Warnung gebraucht hatte. Darin enthüllt sich von der Sache her die Verkehrung, die der darin ausgedrückte Inhalt durch den Sohn erfährt.

331–336 die gleiche Lehre wie V. 287/288 mit Vorausdeutung auf das 4. Gebot (V. 757) und seine Verletzung durch Helmbrecht.

347 *(ge)dingen* bewahrt noch die konkrete Sachbedeutung des Neutrums *ding*, ‚Gericht, Gerichtsverhandlung', von dem es abgeleitet ist. Mhd. *ding* selbst ist inhaltlich völlig verblaßt wie heute im Nhd.; so z. B. V. 570; 1052.

347/348 Derart scharfe Zeilensprünge (Enjambements) meidet Wernher nicht; vgl. noch V. 19/20; 296/297; 471/472; 680/681; 347/348; 358/359; 958/959; 970/971; 1192/93; 1213/14; 1258/59; 1291/92; 1727/28; 1442/43; 1714/15; 1769/70; 1877/78; 1890/91.

351 *dîn:* Gen. zu *oberhant.* Wie hier steht im Mhd. der Gen. für gewöhnlich *vor* dem Substantiv, von dem er abhängt; vgl. etwa V. 466, 467, 468, 565, 602, 1013, 1032, 1494, 1584, 1664, 1801; vgl. zu V. 29/65 und 114. Entsprechend steht der Konditionalsatz vor *bist dû* V. 352, wovon er abhängt; vgl. zu V. 125–130; 229–232.

354 nämlich: um dich zu verteidigen.

354/355 Anspielung auf und Zitat aus Jesu Bergpredigt von dem Mann, der seinen Widersacher dem Richter überantwortet, der ihn in den Kerker wirft (Matth. 5,26): „Ich sage dir wahrlich, du wirst nicht dannen (h)erauskommen, bis du auch den letzten Heller bezahlest" (Luther) (auf den ‚Pfennig' wird noch einmal V. 1884 angespielt). Die Verwurzelung des Sinngehalts des Märe in Gottes Wort und seinem biblischen Zeugnis wird damit deutlich; vgl. zu V. 115/116; 519–544; ferner zu V. 757.

363 *büne,* nhd. Bühne: urspr. das Podium, ein mit Planken belegtes Brettergerüst, auf dem gespielt wurde, damit die Zuschauer die Vorgänge auf ihm von allen Seiten sehen konnten. Allgemein in älterer Zeit der auf die gleiche Weise hergestellte erhöhte Platz, auf dem bei öffentlichem Gastmahl die Vornehmen speisten.

370 Wieder steht der Nebensatz V. 370–373 *vor* dem Hauptsatz V. 374, von dem er abhängt; gleich darauf ebenso V. 376–378; vgl. ferner zu V. 125–130.

378 *ein wint:* im Mhd. redensartlich für ‚nichts'; ebenso V. 617; 1482.

399/402 Diese Zahlenangaben sind keineswegs willkürlich, sondern stehen in festem Bezug zu bestimmten Gegebenheiten der Erzählung: 10 deutet auf die Zehnzahl der Räuber voraus (vgl. S. 25); 7 weist auf die 7 *webære* V. 137 zurück (Ruh, ZfdPh 86 S, S. 11) und darüber hinaus, wenn auch der Zeit kaum mehr bewußt, auf die septem artes liberales, die die Summe aller mittelalterlichen Weltkenntnis und -klugheit in sich begriffen. Diese Klugheit hat der alte Helmbrecht beim Hengstkauf vermissen lassen.

419 *huote* bezeichnet hier die väterliche *munt* (urverwandt lat. manus ‚Hand') über Frauen und Kinder, die ihnen Schutz gewährt und zugleich die Verfügungsgewalt über sie einschließt. Helmbrecht bittet den Vater, ihn daraus zu entlassen, weil er mündig, selbständig und selbstverantwortlich sein will.

425/427, 435 *zuht:* hier synonym zu *huote* V. 419 für juristisches *munt.*

426 wohl undeutlich gewordene rechtsgeschichtliche Lossagungsformel zwischen Verwandten *(neve)*, die nichts mehr miteinander zu tun haben wollen; wörtlich findet sich der Vers wenig später dreimal in Ottokars von Steiermark Österreichischer Reimchronik.

437/438 düstere Vorausdeutung auf Helmbrechts Geschick V. 1708. Solche Vorausdeutungen sind literarisch besonders bekannt vom Nibelungenlied her; in ihm erfüllt die die Strophe schließende 4. Langzeile nicht weniger als 104mal diese die Handlung beschattende Funktion. Weitere Vorausdeutungen V. 580 ff. die vier Träume des Vaters; 676; 680–692; 1301–24; 1567–72; 1577–79.

437–440 Zur Funktion des Vierreims mit identischem Mittelglied s. S. 31–33.

447 beliebte Stilfigur des Merismus für ‚alle'. Das Ganze wird durch zwei bildhafte Extreme ausgedrückt, die an seinen äußersten Enden polar einander gegenüberstehen; so etwa noch in den folgenden Zwillingsformeln *weder ze kleine noch ze grôz* V. 195, *naht unde tac* V. 531, *arme unde rîche* V. 548, 954, *übel unde guot* V. 637, *tür unde tor* V. 835, *gadem unde schrîn* V. 837, *veizt und mager* V. 868, *den fremden und den kunden* V. 1202, *kalt oder warm* V. 1222, *spâte unde fruo* V. 1476.

480 *ze Rôme:* als dem Sitz des Papsttums, das die kirchlichen Bestimmungen erläßt.

483/485 *edel:* Adj. zu *adel,* bezeichnet zunächst nichts anderes als konkret die adlige Abstammung; sehr deutlich wird das V. 496 und 501. Gegensatz: ‚von geringer, niedriger Herkunft' V. 491 *laz,* 495 *man von swacher art,* 500 *des swachen mannes kint.* Doch wird *edel* schon im 13. Jh. auch auf die adlige Gesinnung übertragen (vgl. V. 503, 505) und von daher bald allgemein zur Bezeichnung einer solchen Gesinnung ohne Rücksicht auf die blutsmäßige Abkunft ihres Trägers gebraucht. An dieser entscheidenden Transposition ins Geistig-Sittliche hat Gottfrieds „Tristan" starken Anteil.

516/517/519 Die Differenz der übereinstimmenden *S*-Initialen um ein Verspaar (B 517, A 519) ist geradezu der mit Händen zu greifende Beweis, wie an dieser Stelle graphischer Zwang in einer oder mehreren der Vorlagen-Handschriften mit eingerückten Versen wirksam gewesen sein muß (s. die vergleichbare Differenz V. 835/839). Vom Redeeinsatz des Vaters V. 516 hat ihn der Schreiber von B (oder einer seiner Vorgänger) mechanisch auf die nächste Zeile mit der stereotypen Redeeinleitung (entsprechend also der vorhergehenden Initiale in V. 509), der von A dagegen sinnvoll, wenn auch falsch, auf die in der dritten Zeile folgende Anrede *sun* verlegt (vgl. zu V. 73). Das Richtige hat keiner der vorauszusetzenden Schreiber oder Handschriftenilluminatoren erkannt.

518 *beste / bœs(t)e:* beliebtes mhd. Wortspiel; vgl. zu V. 47/48; 148; 1039; 1644 und allgemein zu V. 322.

519–544 Die eindringliche Struktur der *weder*(‚wer von beiden' V. 522, 538; dazu *welhes* V. 527, *swelhez* V. 534)-Fragen des Vaters und die knappe, in ihrem Ernst merkwürdig aus dem Rahmen fallende Antwort des Sohns (V. 539–542) erinnern an die Entscheidungsfragen, die Jesus Luk. 7, 41 ff. („welcher unter denen") an Petrus wegen zweier Schuldner eines Gläubigers und 10, 36/37 („welcher unter diesen dreien") an einen Schriftgelehrten wegen des barmherzigen Samariters richtet, mit Einschluß ihrer Antworten und Jesu abschließender Zustimmung. Diese Modellentsprechung dürfte kaum zufällig, diese Helmbrecht-Szene jenen biblischen Vorbildern verpflichtet sein (vgl. V. 354/355).

531 Die für uns ungewöhnliche Folge *naht unde tac* beruht nicht etwa auf Reimzwang (oder -not : *mac*), sondern stellt die zwil-

lingsformelhafte (s. zu V. 447) Verfestigung der Tatsache dar, daß die Nacht für die Indogermanen infolge des hirtenkundlichen Charakters ihrer Wirtschaft größere Bedeutung als der Tag besaß; vgl. *spâte unde fruo* V. 1475 und noch heute die Funktion des Mondes (= Monat!) als Zeitmesser, ‚Weihnachten, Fastnacht, Zwölfnächte'. Zum Gewicht der beiden Glieder einer alten Zwillingsformel vgl. zu V. 647.

541 adversatives, nicht (wie bei uns ausschließlich) anreihendes *und* in der Bedeutung ‚dagegen; vielmehr'. Nach älterer Weise im Mhd. nicht selten; vgl. etwa, wenn Wolfram im „Parzival" erzählt: *sîner muoter er gesweic / mit rede, und in dem herzen niht*, ‚mit Worten, nicht *aber* in seinem Herzen', oder Konrad von Würzburg im „Trojanerkrieg" doziert: *an troume sol ein altez wîp / gelouben unde ein ritter niht*, ‚*doch, dagegen* kein Ritter'. Diese Verwendung reicht noch bis ins Nhd., häufig z. B. in der Lutherbibel: Mark. 1, 25 bedroht ein Mensch mit einem unsaubern Geist Jesus, „vnd Jhesus bedrawete yhn", dagegen in der Nachrevision von 1975 „Jesus aber bedrohte ihn"; entsprechend 1, 45 zieht sich Jesus vor der andrängenden Menge in die Einsamkeit zurück, „vnd sie kamen zu yhm von allen enden", geändert in: „doch sie kamen . . .". So selbst noch in Goethes „Faust" I, 2039 die Worte des Teufels: „Grau, teurer Freund, ist alle Theorie / und [= ‚doch'!] grün des Lebens goldner Baum".

554–556 *manec* (nhd. ‚manche') bedeutet im Mhd. ‚viele' (so auch V. 1268), für gewöhnlich durch ‚multum' glossiert; *vil manec* also ‚alle'. Vgl. zu V. 188 *selten*.

564–566 Helmbrechts persiflierender Vergleich seines Vaters mit einem Kreuzzugsprediger gibt den einzig sicheren terminus ante quem für die Entstehung von Wernhers Märe: Er konnte von den Hörern nur so lange mit Schmunzeln quittiert werden, als die Kreuzzüge noch nicht gescheitert waren. Entgegen allen hochgespannten Erwartungen der Christen trat dies ruhmlose Ende 1291 mit dem Fall von Akkon ein.

565 wieder vorangestellter Gen. Pl. zu *her*; vgl. zu V. 351.

569 d. h., sie werden nie reich.

580–634 Die vier Träume des Vaters sind eine immer mehr sich steigernde düstere Vorausdeutung auf Helmbrechts schreckliches Ende; vgl. die erste klare Vorausdeutung V. 437/438.

581/582 Die beiden Lichter verweisen in der typisch mittelalterlichen Art *bezeichenlîchen* Sprechens auf Helmbrechts Augen, die erlöschen, als sie ihm der Büttel (V. 1688) aussticht; vgl. V. 1644.

624–631 Rabe und Krähe gelten als Totenvögel, weil sie das Aas vom Galgen fressen. Vgl. zu 18 Schluß.

643 *kindelîn:* Scheindeminutiv. Hier handelt es sich deutlich nicht um Säuglinge und Kleinkinder; des Meiers Kinder sind sämtlich erwachsen: die heiratsfähige Gotelint, ihre bereits verheiratete Schwester (V. 1416/17), Helmbrecht und die jüngeren Söhne, die sich laut V. 364/365 mit dem väterlichen Pflug abrackern sollen. Vgl. zu V. 180; 195.

645 *uns:* Trotz aller Formelhaftigkeit des Abschiedsgrußes ist zumindest in Helmbrechts Gefühl das Band der Zusammengehörigkeit mit den Seinen noch nicht zerrissen.

647 Der Vater übt als pater familias die *munt* über alle Familienangehörigen (vgl. zu V. 419 *huote*); darum hebt Wernher gegenüber V. 641 noch einmal eigens die förmliche Verabschiedung vom Vater heraus. Das ist der entscheidende Grund dafür, daß der Vater in Aufzählungen, die im Mittelalter bis weit in die Neuzeit hinein nach dem Gewicht ihrer einzelnen Glieder (vgl. zu V. 531!), nicht, wie bei uns, nach Höflichkeitserwägungen *(ladies first!)* angeordnet werden, an erster Stelle steht; vgl. V. 641–643; 706; 1053; 1097 und selbst V. 1454/55!

663–675 Die unerhörte, durch keine Rücksicht gedämpfte Raublust Helmbrechts drücken die unerbittlich wiederholten, asyndetisch gereihten Anaphern *er nam* und *ez wære* sprachlich großartig aus.

676 knappe Vorausdeutung im Stil der Nibelungenstrophen-Schlußzeile *(sider = sît!)*; ausgeführter dann V. 680–683 mit Wahrheitsbeteuerung; vgl. zu V. 437/438.

684–686 Die eigentümliche Schiffahrtsmetaphorik „steht in einer literarischen Überlieferung [. . .] von der Antike her" (Fechter 79/80). Für Wernher dürfte hier Hartmanns Bild im „Erec" 7795–97 *(sô er den wint ze wunsche hât / und im sîn schef âne angest gât)* Pate gestanden haben (Hinweis von Ruh, Ausgabe, S. 85).

695, 798 *got der guote*: formelhafte Verbindung, z. B. Altdeutsche Genesis 772, 1648; Hartmanns „Gregorius" 920, 929; „Orendel" 667; in der Beteuerungsformel *summe den goden got!* „Redentiner Osterspiel" 1740. *gut* bezeichnet nicht nur, wie für uns heute, eine sittliche, sondern auch, wie hier, eine religiöse Qualität ‚pius, fromm, heilig'; daher der Titel von Hartmanns Büßerlegende „Von dem guoten sündære" 176. Später wird es durch ‚fromm' verdrängt, so in evangelischen Kirchenliedern „der fromme Gott": EKG 280,1 Albrecht von Preußen 1554; 191,5 Cornelius Becker 1602; 383,1 Johannes Heermann 1630; „Fromm ist Gott" Paul Gerhardt 1653.

702, 708, 712: Die Fülle der Fragen soll das Publikum zu unmittelbarer Beteiligung am Erzählgeschehen herausfordern.

708 Noch heute pflegt man dem Überbringer einer frohen Nachricht in überströmender Freude etwas zu schenken.

709 In der mhd. Dichtung ist die Umkehrung des Ausdrucks für ein starkes Gefühl ins Gegenteil beliebt: nicht mit Fluchen, sondern mit Bezeugungen der Freude wurden dem Knecht Hemd und Hose geschenkt. Vgl. den häufigen Ausdruck der Wahrheitsbeteuerung ex negativo zu V. 30/31; 1236.

715–718 Wieder ist die abschnittsverbindende Funktion des Vierreims mit einem identischen Band *(sîn)* für die Überbrückung des nicht markierten Einsatzes der ganz und gar unerwarteten, alle verblüffenden Begrüßungsworte Helmbrechts zu beachten! Vgl. zu V. 437–440 und S. 31–33.

726, 755 *dê ûs sal:* Diese Worte sind kein Beweis für Französischkenntnisse Wernhers. Der altfranzösische Gruß war aus Gottfrieds „Tristan" wohlbekannt, wo er öfter erklingt (und von den besten Handschriften so geschrieben wird wie in A und B; vgl. Ausgabe von Karl Marold 741; 2679; 3351/52; 4025).

734, 776 d. h. ein Volksangehöriger einer der beiden dem Innviertel bzw. dem Traungau am nächsten wohnenden slawischen Nachbarn. Unter ‚Böhmen' sind die slawisch sprechenden Landeseinwohner, nach heutigem Sprachgebrauch also die Tschechen, zu verstehen, unter ‚Winden' die Slowenen im Südosten der Alpen, von den dortigen Deutschen bis heute so genannt (vgl. Wolframs „Parzival" 496, 17 *ein werdiu windisch diet* in *Stîre* (Steiermark) 499, 8; ferner Ortsnamen mit ‚Windisch'- und auf -‚winden', selbst in der Oberpfalz ‚Windischeschenbach, -bergerdorf'), nicht dagegen die heutigen ‚Wenden' im Spreewald in der Niederlausitz. Darunter verstand man im Mittelalter die Gesamtheit der slawischen Völker auf dem damaligen deutschen Reichsboden wie Sorben, Dravänopolaben, Liutizen, Pomeranen, Kaschuben und Slowenen.

742 *phaffe:* hier wie im ganzen Mittelalter sachliche Berufsbezeichnung; den abwertenden Charakter eines Schimpfworts hat es erst in der zügellos-geifernden Polemik der Reformationszeit bekommen.

757 Das 4. Gebot, hier im Wortlaut der Redesituation und dem Reimzwang angepaßt, lautet in der vielleicht nur eine Generation jüngeren ersten deutschen Bibelübersetzung des Mittelalters 2. Mose 20, 12 (wiederholt Luk. 18, 20) *Ere deinen vatter vnd dein muotter.* Angesichts der Freiheit, die sich das Mittelalter beim Zitieren mit unreflektierter Selbstverständlichkeit nahm (im Gegensatz zu unserer Forderung, ein Zitat wörtlich wiederzugeben), erweist das erstaunliche Phänomen der unverhältnismäßigen Nähe des Wortlauts die starke Verwurzelung dieser Prägung in der biblischen Tradition. Sie ist auch in der mitteldeutschen Evangelienübersetzung von 1343 für den Halleschen Klosterbruder Matthias von Beheim noch unverändert bewahrt. Helmbrechts rücksichtsloser Verstoß gegen dies Gebot ist eine nicht minder unsühnbare Auflehnung gegen Gottes *ordenunge* wie der Mutwille, mit dem er die gottgesetzten Standesgrenzen durchbricht (vgl. V. 289–291); schon V. 333–335 hatte der Vater unterschwellig darauf angespielt.

760/761 Dies Angebot erniedrigender Knechtsarbeit läßt wieder einen Blick in die tiefe Verzweiflung des Vaterherzens tun, ähnlich dem Angebot der Übergabe des Bauernhofs V. 247 bis 249; 280/281; 360.

775–778 Dieser grammatische Reim (solche nur noch V. 1147–50 und 1627–30; dazu die unechten V. 1460/61 und 1484/86) mit kunstvoll chiastischer Stellung (vgl. zu V. 319–321 und 1890/91) der semantisch einander entsprechenden Bänder erfüllt eine ähnliche Funktion wie die Vierreime mit einem identischen Band V. 437–440 und V. 715–718: Er überbrückt den plötzlichen Umschlag in der Haltung des Vaters, der in diesem Augenblick, versinnlicht durch den unvermittelten Übergang vom selbstverständlichen vertrauten *du* zum fremd-distanzierenden *ir*, mit Helmbrecht bricht und ihn wie einen Fremden behandelt, mit dem ihn nichts verbindet. Mit ihm leistet sich Wernher zudem angesichts der Doppeldeutigkeit von *Wint/ Winden* (stets im Reim; vgl. zu V. 378) in Wolframscher Manier einen natürlich auf die Wirkung bei den Zuhörern berechneten Sprachwitz (Boesch 45/46).

777, 787 Reine Ländernamen in unserem Sinne gibt es im Mittelalter nicht; sie werden, wie hier syntaktisch deutlich erkennbar, vertreten durch den Dativ Pl. der Bezeichnung des einzelnen Volksangehörigen. Aus der Versteinerung der artikellosen Formen (V. 787; vgl. auch V. 745) sind dann die meisten dieser Ländernamen (formal charakterisiert durch die urspr. Endung des Dativ Pl. *-en*) entstanden, z. B. ‚Sachsen, Franken, Böhmen, Bayern, Hessen' usw.

783 selbst wenn ich so reich wäre, erlesene Fischgerichte auftragen lassen zu können; vgl. V. 462/463.

788/789 zu ergänzen: um euch aus ihm selbst zu beköstigen, da ihr bei mir nichts zu essen bekommt.

792 Solche zeitdehnenden Bemerkungen zum Ausdruck dafür, wie unendlich langsam jemandem die Zeit vergeht, liebt Wernher; vgl. V. 650/651; 792; 1093/94; 1119; ferner auch V. 1206 und das Zahlenspiel V. 399–402.

793 Auch Bier und Wein erscheinen hier als Herrengetränke (vgl. V. 891); der Bauer trinkt nach V. 891–897 frisches Quellwasser.

798–804 Die Lebhaftigkeit dieses ‚inneren Monologs', wie wir sagen würden, (durch V. 797 und den Neuansatz V. 805 unzweideutig gekennzeichnet) führt dazu, daß Helmbrecht die Eltern im Geiste unmittelbar anredet, obschon sie ihn nicht hören können. Diesen psychologisch sehr feinen Zug, der in der Erzählung durchaus nicht allein steht (vgl. zu V. 247–249; 280 bis 283; 307/308; 836–838; 1776–78; 1812/13), verkennt die wegen angeblich mangelnder Logik allzu bequem sich anbietende Konjektur *in* der meisten Herausgeber statt des handschriftlichen *iu* V. 799 gröblich (Ganz 33). *iu* stellt die textkritisch in solchen Zweifelsfällen stets zu bevorzugende lectio difficilior dar. Vgl. V. 1378/79, 1580–82 und einen ähnlichen Einwand zu V. 1023–35.

806, 808, 813, 814: Der Vater beharrt zunächst starrköpfig bei seiner angenommenen Fremdhaltung.

807–834 Diese Szene lebt aus dem Wechsel der sie inhaltlich kennzeichnenden, dauernd wiederholten Fahnenwörter *heizen* und *nennen* V. 807, 808, 809, 814, 819, 823, 826, 829, 831, 832, 834.

816–832 Diese prachtvolle Episode zeigt, wie tief und selbstverständlich der junge Helmbrecht trotz des dazwischen liegenden Raubritterjahrs noch immer der väterlichen Bauernwirtschaft verhaftet geblieben ist (vgl. zu V. 1129–40).

819, 823, 827, 831 Zur Etymologie der vier Ochsennamen vgl. Ulrich Bentzien: Deutsches Jahrbuch für Volkskunde 14 (1968) S. 39, Anm. 1.

828 Helmbrechts Eitelkeit ist und bleibt einer seiner hervorstechendsten Wesenszüge, selbst wenn er nachgibt.

835–838 Man hört förmlich, wie dem Vater ein Stein vom Herzen fällt: überglücklich geht er in der Anrede sofort zum altvertrauten *du* über; vgl. zu V. 775–778.

843–897 Der junge Helmbrecht wird zu Hause aufgenommen wie der verlorene Sohn im biblischen Gleichnis Luk. 15, 11–32 (darauf verweisen Hanns Fischer, PBB 79 [1957] S. 91–93, und Friedrich Neumann, WW, Sammelband II [1963] S. 245); jedoch im Gegensatz zu jenem *schlägt er* eben nicht *in sich*, sondern bleibt in seiner Verstocktheit der verlorene Sohn!

862 Die Großartigkeit der Bewirtung des Heimgekehrten spiegelt sich sprachlich im absichtsvoll wiederholten *getragen (dar)* V. 862, 872, 883, 890 der Speisen und dem ironisch abschnappenden *treit uns niemen her* V. 898 des eigenen Verzichtenmüssens.

898 Zur Zuordnung dieses Verses s. S. 50. Wernher liebt es offensichtlich, eine Kleinszene durch einen nicht mehr direkt zu ihr gehörigen zweiten Reimvers abzuschließen, in dem er seine Rolle als Erzähler einen Augenblick aufgibt und, sich gleichsam über die Handlung hinwegsetzend, unmittelbar als Autor sich mit seinem Publikum augenzwinkernd über die parodistische Auffassung des eben Vorgetragenen verständigt. Vgl. die Verse 1090, 1482 und, etwas anders, 1048 an funktional entsprechenden Stellen. In den beiden ersten Fällen macht B den Einsatz des darauf folgenden Erzählabschnitts durch Initiale deutlich: V. 899 *Dô*, 1091 *Nû*. Ohne solche Auszierung hebt der Fortgang der Geschichte V. 1483 kennzeichnend ebenfalls mit dem Initialwort *Dô* an (vgl. V. 155; 403; 899; 913; 1383; 1483; 1575; 1761; ferner zu V. 1049 und zu V. 107).

899–912 In diesem Abschnitt umklammert zweimaliges *frâgen* V. 901 und 911 kunstvoll viermaliges *sagen* V. 904, 905, 909, 910.

913 Mit *Wîlen*, mit dem, wie die Initialen zeigen, ein neuer Abschnitt beginnt und das in sachlicher Antithese zu V. 912 *niuwen* steht, blendet die Erzählung – für das Verständnis des Ganzen notwendig – in die Vergangenheit zurück, als der Vater

so jung war wie jetzt sein Sohn. Die Durchführung im einzelnen ist immer wieder auf den Gegensatz von *dô*, ‚damals' (V. 913, 919, 964, 972), und *nû*, ‚heute' (V. 923, 965, 974, 982, 985), abgestellt.

925–963 Die Beschreibung der höfischen Freuden in ihren verschiedenen Formen mit Kampfspielen (V. 925–938), Tanz und Gesang (V. 939–954), Vortrag beliebter Dichtung (V. 956/957) und allgemeiner geselliger Unterhaltung (V. 958–963) ist ein beliebter Topos mittelalterlicher Dichtung, der wiederum in die Antike zurückreicht. Der besondere Reiz von Wernhers Schilderung liegt darin, daß die Dinge von einem Außenstehenden gesehen werden, der diese Welt nicht kennt und versteht, und in einer Plastik und Gegenständlichkeit dargestellt sind, die entsprechende Beschreibungen selbst berühmter Namen weit hinter sich lassen (Fechter 85).

957 offenbar eine der volkstümlichen Fassungen des Epos vom „Herzog Ernst".

963 *jagen* und *birsen*, nhd. pirschen (höfisches Modewort aus dem Französischen seit Ausgang des 12. Jh.s), sind, wie die Übersetzung anzudeuten versucht, damals noch keine Synonyma (Ruh, Ausgabe, S. 86).

970 *reht* umfaßt im Mittelalter alles, was nach dem Sittengesetz wie nach öffentlichem Recht im Verhältnis der Menschen untereinander unbedingt verbindlich ist. Ambivalent also bezeichnet es sowohl die gesetzliche Ordnung, die andere Menschen mir gegenüber zu wahren haben, mein Recht also im heutigen engeren Sinne, wie zugleich die (sittlichen) Forderungen, die ich gegenüber anderen zu erfüllen habe, also nach heutigem Sprachgebrauch meine Pflicht. Deutlich ist *reht* hier in diesem umfassenden Sinn gebraucht. Solch weiter Begriffsumfang (oft unter Einschluß des Gegenteils) ist für alle älteren Sprachstufen charakteristisch; vgl. zu V. 1010.

977–980 nennt die drei aufsteigenden Grade der mittelalterlichen Werteordnung: utile, honestum, summum bonum = *guot* und *êre, daz dritte ist gotes hulde, / der zweier übergulde,* wie Walther im 1. Reichsspruch L. 8, 16/17 formuliert hat (Hinweis von Herbert Seidler 27).

985 Die Initiale sollte natürlich *Daz* von V. 984 als Beginn der ausführlichen Darlegung des Jungen (bis V. 1019) herausheben.

Aus graphischem Zwang (s. zu V. 73; 517) ist es an den Anfang des ebenfalls mit *Daz* beginnenden folgenden Verspaars geraten.

991/992 Helmbrechts Reimpaar wirft das gleiche Band V. 945/946 aus des Vaters positiver Schilderung wahrhaft höfischen Treibens als Echo in parodierender Absicht zurück. Vgl. zu V. 328 Ende.

993 *veil:* käuflich, nhd. noch in ‚wohlfeil, Waren feilhalten'. Die Zeile besagt also: ‚wo man Wein kaufen kann; in der Weinstube'.

1000 *hôhen muot:* wie V. 232 und 328 parodistisches Spiel mit einem auszeichnenden Fachterminus der höfischen Gesellschaftssprache zur Entlarvung der frevelhaften Unangemessenheit von Helmbrechts Streben und Tun.

1002 Parodie auf die verzückten Anreden der Geliebten im Minnesang durch Übertragung in die profane Welt der Trinkstube; vgl. entsprechende Wendungen V. 232; 328.

1005 ist entsprechende Parodie.

1007/08 klangliche Heraushebung dieser abschließenden Sentenz über die gegenwärtige höfische Art durch zusätzlichen Binnenreim *liegen : triegen.*

1010 ‚fromm', s. zu V. 695. Hier zugespitzt ‚angeblich fromm', also ‚scheinheilig'; vgl. zu V. 970.

1023–35 Die Überzahl der neueren Herausgeber hat diese Verse dem Sohn zugeteilt und die Klageworte des Vaters auf die Zeilen 1020–22 beschränkt. Nach der Übung des Dichters kann jedoch kein Zweifel daran bestehen, daß die Worte des Vaters in diesem dritten Schlagabtausch der ersten Gesprächsrunde nach der Heimkehr bis V. 1035 reichen; mit V. 1036–41 bricht der Sohn hochnäsig und verärgert den Dialog ab. Das beweist nicht nur die Anrede V. 1037 *vater mîn,* die sich stets am oder dicht hinter dem Beginn eines neuen Redeeinsatzes findet, sondern auch die Tatsache, daß in den 3+9 Dialogen vor dem Abschied aus dem Elternhaus der Vater als Gesprächsführer stets (meist: weit) mehr Verse zu sprechen hat als der antwortende Sohn (ausgenommen das zweite unter diesen 12 Gesprächen V. 279–328 mit dem umgekehrten Verhältnis 20 : 30). Jedenfalls wäre das hier angeblich vorliegende Zahlverhältnis 3 : 19 ganz unerhört, während das von mir postulierte 16 : 6 den übrigen aufs ungezwungenste entspricht. So hatten denn auch Haupt, Keinz, Panzer in den ersten Ausgaben und haben kürzlich Gough und Bellmann entschieden. Die neueren Herausgeber wie den modernen Leser stört, daß der Vater das Raubrittertreiben seiner Zeit schildert, das er doch nicht aus eigener Anschauung kennt. Aber dafür gilt zunächst, worauf zu Helmbrechts innerem Monolog V. 798–804 hingewiesen worden ist: Der Vater hat aus den Erzählungen des Sohnes genug gehört, um dies gegenwärtige Raubritterleben in bitterer Ironie nachvollziehen zu können, wie sich schon aus dem Schluß der vorigen Rede des Vaters V. 964–980 ergibt; umgekehrt kennt auch der Junge *die alten site* V. 990/991 aufs genaueste, wie aus seinen Worten V. 1000/01; 1004–19 hervorgeht. Diesen „scheinbaren Rollentausch" hat freilich Nordmeyer völlig falsch gedeutet. Vielmehr haben de Boor (Geschichte der deutschen Literatur III/1, 265; vgl. auch von Tippelskirch 67/68) und Boesch (39; 43) darauf hingewiesen, daß der Vater als Anwalt der *ordenunge* über seinen Stand hinaus das christliche Ethos vertritt und darum auch im Namen des Standes reden darf, der durch seinen Sohn geschändet wird. Indem Wernher den Vater so als Sprachrohr seiner sittlichen Grundüberzeugungen benutzt, macht er sich keine Gedanken über die psychologische Gegründetheit seiner Ausführungen. Nicht überhört werden darf für die rechte Beurteilung die nachäffende Parodie der Helmbrechtschen Schilderung des raubritterlichen Saufgelages mit der verstärkenden Imperativpartikel *-â* V. 986 *trinkâ, herre, trinkâ trinc!* durch ihre höhnische Vervielfältigung V. 1026–29 *heiâ ritter,* [. . .] *jagâ ritter, jagâ jac! / stichâ stich! slahâ slach!* Solche Wiederaufnahmen geprägter Stilfiguren sind nur als Repliken des Gesprächspartners sinnvoll und denkbar, der damit den ihm zugespielten Ball auftrumpfend-höhnisch zurückwirft. Von diesem Stilmittel des parodistischen Echos macht Wernher reichlich Gebrauch; s. zu V. 328 Ende, 991/992, 1273 und 1713–17, 1745, 1749, 1879; variiert erscheint es im Abschnitt V. 1687–97. Mit V. 1036 winkt der Sohn gleichsam gelangweilt von so viel Anmaßung des Vaters ab und verlangt seine Ruhe.

1031–33, entsprechend V. 1865: sogenannter Dativus ethicus, der nicht possessiv (‚für mich') gemeint, sondern aus der Unmittelbarkeit lebendiger Augenblicksrede als unreflektiert-gefühlsmäßige Einbeziehung des Sprechers in das Gesamt des Handlungsvorgangs zu verstehen ist; vgl. heute etwa ‚Du bist mir ein schöner Held!'. Zu einer ähnlich gefühlsgeladenen Ausdrucksweise sachlicher Inhalte vgl. die ausgesprochene Vorliebe Wernhers für Scheindeminutiva; s. zu V. 180.

1032 *der hende* ist wie V. 1322 Gen. Sing., nicht Pl.! Vgl. das eindeutige *hant* V. 1691. V. 1030–33 ist wiederum gräßliche Vorausdeutung darauf, wie es später V. 1688–91 und 1909 Helmbrecht ergeht.

1035 zu ergänzen: als Lösegeld für sich.

1039 *niuwan / niuwen:* Wortspiel ähnlich wie V. 48; 148; 518 und 1644; vgl. ferner zu V. 775–778 Schluß.

1043 wieder eine Anspielung darauf, wie ländlich-einfach es in Helmbrechts Vaterhaus zugeht; vgl. V. 462/463; 893–897.

1049 Abermals sind die Initialen um eine Zeile nach hinten verschoben. Die Erzählung der Ereignisse des nächsten Tages hebt mit Wernhers beliebter Einleitungsfloskel V. 1048 an, sprachlich durch *nû* signalisiert; in dieser Funktion vgl. zu V. 107, ferner V. 985; 795; 635; 405; 104; 57; 1091; 1293; 1463; 1503; 1535; 1651; 1923; ähnlich 697.

1054 *wester:* unter Reimzwang stark abgeschliffen < *westet ir*: Wendung unmittelbar an die Zuhörer (V. 1054–56).

1067 Fuchspelze durften nach den Kleiderordnungen der Zeit nur von Adel und Geistlichkeit getragen werden (Ruh, Ausgabe 87). Das Geschenk ist also für die Mutter unbrauchbar. Das gleiche gilt für die Geschenke an Gotelint (eigens weist Wernher V. 1078/79 darauf hin) und das Gesinde (wiederum mit klarem Hinweis V. 1086/87: der Knecht geht barfuß, und V. 1090: Kopftuch und rote Schmuckbänder tragen keine Mägde!).

1067/68 elliptische Satzkonstruktion, wie sie im Mhd. nicht selten ist und noch heute lebendiger Rede durchaus entspricht: Wernher setzt mit dem Wichtigsten, dem Fuchspelz, V. 1067 im Nominativ als dem Subjekt ein, so daß man einen Hauptsatz erwartet, wechselt dann aber die Konstruktion, indem er ihn zum Akkusativ der vollen syntaktischen Aussage V. 1068 umfunktioniert. Vgl. zu V. 81; 1623–26.

1120/21 So ist Helmbrecht durch das Essen beim Vater abgemagert (vgl. V. 1128), obwohl der alles, was Küche und Keller boten, ihm vorgesetzt hatte; aber der Junge ist durch sein Räuberleben an ganz andere Kost gewöhnt, wie V. 1122 lehrt.

1129–40 Das gerade ist ein Vergehen, das die Bauern, nicht dagegen die Ritter empörte und schädigte. Noch einmal verrät

Helmbrecht sich damit als Bauer und seine natürliche Zugehörigkeit zum Bauernstand! Vgl. zu V. 816–832.

1141–76 Die lächerlichsten Verstöße gegen die feinen Tischsitten bei Hofe werden von Helmbrecht zu schweren Vergehen hochgespielt, die Rache verlangen, um so seine himmelschreienden Untaten vor dem Vater zu rechtfertigen.

1185–1237 Ironie und Satire lieben seit alters solche redenden Namen, um dadurch gleich ein Stück Charakteristik der Genannten zu geben, so z. B. auch in Heinrich Wittenwilers „Ring“ 5315–42; vgl. Bruno Boesch: „Zur Namengebung mhd. Dichter“, DVjS 32 (1958) S. 241–262.

1192 Obwohl Helmbrecht den Vater duzt, redet er ihn in höfischer Weise vornehm als *herre vater* an.

1196/97 klare Trennung der elterlichen Geschwister nach ihrer verwandtschaftlichen Zugehörigkeit zu Vater (Vetter und Base) oder Mutter (Oheim und Muhme), die auf ihrer verschiedenen besitz- und erbrechtlichen Stellung in früherer Zeit beruhte; erst zu Ausgang des Mittelalters verwischt sich diese scharfe Scheidung durch Veränderung der zugrundeliegenden Rechtsverhältnisse; seit dem 17. Jh. werden die vier Bezeichnungen nach französischem Vorbild in Onkel und Tante zusammengefaßt. Die Anordnung der vier Glieder soll die feine höfische Formvollendung zeigen, die sich Helmbrecht bei Hofe abgesehen hat: die Damen gehen den Herren voran, und dabei wieder die Verwandten der Mutter denen des Vaters. Vgl. die umgekehrte Anordnung in den zu V. 647 genannten Stellen.

1206 *einem:* Hier tritt der urspr. scharf ausgeprägte deiktisch-demonstrative Charakter des erst allmählich und spät zum unbestimmten Artikel abgeblaßten *ein* (vgl. auch zu V. 1309 und 1705!) noch kräftig heraus: es ist nicht irgendein beliebiges Jahr (wie im Nhd.), sondern das *eine* Jahr (vgl. V. 684; 811) gemeint, in dem Helmbrecht mit seinen neun Kumpanen das Leben eines Räubers geführt hatte. Ferner vgl. V. 619; 627.

1220 Phantasienamen (der erste wohl an ‚Navarra‘ angelehnt, das aus den höfischen Ritterromanen bekannt war). Beide Namen umspielen deutlich den wichtigsten Grundbegriff zur Charakteristik von Helmbrechts Tun: *narre* (vgl. V. 83 und Sowinski S. 239 unten) und gesellen damit den eindeutig redenden Namen (zu V. 1185–1237) einen verfremdeten Doppelnamen hinzu.

1226–30 groteske Schlußsteigerung der Bilder.

1236 Die Position wird stark untertreibend durch ihre Negation ausgedrückt wie gern im Mhd. Diese stilistische Eigenart gründet in der gleichen Grundhaltung wie die mhd. Ironie; vgl. zu V. 30/31; 188; 709; 1473; ferner V. 1072; 1165; 1551; 1636; 1655; 1753; 1807.

1237 Zur Heraushebung des eigenen Namens am Ende der Aufzählung (Achtergewicht!) tritt vor seiner Nennung durch Fortfall der Senkung eine erwartungsvolle Pause ein. Das metrische Schema verdeutlicht das: o | x́ x | x́ △ | x́ x | x́ ∧ ‖. Vgl. Ulrich Pretzel: „Vers und Sinn. Über die Bedeutung der ‚beschwerten Hebung' im mhd. Vers" in: WW, Sammelband II (1963) S. 231–240.

1244 zu ergänzen: so daß er auf barbarische Weise langsam zu Tode geräuchert wird.

1262–64 Der Schergenbann wird auf Gottes Gerechtigkeit zurückgeführt (V. 1261; 1639; 1650). Hier wieder eine allerdings kaum merkliche Vorausdeutung, die sich V. 1619–26 und 1639 bis 1650 genau erfüllt.

1265 das nämlich, wovon er V. 1268–71 im Rückblick berichtet; vgl. zu V. 1710.

1268 *manege:* mhd. Ironie für ‚viele' wie V. 554–556; vgl. zu V. 188 *selten.*

1273 Durch den unvermittelten Übergang vom bisherigen *dû* (zuletzt V. 1270) zum höfisch-distanzierenden *ir* (so weiter V. 1277; 1288) zahlt der Sohn dem Vater nun mit gleicher Münze heim, was er am Abend der Rückkehr nach Hause von ihm V. 776–814 hatte einstecken müssen. Vgl. entsprechende stilistische Echowirkungen zu V. 991/992 und zu V. 1023–35.

1279/80 Der Reim macht sie bereits zu einem Paar.

1293 Zur Technik des unbezeichneten plötzlichen Szenenwechsels durch einen Vierreim mit identischem Innenglied s. S. 31–33; vgl. ferner V. 437–440 und 715–718. Den Einsatz einer neuen Handlungseinheit signalisiert initiales *Nû* (vgl. zu V. 795; 1049).

1300–24 wieder eine Vorausdeutung; ihre Einkleidung in einen makabren Scherz wirkt besonders unheimlich-grauenhaft und läßt dadurch den Hörer angesichts des nahen Vollzugs erschauern.

1306–12 Die Räucherung bei Nacht soll die Gefährdung durch böse Geister vom Abgeschiedenen fernhalten; vgl. Buch Tobiä 6, 9, 19.

1309 Auch hier schwingt in *ein* (wie V. 1206) die alte deiktisch-demonstrative Bedeutung des sogenannten unbestimmten Artikels im Sinn von ‚jenes bekannte, durch die Sitte bestimmte' (vgl. V. 1322) hinein; also: das Trauerjahr.

1317 für gewöhnlich der linke Fuß, mit dem der Reiter in den Steigbügel tritt, um sich von links aufs Pferd zu schwingen oder um abzusitzen. Damit ist er als Ritter entehrt und erledigt.

1322 *ein:* wie V. 1206, 1309 und 1705 demonstrativ: die Rechte als Schwur- und Schwerthand; mit ihr leistet der Mann den Eid und führt der Ritter das Schwert. *Links* und *rechts* brauchten in beiden Versen nicht eigens genannt zu werden, weil das im Mittelalter zumal einem ritterlichen Publikum selbstverständlich bekannt war und nicht mißverstanden werden konnte. So auch in Laurins Rosengarten, ZfVolkskunde 62 (1966) S. 250.

1325 Lemberslints Versprechen wird durch V. 1327 *ze morgengâbe wil ich ir geben* und V. 1352 *die gib ich ir morgen* fest gerahmt.

1348 *gestrecket:* Fachausdruck der Kürschnersprache für das Auseinanderziehen der Felle (von Tippelskirch 68).

1355–68 Auch diese bewegliche Klage Helmbrechts über das Geschick, das Gotelint mit der ihr vom Vater zugedachten Bauernheirat erwartet (sie soll natürlich komisch wirken und die Lacher auf die Seite des Erzählers bringen), wird durch das in spiegelbildlicher Symmetrie gefugte identische Reimpaar *(wirt dir) sûwer* : *gebûwer* V. 1355/56 und V. 1367/68 fest umklammert (vgl. den entsprechenden Grundriß des Vater-Sohn-Dialogs V. 279–328 zu V. 280–283).

1369/70 Parodie auf den Weckruf des Wächters im Tagelied, der die Liebenden am Morgen zur Trennung mahnt, mit dem zu fester Reimformel geronnenen Band *wâfen* : *entslâfen*; vgl. etwa Dietmar von Aist MF 39, 22/23 und die handfeste Travestie im „Redentiner Osterspiel" 766/767. Nicht zufällig ist eine Verszeile zuvor das Fahnenwort für die hochhöfische Liebesbindung *minne* parodistisch auf die Liebe eines *als unedel gebûwer* (V. 1367) bezogen. Zur gleichen Zielscheibe seines Spotts hatte Wernher typische Ausdrucks- und Anschauungsformen des hochhöfischen Minnesangs bereits V. 232, 328 und 1002 genommen; das Reimpaar 1381/82 folgt fast unmittelbar; ferner in der gleichen Szene V. 1444 und anschließend Lemberslints Verhalten auf Gotelints Zusage V. 1459–62. Mit diesen gehäuften parodistischen Elementen zielt Wernher natürlich auf ein literarisch gebildetes ritterliches Publikum, das sich in jenen minnesingerlichen Formen und Formeln auskannte und über ihre übermütige Verkehrung hier genüßlich schmunzelte (vgl. S. 41).

1378/79, 1386–88 Das Mittelalter war überzeugt, daß außereheliche Beischlaf einer Schwangeren Einfluß auf die Entwicklung ihrer Leibesfrucht habe. Trotzdem ist nicht auszuschließen, daß Wernher, um diese volkstümlichen Vorstellungen durch groteske Überspitzung der Lächerlichkeit preiszugeben, unter Einwirkung der etymologisch zusammengehörigen Reimwörter *getragen* V. 1374 und *truoc* V. 1388 wirklich *an dem arme*, ‚auf dem Arm' (V. 1388), gemeint hat, das A und B übereinstimmend bieten und das zuletzt Gough und Nordmeyer (Publications of the Modern Language Association of America 67 [1952] S. 259–287) verteidigt haben (vgl. in Konrads von Megenberg „Buch der Natur" [1349/50], hrsg. von Franz Pfeiffer [Neudruck Hildesheim 1962], 488, 4–8). Auch die Tatsache der lectio difficilior (wie V. 799; s. zu V. 798–804) spräche dafür.

1391 Wald und Heide sind in volkstümlicher Dichtung, zumal im Volkslied, als locus amoenus der Ort der freien Liebesbegegnung (daher häufig des Mädchens mit dem Jäger oder dem Junker auf der Jagd).

1393 Daß Gotelint den Bruder mit seinem Räubernamen anredet, zeigt, wie völlig auch sie bereits der pseudohöfischen Scheinwelt verfallen ist.

1398–1407 Die anaphorischen *sô* in den Verseingängen versinnlichen, wie Gotelint die Heirat gar nicht erwarten kann. Das verrät auch schon der erste Satz ihres abermaligen Redebeginns V. 1396/97; vgl. zu V. 1511–28.

1399 *wîn* / 1401 *bier:* deutliche Anspielung auf die Aussage des Vaters V. 793 in der Form des parodistischen Echos.

1418/19 derber volkstümlicher Spaß über die Hochzeitsnacht, der öfter bezeugt ist.

1436 In unbezähmbarer Hybris maßt sich Helmbrecht das Recht des Vaters an, dessen Muntgewalt allein die Verheiratung der Tochter zusteht (vgl. zu V. 419; 647).

1444 wieder typisch minnesingerliche Terminologie in ironischer Verwendung (vgl. zu V. 1369/70). Die bewußte lyrische Einfärbung dieser Stelle wird durch den zusätzlichen Binnenreim 1445/46 *sol* : *wol* verstärkt; vgl. zu 1007/08. Mit *im* ist natürlich nicht das zuletzt genannte Objekt *mînen boten* V. 1443, sondern der im Vordergrund der Rede stehende *Lemberslint* gemeint. Im lebendigen Vortrag der älteren Zeit sind solche von unserem Standpunkt unklaren grammatischen Beziehungen ohne Anstoß, weil sie durch Gestik, Mimik und Stimmführung eindeutig zugeordnet werden können. Man denke an die vielen aufeinanderfolgenden *er* im Bibelstil, die abwechselnd verschiedene Gesprächspartner meinen. Selbst Luther hat sie nur gelegentlich durch Einsetzung des Eigennamens zu verdeutlichen für notwendig gehalten. Vgl. ferner V. 1459–61; 1674–77; 1775 bis 1779; 1797–99.

1447–49 Bei fürstlichen Hochzeiten war es üblich, Kleider an die *gernde diet*, an Arme und Bettler und natürlich auch an die Spielleute, zu verschenken; breit wird das z. B. in Hartmanns „Erec" 2166–95 ausgeführt.

1453–55 Die inzwischen eingetretene Zuspitzung der Lage wird scharf dadurch beleuchtet, daß Helmbrecht die Abschiedsformel im Gegensatz zu V. 641–645 differenzierend auf Schwester und Mutter beschränkt, den Vater ausdrücklich vom Segen ausnimmt, indem er ihn mit einer auch sonst literarisch belegten unverfroren-frechen und kränkenden Redensart in euphemistisch-verhüllender Form bedenkt; vgl. etwa Walther L. 49, 20/21 gegen eine Dame, die sein Werben verschmäht: *mir ist umbe dich / rehte als dir ist umbe mich*; ähnlich auch bei Neidhart.

1459–62 Der rohe Räuberhauptmann Lemberslint benimmt sich wie ein vollendeter höfischer Ritter im Minnedienst.

1460/61 Auffällig sind die unechten grammatischen Reime *(ge)-want* : *winde* und V. 1484/86 *(Helm)breht* : *brâhte* (die drei echten sind zu V. 775–778 zusammengestellt). Ob Wernher sie als virtuose Formübersteigerung beabsichtigt hat?

1464–66 Das ist die schlimmste Verletzung ritterlicher Standespflichten, die sich das Mittelalter denken konnte; Witwen und Waisen vor Gewalttat zu schützen gehörte zum selbstverständlichen Ehrenkodex jedes mittelalterlichen Ritters und beruht letztlich auf den Geboten des Moses im Zusammenhang mit dem Dekalog 2. Mose 22, 22/23 (vgl. V. 757).

1473 Die Vorstellung der äußersten Geschäftigkeit sucht Wernher durch eine Ausdrucksweise ex negativo zu erwecken: *vil unmüezec*; vgl. zu V. 30/31; 188; 709; 1236.

1480 *hôchzît* (wörtlich ‚hohe Zeit'): ‚Fest, Festlichkeit, Freudenfest'; ebenso V. 1551; 1556. Erst im späteren Mittelalter auf das Fest der Vermählung verengt und durch das Fremdwort ‚Fest' ersetzt, verdrängt es älteres *brûtlouf(t)*, ‚Hochzeit, Heirat'. Beim Untergang der Nibelungen spricht der Dichter 2056, 4 und 2173, 4 vom Blutrausch des Tötens sogar als von einer *hôch(ge)zît*.

1487–1502 Der Empfang Gotelints durch Lemberslint ist wieder ein Kabinettstück gezielter Parodie auf die typische Darstellung einer solchen Szene in der hochhöfischen Literatur des Mittelalters.

1503–34 Die Darstellung der Eheschließung mit ihrer einzigartigen Verschmelzung volkstümlichen Brauchtums mit der Weiterwirkung vorgegebener Formen aus anspruchsvollster Dichtung (Gottfrieds „Tristan"! Vgl. S. 42/43) ist eine unvergleichliche Meisterleistung Wernhers. Stilistisch ist dabei auf die andrängende Folge der 11 antithetischen *geben* und *nemen* hinzuweisen.

1511–28 Die seit alters in Frage und Antwort feststehende Trauformel ist bis heute verbindlich geblieben. Daß Lemberslint wie Gotelint das geforderte und übliche *ja* abwandelnd erweitern, soll ihre – ganz und gar unhöfische! – unbeherrschte Gier nach der körperlichen Vereinigung charakterisieren. Vgl. zu V. 1398 bis 1407.

1533 Die Hochzeitsgesellschaft wünscht den Neuvermählten im *hîleich* (noch heute mundartlich weit verbreitet als ‚Hillich'), im Hochzeitsgesang, Glück und Heil; so auch in Wittenwilers „Ring" 5293–98 und als Gotteslob im „Ruodlieb" XIV, 89; bei Hartmann wünscht *manec wol sprechender spilman* Erec und Enite bei der Hochzeit *aller sælekeit* (V. 2199–2204).

1538 *briutegom* und *brût* sind die Bezeichnungen der Jungvermählten; so auch V. 1575; 1603; 1610/11; vgl. schon im ahd. Hildebrandslied 21, wo Hildebrand *prût in bûre*, ‚die junge Frau im Hause', mit dem kleinen Sohn schutzlos zurücklassen muß.

1541/42 und 1546/47 Beachte die feinsinnige Überkreuzstellung bei der Aufzählung der Namen und der ihnen zugeteilten Aufgaben:

sô was schenke Slickenwider	*Rütelschrîn was kamerære*
Hellesac der sazte nider	*kuchenmeister was Küefrâz*

Vgl. entsprechend zu V. 319–321; 1890/91.

1566 mhd. Ironie (vgl. zu V. 188): er fand nichts mehr zum Abnagen; das hatten die Spießgesellen mit dem Namensglied *Wolfes-* bereits V. 1552–56 vollständig besorgt. Ebenso V. 1596.

1567–73 die letzte Vorausdeutung vor dem Eintritt der Katastrophe.

1575–1602 Als erste überkommt Gotelint die Ahnung des hereinbrechenden Verhängnisses, stilistisch ausgedrückt in dem anaphorischen *ich fürhte* V. 1578, '83, '86 und der Antithese V. 1579 *nâhen* / 1582 *verre*.

1580–82 Wie Helmbrecht V. 798–804 führt Gotelint in der Angst ihres Herzens wegen des Schicksals, das auf sie zukommt, in unmittelbarer Anrede einen ‚inneren Monolog' mit Vater und Mutter, *daz ich / von iu beiden / sô verre bin gescheiden,* obwohl die beiden zu Hause Gebliebenen sie nicht hören können.

1584 Rückverweis auf Lemberslints Morgengabe V. 1329.

1613 *selpfünfte:* er selbst als fünfter. Der Richter brachte vier Gerichtsdiener, Büttel, Gehilfen, mit.

1623–26 elliptischer Satzbau, wie ihn lebhafte mündliche Rede bis heute kennt: Die Periode setzt mit einem Nominativ ein, der wie das Subjekt eines zu erwartenden Hauptsatzes wirkt; von ihm hängen zwei gleichgeordnete Bedingungssätze ab (V. 1623 *swie* . . ., 1624 *slüege* . . .); V. 1625 aber wird das voranstehende Subjekt (V. 1623 *diep*) in einen *daz*-Satz aufgenommen, der seinerseits von der vorausgehenden Hauptsatzfeststellung V. 1622 abhängt, wie die Korrespondenz der hauptsatzeinleitenden *daz* V. 1622/25 deutlich zu erkennen gibt; vgl. eine entsprechende Konstruktion V. 1067/68. Die Übersetzung hat eine andere Möglichkeit wählen müssen.

1627–29 grammatischer Kreuzreim *gebunden* : *banden*; vgl. zu V. 775–778; 1147–50; ferner die unechten zu V. 1460/61.

1636–38 verhüllende Andeutung von Gotelints Vergewaltigung durch die Gerichtsdiener. Auf so schreckliche Weise geschieht ihr, was sie sich so anders gedacht und womit sie sich V. 1407 bis 1422 gebrüstet hatte; vgl. Forster, The Modern Language Review 43 (1948) S. 410/411; H. Fischer 89, Anm. 4. Die

Schwester erleidet, was der Bruder in frevlem Übermut laut V. 1865 einer Bauerntochter angetan hat.

1639–50 Wiederum ist dieses zwölfzeilige Resümee achsensymmetrisch gebaut: Erster und letzter Vers rahmen es durch den Hinweis auf Gott als den Urheber des Schergenbannwunders (vgl. V. 1262–64); der Büttel als ausführendes Organ wird, durch zwei Reimpaare um die unausgefüllte Mittelachse herum getrennt, jeweils in der vierten und viertletzten Zeile beschworen. Vgl. die ähnliche kompositionelle Geschlossenheit kleinster thematischer Einheiten zu V. 279–328; 1325–52; 1–8 (s. S. 29); 9–19; 711–748; 899–912; 1057–90; 1355–68; 1503–32; 1639–50; 1824–32.

1644 Im Schreck vor dem Anblick des Büttels versagt dem Verbrecher die Kraft des Augenlichts (vgl. V. 581–583 und z. St.): es wird ihm dunkel vor Augen. Für das bei Wernher beliebte Wortspiel mit lautlicher Doppelung bei semantischer Unterschiedenheit (vgl. V. 47/48; 148; 518; 1039) *(er)lischet* : *lieht* ist zu beachten, daß der Reim 1643/44 *siht* : *lieht* für ‚Licht' die heutige Aussprache mit kurzem Monophthong nahelegt: so ist nur in B traditionell *liecht*, in A aufschlußreich *licht* (in beiden Hss. : *sicht*) geschrieben! Vgl. auch den Reim 1401/02 *bier* : *mir*, der erst durch die Aussprache mit langem Monophthong rein wird.

1654 zeitliche Vorwegnahme: im fortlaufenden Zusammenhang wird das erst V. 1679 erzählt. Zu dieser im Mhd. ganz geläufigen Technik der Darstellung vgl. zu V. 1710.

1674 Beachte die Klangzier des doppelten Stabreims auf *w* und g; vgl. zu V. 47/48 und 120.

1674–77 Das Verständnis dieses Satzgefüges wird durch typische Eigenarten älterer Sprachgebung erschwert: die drei Konjunktive *gæbe, bizze, lieze* und die unreflektierte Verwendung der Personalpronomina für verschiedene Träger (vgl. zu V. 1444). V. 1674 wie 1675 ist *im* der Richter von V. 1673, *(d)er* dagegen der Wolf von V. 1674; V. 1677 dagegen meint *er* den Richter, *in* den Wolf. Erst wenn das klar ist, wird der verwickelt gebaute Satz durchsichtig: V. 1674 und 1677 erweisen sich als (uneingeleitete) Konditionalsätze, d. h. heute für gewöhnlich mit *wenn* eingeleitet, V. 1675 dagegen als Hauptsatz, der eine aus der Bedingung sich ergebende wahrscheinliche, wenn auch nicht sichere (daher Konj. *bizze!*) Folge angibt (‚so würde er ... beißen'). Inhaltlich ist diese Auseinandersetzung an einem vorausgesetzten Fall eine Vordeutung des Kommenden.

1679–82 Im Gegensatz zum Schicksal der neun Spießgesellen läßt der Henker Helmbrecht *genesen*, ‚mit dem Leben davonkommen', wie es in alter Zeit sein bereits im Sachsen- und im Schwabenspiegel bezeugtes Vorrecht war. Daß es freilich ein *schamelîch genesen* (V. 1702) ist, worauf Ruh, ZfdPh 86, S. 8 hinweist, entwickelt Wernher dann im einzelnen ab V. 1683.

1683 alte gnomische Sentenz, als Sprichwort schon beim Lyriker Reinmar dem Alten MF 164, 2; 177, 21, jeweils im ausdrucksstarken Strophenschluß bezeugt; ferner wörtlich in Heinrichs von dem Türlin „Krone" V. 7216; 110 371; Konrads von Heimesfurt „Urstende" und im „Häslein" HGA II, 21,339. Häufige freie Zitate weist Samuel Singer: Sprichwörter des Mittelalters III, Bern 1947, S. 93/94 nach. Darin spricht sich die Grundvorstellung des germanischen Schicksalsglaubens aus, die, im frühen Mittelalter christlich überformt und umgedeutet, dadurch hat weiterleben können.

1684 *vil selten* = ‚nie'. Vgl. V. 188; 289; 937; 1238.

1685 Gemeint ist, wie das Folgende ausweist, die Verletzung des 4. Gebots durch Helmbrecht (V. 757), die so als seine entscheidende Schandtat erscheint. Dafür straft ihn Gott (ausdrücklich V. 1698!) durch seine irdischen Richter, die freilich nicht das, sondern nur seine demgegenüber zurücktretenden irdischen Verbrechen sehen und sühnen können.

1687–97 deutlicher Rückverweis auf Helmbrechts schändliche Begrüßungsworte für die Eltern bei der Rückkehr von der Raubritterburg V. 764–768 mit Teilzitaten daraus als Variante des von Wernher häufig angewandten parodistischen Echos; vgl. besonders zu V. 991/992 und zu V. 1023–35 Ende.

1691 Zur genaueren Bestimmung vgl. zu V. 1317 und 1322.

1703, '07, 1814, '18 *diep:* nicht so eng wie heute, sondern jeder, der sich fremdes Gut aneignet; hier also ‚Räuber'.

1705 *einer* im Sinn von ‚jener' (vgl. zu V. 1206 und 1309) verweist zurück auf die Erfüllung von Helmbrechts makabrer Voraussage V. 1305.

1708 wie vom Vater V. 437/438 vorausgesehen.

1710 typisch mittelalterliche Erzählweise (vgl. V. 1654): Zuerst wird knapp das Ergebnis mitgeteilt; erst dann werden die Ereignisse, die dazu führen, im einzelnen geschildert; vgl. ähnlich schon V. 1265; 1631; ferner V. 1822/23. Uns erscheint solch zeitliches Zurückspringen bedenklich, weil wir an geradlinig weiterführende Handlungsverläufe gewöhnt sind. Für den mittelalterlichen Epiker ist solche zeitliche Kontinuität der Handlungsführung keine unabdingbare Forderung.

1712 Der Versbeginn mit einem Imperativ an die Hörer läßt einen Neueinsatz vermuten (vgl. V. 57; 72; 104; 405; 1293; 1463; 1651); dann hätte A wie schon V. 73 aus graphischem Zwang die Initiale um einen Vers nach hinten verschoben.

1713 Parodie von Helmbrechts Gruß an den Vater V. 726 *dê ûs sal.* Die bittere Ironie dieses Grußes wird noch durch die höfische Anrede *her* (ebenso V. 1724) gesteigert.

1717 Des Vaters Ad-hoc-Bildung *blindekîn* ahmt, um den Sohn zu treffen, in bitterem Hohn Helmbrechts herablassendes *kindekîn* V. 717 und sein verächtliches *gebûrekîn* V. 764 und 1696 nach; vgl. zu V. 1023–35 Ende.

1720 *Walhen:* ironischer Rückgriff auf seine Vermutungen V. 735 und 787 wegen Helmbrechts altfranzösischem Grußwort V. 726 und 755.

1731, '33, '38 In genauer Entsprechung zur Situation in der ersten Begrüßungsszene V. 995–997 und 844/845 bricht auch jetzt die Nacht herein; doch ist die Rolle der Figuren diametral vertauscht.

1733/34 Der Sohn wagt den Vater nicht mehr zu duzen, sondern redet ihn tief gedemütigt ebenfalls *herre* an.

1735/36 Im Gegensatz zur ersten Begrüßungsszene gibt sich Helmbrecht sofort zu erkennen; das bis auf die grammatische Form gleiche Reimpaar 829/830 erinnert hier zur Verdeutlichung der ins Gegenteil umgeschlagenen Situation absichtsvoll daran.

1739 Bei der ersten Begrüßungsszene hatte Helmbrecht schließlich aus der Sorge heraus klein beigegeben, zu so später Stunde *hie nindert nâhen bî / einen wirt* zu finden, *der in behalde* (V. 800/801); jetzt verweist ihn der Vater an *einen andern wirt*, den es eben weit und breit nicht gibt, und verurteilt ihn damit dazu, auf Nachtessen und -lager zu verzichten.

1741/42 Das gegenüber V. 1235/36 grammatisch nur leicht veränderte Reimband macht schon rein akustisch auf die völlige Verkehrung der entsprechenden Situation aufmerksam; vgl. zu V. 1735/36.

1745 wirft Helmbrechts Worte von V. 1237 in deutlichem Echo zurück.

1749 Der Vater ruft Helmbrecht höhnisch seine frühere Prahlerei V. 410 ins Gedächtnis.

1773/74 bedeutsame Wiederholung der Reimbänder von V. 1677/78 und 1701/02 zur Kennzeichnung von Helmbrechts verzweifelt-auswegloser Lage: der Vater bleibt unerbittlich.

1776 Vgl. die Rationalisierung des Bildes vom krachenden Herzen am Schluß des Grimmschen Kinder- und Hausmärchens „Der Froschkönig oder der eiserne Heinrich" (KHM 1).

1786–90 Rückverweis auf die drei ersten Träume V. 572–610, die sich so schrecklich *bewæret* haben, und Hinweis auf den vierten V. 619–634, dessen Erfüllung nicht lange auf sich warten lassen wird.

1788 *noch hœher* geht, absichtlich doppeldeutig, unmittelbar auf die inhaltliche Steigerung und übertragen auf den Tod durch Erhängen hoch oben im Baum (V. 1909); das wird in der nhd. Übersetzung leider nicht deutlich.

1791 Die Verweisung des Sohns von der väterlichen Tür bei der zweiten Rückkehr kontrastiert aufs schärfste der Szene bei der ersten, wo der Vater, nachdem Helmbrecht die Frage nach den Namen der vier Ochsen beantwortet hat, V. 835/836 sie ihm überglücklich öffnet.

1796 Der Vater verweigert dem jämmerlich Bettelnden ein Stück Brot, der V. 477/478 geprahlt hatte, er wolle bis zu seinem Tode nur noch Brot aus hellem Weizenmehl essen. Der gleiche Reim *tôt : brôt,* der mehrmals wiederkehrt (V. 1729/30, 1755/56 und abgewandelt 1811/12), verrät vom Klang her die unheimliche Umkehrung der Verhältnisse zwischen einst und jetzt.

1801 *der sunnen haz* ist, modern gesprochen, Apposition zu *in.* Ältere Sprache kennt keine Einschachtelungen, sondern führt den Satz mit seinen notwendigen Gliedern zu Ende, ehe sie zu näherer Erläuterung ergänzende Glieder anhängt (vgl. zu V. 61 bis 71; 76–81; 160–164; 1067/68; 1623–26). Wernher charakterisiert Helmbrecht so, weil der das Licht der Sonne nicht mehr sehen kann. Das verübelt ihm die Sonne, die nach Gottes Weisung in der Bergpredigt Matth. 5, 45 über die Bösen und über die Guten aufgeht, mit Recht, weil er seine Blindheit als *râche* für seine Freveltaten selbst verschuldet hat.

1809/10 Die dreimalige Aufforderung, sich zu packen und davonzuscheren (V. 1732; '58; '91), erhält beim vierten Mal ein Achtergewicht (vgl. zu V. 1237) durch die Verteilung auf zwei Verse, indem ihr eine kränkende Schelte und das Richtungsadverb *hin ûz* zugesetzt werden.

1811/12 Das Reimpaar weist zurück auf die entsprechenden Bänder V. 1729/30, 1755/56, 1795/96, als der Vater dem Sohn trotz dessen *nôt* das Brot verweigert hatte. Wie dabei eine literarische Reminiszenz ins Spiel kommt, dazu vgl. Tschirch, Wege der Forschung 320, 244–246.

1814–22 Auf die neun Verse des Scharniers c (S. 12) sind, wie in einem Brennspiegel, im Rück- wie Vorausblick auf die Handlung die für die zweite Heimkehrszene bestimmenden Fahnenwörter zusammengedrängt: *gie* V. 1814, '15, *diep* (zur Bedeutung s. zu V. 1703) V. 1814, '18, *blinde(n)* V. 1814, '20, *gebûre* V. 1816, *gebûwen* V. 1819, *leit* V. 1821, '22, *nôt* V. 1821 nebst dem dunkel nachhallenden Schlußreim: *tôt* V. 1822; dieses Band nimmt absichtsvoll das gleiche V. 1699/1700 auf.

1824–32 Auch dieser Kleinstabschnitt aus 9 Versen ist wieder vollendet gerundet. *ersach* in seiner ersten und letzten Zeile rahmt ihn; das Leitwort *gebûre* erklingt in der 1., 4. und 5. Zeile und bildet an der letzten Stelle die Mittelachse; das entscheidende Wort *blinden* beschließt ihn; vgl. zu V. 1639–50.

1826–73 Daß die letzte Station von Helmbrechts Lebensweg in den Wald führt, hat symbolischen Tiefenbezug. In der erzählenden Dichtung des Mittelalters ist „die Isolierung im Walde als der Symbollandschaft selbstverschuldeten gesellschaftlichen Ausgestoßenseins" (Schirmer 277, Anm. 115) feststehendes Motiv. Denn der Wald gilt seit urtümlicher Zeit als Sitz unheimlicher Gewalten und Mächte, die dem Menschen nachstellen, ihm übel und ihn vernichten wollen. Verfestigt hat sich diese Vorstellung in den alten Stabreimformeln vom *wilden walt* und *ze walde wünschen*; literarische Niederschläge finden sich durch das ganze Mittelalter hindurch in der epischen Situation des 2. Merseburger Zauberspruchs 1/2, in der Erwähnung des Wiener Hundesegens 5, des Lorscher Bienensegens 4 b, in Salomon und der Drache 55/56 aus der Vorauer Hs., im Annolied 22,26, bei Walther von der Vogelweide 35,18, in Konrads von Megenberg „Buch der Natur" (s. o. zu V. 1375/79) 458,29–31, im Märe „Von dem Schreiber" (NGA Nr. 27,296/297) und im Redentiner Osterspiel von 1464 V. 1893; vgl. ferner Hwb. des deutschen Aberglaubens 8 (1937)

S. 1546; 9 (1941) S. 863. Einen letzten Rest dieser Vorstellung bewahrt das Volksmärchen, in dem der Wald der Aufenthaltsort der bösen Riesen, Menschenfresser, Hexen und Räuber ist. Ungewöhnliches Glück widerfährt dem Menschen, der in den Wald geraten ist, wenn er ihm wieder entrinnt. Folgerecht kommt Helmbrecht so jämmerlich in ihm um. Letztlich liegt diese Vorstellung der „Judenbuche“ (1842) der Annette von Droste-Hülshoff mit ihren zahlreichen volkstümlichen Zügen zugrunde, die „in der grünen Waldschlucht“ des Brederholzes steht. Die in sie von den Juden eingehauene hebräische Inschrift heißt wörtlich: „Wenn du (wieder einmal) an diesem Orte vorüberkommst, (so) wird es (wie ein Dämon) über dich herfallen, (gleich) wie du mir (gegenüber) getan hast“ (Richard Hauschild, in: Euphorion 46 [1952] 99).

1831 Diese Erwähnung soll den besonderen Wert (und Verlust) der Kuh für ihren bäuerlichen Besitzer erkennen lassen: die sieben Hornringe (Binden) zeigen an, daß sie schon siebenmal gekalbt hat.

1835 *der eine:* In der fortlaufenden Darstellung, in der der Bauer V. 1824, der ihn zuerst erblickt, als erster gezählt ist, erwartet man 1843 *der ander,* ‚der zweite‘. Denn an der absichtlichen Fünfzahl der Bauern, die eigens V. 1861 genannt ist, kann im Gegenüber zu den 5 Gerichtsdienern und zur doppelten Zahl der 10 Räuber angesichts der Sorgfalt, mit der Wernher mit den bei ihm genannten Zahlen umgeht (vgl. S. 23–28 und zu V. 399/402), nicht gezweifelt werden. Meine Übersetzung sucht den Sinn zu treffen, der vom mhd. Wortlaut nicht exakt gedeckt wird. Jedenfalls kann der 4. Bauer V. 1849 kaum derselbe sein wie der zuerst genannte, wenngleich die inhaltliche Übereinstimmung des Relativsatzes *der den wite kloup* mit der Tätigkeitsangabe V. 1827 *der . . . kloup dâ wite* das nahelegen könnte.

1865 Zum Dativus ethicus vgl. zu V. 1031–33.

1879 Die bedeutsame Responsion der Warnung des Vaters V. 429 zu Anfang durch die Bauern zum Schluß wird durch den dreifachen Stabreim auf *h* besonders eindrucksvoll; vgl. zu V. 1023 bis 1035.

1880 *ir:* Gen. fem. bezieht sich auf *hûben* V. 1879.

1881/82 Akustisch verstärkt wird diese drohende Rückbeziehung durch die Entsprechung des seltenen Reimbandes mit V. 431/432 *rüere(t) : (ze)füere(t).*

1884 Ob der im Zusammenhang auffällige Vergleich mit einem Pfennig im Rückbezug auf seine Erwähnung im Bibelzitat V. 355 in dieser notvollen Situation noch einmal den Gedanken ans Jüngste Gericht heraufbeschwören soll?

1886–88 Bei der erweiterten Aufzählung der als Kappenschmuck aufgenähten Vögel erscheinen die bei der ersten Erwähnung V. 17/18 (s. zu V. 18) genannten *siteche unde tûben* nunmehr als Außenglieder.

1890/91 Auch dieses einfache, durch Enjambement verknüpfte Reimpaar, das freilich mit der Nennung von *hûbe* und *hâr* bedeutsam auf den prologus ante rem zurückverweist (V. 10; 14; 17) und dessen Aussage durch den verbreiternden Hinweis V. 1894–1900 noch unterstrichen wird, ist künstlerisch aufs sorgsamste durchstilisiert: zum Stabreim in jeder Zeile (*l* / *h*) tritt die Überkreuzstellung der beiden Subjekte mit ihren Genitivattributen: denn *loc* gehört mit *hâres*, *flec* mit *hûben* zusammen, also

loc *flec*

hûben *hâres.*

Vgl. entsprechend V. 319–321; 1541/42 und 1546/47.

1895 Im Rückbezug auf V. 1836 tritt das Schicksal der Kappe symbolisch für das ein, was Helmbrecht von den Bauern widerfährt.

1902–08 Die Sitte der Erdkommunion für einen Sterbenden, der nicht mehr von einem Priester mit dem Sakrament versehen werden kann, ist z. B. fast mit den gleichen Worten wie V. 1907/08 im „Eckenlied" (s. Leopold Schmidt, GRM 35 [1954] S. 150/151) und ähnlich in der altenglischen Ballade „Robin Hood's Death" belegt. Noch im 1. Gesang von Annette von Droste-Hülshoffs Versepos „Die Schlacht im Loener Bruch" (1837/38) heißt es von zwei standrechtlich Erschossenen:

In ihrer Brust ein Stückchen Blei;
Die feuchte Scholle deckt den Mund:
Daß Gott der Seele gnädig sei!

(hrsg. von Clemens Heselhaus, Darmstadt 1966, S. 769). Dieser Ritus hat sich also über die Jahrhunderte hinweg erhalten. Dabei symbolisiert die Erde den irdischen Leib Christi.

1909 Das Subjekt zu *hiengen* ist *si* in V. 1902.

1910 des Vaters 4. Traum von V. 619–634.

1912 klare Schlußzeile der eigentlichen Erzählung, der narratio zu Ende des 4. Erzählblocks, die als Gegenzeile die entsprechenden Formulierungen der Anfangszeile des 1. (V. 23) wie des 2. Blocks (V. 697) auffängt (vgl. S. 14/15). Ihr folgen die beiden Epilogteile V. 1913–22 und 1931–34 in spiegelbildlicher Entsprechung zu den beiden Prologteilen V. 1–8 und 9–19.

1923–30 Diese 8 Zeilen, die nur in A stehen, werden fast allgemein als späterer Schreiberzusatz angesehen. Das Ungeschick, mit dem in ihnen das echte Epimythion V. 1913–22 umschrieben wird, ohne einen neuen Gedanken hinzuzubringen, tritt besonders an dem verniedlichenden *Helmbrehtel* V. 1928 und der Wiederholung des Schlußreims 1921/22 in V. 1929/30 zutage, der im Gegensatz zu anderen Fällen wie V. 1467/68, 1777/78, 1811/12, 1821/22 keine besondere Aufgabe vom Sinn oder der Kunstform her zuwächst.

1931–34 Der ebenfalls nur in A überlieferte epilogus praeter rem dürfte in der vorliegenden Gestalt auf einen Vorleser zurückgehen, der sich in die häufige Bitte der Dichter an das Publikum im Prolog oder Epilog ihrer Werke um Gebetsfürsprache bei Gott (bekanntestes Beispiel: Hartmann im Prolog des „Armen Heinrich“ 24/25: *daz er* [Hörer oder Leser] *im bittende wese / der sêle heiles hin ze gote*) eingeschlossen und so die ursprüngliche Verfassersignatur inhaltlich verändert hat; daher ist ihre echte Gestalt für uns nicht mehr herstellbar.

Literaturhinweise

Zusammenfassende Literaturübersichten

Fischer, Hanns: Neue Forschungen zur deutschen Dichtung des Spätmittelalters. In: DVjS 31 (1957) S. 331/332.

Fischer, Hanns: Studien zur deutschen Märendichtung. Tübingen 1968. S. 368–373.

Janota, Johannes: Neue Forschungen zur deutschen Dichtung des Spätmittelalters 1957–68. In: DVjS 45 (1971) Sonderheft Forschungsreferate, S. 161–165.

Textausgaben

Helmbrecht. Hrsg. von Moriz Haupt. In: ZfdA 4 (1844) S. 318 bis 385.

Meier Helmbrecht. Von Wernher dem Gartenære. Hrsg. von Friedrich Panzer. Halle (Saale) [1]1902 – [5]1941. (Altdeutsche Textbibliothek 11.)

Wernher der Gartenære: Helmbrecht. Hrsg. von Friedrich Panzer. 8., neubearbeitete Aufl. besorgt von Kurt Ruh. Tübingen 1968. (Altdeutsche Textbibliothek 11.)

Meier Helmbrecht, a Poem by Wernher der Gartenære. Ed. Ch. E. Gough. Oxford [2]1947. Reprint 1957.

Helmbrecht. Nach den beiden Handschriften hrsg. von Manfred Lemmer. Halle (Saale) 1964. (Literarisches Erbe 4.)

Wernher der Gartenære: Meier Helmbrecht. Hrsg. von Helmut Brackert, Winfried Frey u. Dieter Seitz. Frankfurt a. M. 1972. (Fischer Taschenbuch 6024.)

Meier Helmbrecht, mhd. und nhd. Hrsg. von Helmut Protze. Leipzig 1972.

Hundsnurscher, Franz: Wernher der Gartenære: Helmbrecht. Abbildungen zur gesamten handschriftlichen Überlieferung. Göppingen 1972. (Litterae 6.)

Zur Textkritik

Ganz, Peter F.: On the Text of „Meier Helmbrecht". In: Oxford German Studies 2 (1967) S. 25–40.

Ganz, Peter F.: Besprechung von K. Ruhs Helmbrecht-Ausgabe. 8. Aufl. In: AfdA 81 (1970) S. 125–131.
Kraus, Carl (von): Zur Kritik des Helmbrecht. In: ZfdA 47 (1904) S. 305–318.
Panzer, Friedrich: Zum Meier Helmbrecht. In: PBB 27 (1902) S. 88–112; 49 (1925) S. 142–151.
Ruh, Kurt: Der ursprüngliche Versbestand von Wernhers „Helmbrecht". In: ZfdPh 86 (1967) Sonderheft „Spätes Mittelalter", S. 3–14.
Schiffmann, Konrad: Studien zum Helmbrecht. In: PBB 42 (1917) S. 1–17; 64 (1940) S. 43–46.
Steinbruckner, Bruno Friedrich: Dichter und Schauplatz des Helmbrecht. In: Euphorion 62 (1968) S. 378–384.

Zur Interpretation

Bastow, A.: Peasant Life in Thirteenth-century Germany. In: Proceedings of the Leeds Philosophical and Literary Society, Literary and Historical Section 4 (1936) S. 221–244.
Bausinger, Hermann: Helmbrecht. Eine Interpretationsskizze. In: Festschrift für Hugo Moser. Berlin 1974.
Bellmann, Werner: Aufbauprinzipien im Märe vom Helmbrecht. Staatsexamensarbeit. Köln 1970.
Berthold, Luise: Beobachtungen zum „Meier Helmbrecht". In: GRM 34 (1953) S. 242–244.
Boesch, Bruno: Die Beispielerzählung vom Helmbrecht. In: Der Deutschunterricht 17/2 (1965) S. 36–47.
Braune, Wilhelm: Helmbrechts Haube. In PBB 32 (1907) S. 555 bis 559.
Brinkmann, Hennig: Der Prolog im Mittelalter als literarische Erscheinung. In: WW 14 (1964) S. 1–21. Wiederabdruck in: Studien zur Geschichte der deutschen Sprache und Literatur II (Düsseldorf 1966) S. 79–105.
Fechter, Werner: Ausdrucksmittel der lateinischen Literatur im „Meier Helmbrecht". In: W. F., Lateinische Dichtung und deutsches Mittelalter. Berlin 1964. S. 62–89.
Fischer, Hanns: Gestaltungsschichten im „Meier Helmbrecht". In: PBB 79 (Tüb. 1957) S. 85–109.
Gutenbrunner, Siegfried: Zu Meier Helmbrecht. In: ZfdA 85 (1954) S. 64–66.

ttenbach, Max: Helmbrechts Haube. In: DVjS 10 (1932) S. 404 bis 411.

Jackson, William E.: Helmbrecht the father. In: Neophilologus 56 (1972) S. 175–180.

Kolb, Herbert: Der „Meier Helmbrecht" zwischen Epos und Drama. In: ZfdPh 81 (1962) S. 1–23.

Lange, Günter: Das Gerichtsverfahren gegen den jungen Helmbrecht. In: ZfdA 99 (1970) S. 222–234.

Margetts, John: Gotelint and Helmbreht. In: Neophilologus 56 (1972) S. 50–66.

Martini, Fritz: Der „Meier Helmbrecht" des Wernher der Gartenære und das mittelalterliche Bauerntum. In: ZfDeutschkunde 51 (1937) S. 414–426. Wiederabdruck in: F. M., Das Bauerntum im deutschen Schrifttum. Halle 1944. S. 93–102.

Meyer, Richard M.: Helmbrecht und seine Haube. In: ZfdPh 40 (1908) S. 421–430.

Mohr, Wolfgang: Syntaktisches Werbe- und Liebesspiel. In: PBB 81 (Tüb. 1959) S. 169–172.

Müller, Günther: Erzählzeit und erzählte Zeit. In: Festschrift für Paul Kluckhohn und Hermann Schneider. Tübingen 1948. S. 195–212.

Neumann, Friedrich: Meier Helmbrecht. In: WW 2 (1952) S. 196 bis 206.

Panzer, Friedrich: Zum Meier Helmbrecht. In: PBB 33 (1908) S. 391–398.

Prasse, Utta: Helmbrechts Kleidung. In: ZfdA 95 (1966) S. 165 bis 168.

Ranke, Friedrich: Zum Wortschatz der österreichischen Umgangssprache um 1400. In: Festschrift für Ernst Ochs. Lahr 1951. S. 180–189 (bes. S. 183).

Rasch, Wolfdietrich: Realismus in der Erzählweise deutscher Versnovellen des 13. und 14. Jh.s In: Festschrift für Georg Baesecke. Halle 1941. S. 195–211.

Reusner, Ernst von: Helmbrecht. In: WW 22 (1972) S. 108–122.

Ruh, Kurt: Helmbrecht und Gregorius. In: PBB 85 (Tüb. 1963) S. 102–106.

Scholler, Harald: Das Proömium des Helmbrecht. In: PBB 88 (Tüb. 1967) S. 311–333.

Seidler, Herbert: Der „Meier Helmbrecht" als deutsches Sprachkunstwerk. In: ZfdPh 69 (1945) S. 3–35.

Sowinski, Bernhard: Helmbrecht der Narr. In: PBB 90 (Tüb. 1969) S. 223–242.

Sowinski, Bernhard: Wernher der Gartenære: Helmbrecht. Interpretationen. München 1971.

Tippelskirch, Ingrid von: Zum Helmbrecht. In: Euphorion 67 (1973) S. 60–70.

Tschirch, Fritz: Wernhers „Helmbrecht" in der Nachfolge von Gottfrieds „Tristan". In: PBB 80 (Tüb. 1958) S. 292–314. Erweiterter Nachdruck in: Alois Wolf, Gottfried von Straßburg (Wege der Forschung 320.) Darmstadt 1973. S. 218–247.

Tschirch, Fritz: Gregorius der *heilære*. Wiederabdruck in: F. T., Spiegelungen. Berlin 1966. S. 245–276 (bes. S. 264).

Tschirch, Fritz: Die Struktur der Handlungsführung im „Helmbrecht". In: Festschrift für Karl Bischoff. Köln und Wien 1975.

Wießner, Edmund: Helmbrecht und Neidharts Strophen über Hildemar. In: PBB 49 (1925) S. 152–158.

Wirtz, Erika A.: Meier Helmbrecht's Cap. In: Modern Language Review 49 (1954) S. 442–450.

Zu Sprache und Stil

Curtius, Ernst Robert: Europäische Literatur und lateinisches Mittelalter. Bern u. München [7]1969.

Guth, Josef Theodor: Syntaktische Bemerkungen zum „Meier Helmbrecht". Diss. Wien 1950 [masch.].

Schwietering, Julius: Die Demutsformel mittelhochdeutscher Dichter. In: Abhandlungen der Göttinger Gesellschaft der Wissenschaften, phil.-hist. Kl. NF 17,3. Berlin 1921.

Steininger, Leopoldine: Wörterbuch zum „Meier Helmbrecht". Diss. Wien 1947 [masch.].

Wallnstorfer, Marianne: Reimwörterbuch und Reimwortverzeichnis zum „Meier Helmbrecht". Diss. Wien 1947 [masch.].

Zum Problem der Übersetzung

Grosse, Siegfried: Sprachwandel als Übersetzungsproblem (Mittelhochdeutsch und Neuhochdeutsch). In: WW 20 (1970) S. 242 bis 258.

Kaempfert, Manfred: Quantifizierende Verfahren zur Beurtei-

lung neuhochdeutscher Übersetzungen aus dem Mittelhochdeutschen. In: ZfdPh 90 (1971) S. 481–499.
Pretzel, Ulrich: (Das Übersetzen aus dem Mittelhochdeutschen.) In: Das Institut für deutsche Sprache und Literatur, Berlin 1954. S. 105–123.
Pretzel, Ulrich: Einige Anfänge mittelhochdeutscher Dichtungen – Bemerkungen zur richtigen Übersetzung altdeutscher Dichtung. In: Festschrift für Fritz Tschirch. Köln u. Wien 1972. S. 1–16.

Abkürzungen

DVjS	Deutsche Vierteljahrsschrift für Literaturwissenschaft und Geistesgeschichte. Stuttgart (Metzler)
GRM	Germanisch-Romanische Monatsschrift. Heidelberg (Winter)
Hs	Hauptsatz
MF	Des Minnesangs Frühling. Nach Karl Lachmann, Moriz Haupt, Friedrich Vogt neu bearbeitet von Carl von Kraus. 34. Aufl. Leipzig 1967
NF	Neue Folge
Ns	Nebensatz
PBB	Paul und Braunes Beiträge zur Geschichte der deutschen Sprache und Literatur. Halle / Tübingen (Niemeyer)
s. z. St.	siehe zur Stelle (in den „Erläuterungen")
Zf . . .	Zeitschrift für . . .
ZfdA	Zeitschrift für deutsches Altertum und deutsche Literatur. Wiesbaden (Steiner)
ZfdPh	Zeitschrift für deutsche Philologie. Berlin (Erich Schmidt).
WW	Wirkendes Wort. Deutsche Sprache in Forschung und Lehre. Düsseldorf (Schwann)

Inhalt